ভোরের আগে

ভোরের আগে

বুদ্ধদেব গুহ

আনন্দ

প্রথম সংস্করণ ডিসেম্বর ১৯৮৬
পঞ্চম মুদ্রণ জুলাই ২০১২

ISBN 81-7066-023-8

আনন্দ পাবলিশার্স প্রাইভেট লিমিটেডের পক্ষে ৪৫ বেনিয়াটোলা লেন
কলকাতা ৭০০ ০০৯ থেকে সুবীরকুমার মিত্র কর্তৃক প্রকাশিত এবং
ক্রিয়েশন ২৪বি/১বি, ড. সুরেশ সরকার রোড
কলকাতা ৭০০০১৪ থেকে মুদ্রিত।

BHORER AGE
[Novel]
by
Buddhadeb Guha
Published by Ananda Publishers Private Limited
45, Beniatola Lane, Calcutta-700009

১২৫.০০

ভোরের আগে

সুব্রত গঙ্গোপাধ্যায়
প্রীতিভাজনেষু

এই লেখকের অন্যান্য বই

অন্য চোখে
অববাহিকা
অবরোহী
একটু উষ্ণতার জন্য
ওয়াইকিকি
কোয়েলের কাছে
খেলা যখন
চাপরাশ
ত্রয়ী
দশটি উপন্যাস
পুজোর সময়ে
বনজ্যোৎস্নায়, সবুজ অন্ধকারে (১-২)
বিন্যাস
বুদ্ধদেব গুহ'র ছোট গল্প (১-৪)
মহুলসুখার চিঠি
মাধুকরী
রিইউনিয়ন
সন্ধের পরে
সবিনয় নিবেদন
সাসানডিরি
হলুদ বসন্ত
হাজার দুয়ারি

বাবা !

শুভেন ডাকল।

মানুবাবুর লুঙিটা নাভি থেকে এক বিঘৎ উপরে বাঁধা, দুটি হাত জড়ো করা বুকের উপরে। উনি যেন কারো কাছে করুণা ভিক্ষা করছেন এমন অসহায় ভঙ্গিতে চিৎ হয়ে ঘুমিয়ে ছিলেন। দক্ষিণের জানালাগুলো সব খোলা। মৃদু হাওয়ায় পর্দা নড়ছে। বেলা এগারোটা। কিন্তু মানুবাবু তিরাশিতে পৌঁছে এখন এস্কিমোদের দেশের বাসিন্দা হয়ে গেছেন। রাতও দিন ; দিনও রাত তাঁর কাছে। সবই একাকার। অরোরা বোরিয়ালিসের নরম অস্পষ্ট আলোয় তাঁর জগত নিশিদিন আলোকিত।

উত্তর না পেয়ে শুভেন আবারও ডাকল, বাবা! জেগে আছ ?

মানুবাবু চোখ খুললেন।

চোখ খুলে, শুভেনের ঝুঁকে-পড়া মুখের দিকে চেয়েই, স্বপ্ন দেখছেন ভেবে, আবার চোখ বন্ধ করে দিলেন।

শুভেন বলল, বাবা! তুমি ভাল আছ ? আমি এসেছি বাবা। আমি! আমি শুভেন।

আমি ?

আমি কে ?

সকলেই ত আমি। আমিতে ভর্তি, আমিময় এই সংসার। এখানে আমি বলে আলাদা করে চেনার উপায় কি কারো আছে ? কাউকেই আছে ?

মানুবাবু আবার ঘুমিয়ে পড়তে পড়তে ভাবলেন।

শুভেন ঘর থেকে বেরিয়ে বাইরে এল। ছোটুদা দরজার সামনেই দাঁড়িয়েছিল। বলল, ঘর খুলে দাও ছোটুদা। আর বাবা ঘুম থেকে উঠলেই আমাকে খবর দিও।

ছোটুদাও বড়ো হয়ে গেছে। দশটা বছর পরে দেশে ফিরল শুভেন। বছরগুলো যে কেটে গেছে তা এখানে ফিরেই বুঝল যেন। মাথার চুল সব পেকে গেছে ছোটুদার।

নরম ইলিবিলি সাদা চুল, ক্যান্ডি-ফ্লস্-এর মত।

মানুষ যে কখন হঠাৎ বুড়ো হয়ে যায়, তা বোধহয় সে নিজে বুঝতে পারে না।

ছোটুদা বলল, বাবু ঘুমোচ্ছেন? কে বলল, তোমায়?

দেখলাম যে আমি!

তুমি কি জানো? নিজের বাবা ত তোমাদের দূরের মানুষ। অচেনা মানুষ। তোমরা সব বড় হয়েছ, বিলেত আমেরিকায় থাকো। তোমরা বাবাকে জানো কতটুকু? ভাগ্যিস এই হতভাগা ছোটুয়া ছিল। যে বেইমান নয়, যে নিজের বউ-ছেলেমেয়েকে জলে ফেলে দিয়েও এই বুড়োর তদারকিতে এখনও আছে। নেহাৎ মানুষ বলেই, এখনও আছে। বুড়ো মরলে, তবেই ছুটি আমার। তবে, কে যে আগে মরে কে জানে?

তুমি বড় অবান্তর কথা বল ছোটুদা!

অবান্তর?

অবান্তর মানে কি?

তোমরা কতটুকু জানো তোমাদের বাবাকে?

শুভেন উত্তর দিলো না। আবার বলল, ঘর খুলে দাও ছোটুদা।

চান করবে? গিজার চালাইনি। চালিয়ে দেব কি?

না। এখন কি শীতকাল, যে গরম জল লাগবে?

সাহেব মেমদের সবসময়ই শীত। দিদি এসেছিল গতবছর। মে মাসে। তবুও দুবেলা গরম জল লাগত।

দিদির কথা আলাদা।

তোমরাই জানো।

ঘরে ঢুকেই মনটা খুশিতে ভরে গেল শুভেনের। কত স্মৃতি এই ঘরটি ঘিরে। ওর চৌত্রিশ বছরের জীবনের সবচেয়ে আনন্দের সময়টুকুই যে কেটেছে এই ঘরে।

বাঃ ঘরটিকে ত একেবারে ঠিক সেই রকমটিই রেখেছ ছোটুদা! মায়ের শ্রাদ্ধর সময় যেমন দেখেছিলাম হুবহু ঠিক তেমন। দশ বছরের উপর হয়ে গেল। দাদার আর দিদির ঘরও কি এমনি ঝক্‌ঝকে করে রেখেছ?

হ্যাঁ।

কি করে পারলে ?

এই-ই ত আমার কাজ। তাছাড়া আরও ত অনেকে আছে, আমি ছাড়া। তোমাদের কাছ থেকে নুন খাই, কাজ করব না ? আমি ত অকৃতজ্ঞ নেমকহারাম নই আজকালকার ছেলেমেয়েদের মত !

অবাক এবং একটু ব্যথিত হয়ে দুচোখ তুলে তাকাল ছোটুদার চোখে শুভেন। তারপর চোখ নামিয়ে নিল। মা নেই, বাবাও যাওয়ার পথে ; এখন ওদের গার্জেন বলতে ছোটুদাই। তাদের সবরকম কথা বলার মত অধিকার ছোটুদার আছে। এ কথা তারা সব ভাইবোনই স্বীকার করে। সে অধিকার ছোটুদা যেমন গড়ে নিয়েছে, তারা তিন ভাইবোনও তাদের অপারগতা এবং হয়ত অনেকটা স্বার্থপরতাতেও তুলে দিয়ে নিশ্চিন্ত হয়েছে ছোটুদার হাতে।

রাইটিং –ব্যুরোটার সামনে দাঁড়িয়ে শুভেন বলল, চাবি দেওয়া ?

না। কেন ? খুলছে না নাকি ? দশ বছর আগে যেমন রেখে গেছিলে তুমি, তেমনই আছে।

একটানে রোলিং-শাটারটা তুলে দিল শুভেন। ঘড় ঘড় শব্দ করে উঠল সেটা। অবাক চোখে চেয়ারে বসে ব্যুরোর মধ্যে রাখা প্যাডটা খুলল। দশবছর আগের জুন মাসের তারিখ দেওয়া আধখানা লেখা চিঠি, চুয়াকে উদ্দেশ্য করে। প্যাডের প্রথম পাতায় কাগজটি ঠিক তেমনই আছে। চুয়ার বিয়ে হয়ে গেছে ছ বছর হল। বিয়ের চিঠিও পেয়েছিল হ্যুস্টনে।

চুয়া কেমন আছে ছোটুদা ? কোথায় আছে এখন ?

শুভেন জিজ্ঞেস করল।

এলাহাবাদে। গতমাসে এসেছিল। এক ছেলে এক মেয়ে নিয়ে। গিন্নীবান্নী হয়ে গেছে।

কোথায় যেন কাজ করে ওর স্বামী ?

এলাহাবাদের কাছেই। নৈনিতে। দে'জ মেডিক্যালের কারখানায়। কেমিক্যাল এঞ্জিনীয়র না কী যেন ওর স্বামী। সুরেশ। ছেলেটি ভাল। গোবেচারা !

খুব বুঝি নাকে দড়ি দিয়ে ঘুরোচ্ছে চুয়া ?

তোমাকেও ঘোরাত। সুযোগ দিলেই দেখতে। ওদের সেইটেই ত প্রধান কাজ।

বৌদিও ঘুরোয় তোমাকে ?

আমাকে হাতের নাগালে পেল আর কটা দিন গত তিরিশ বছরে। আমার বিয়ে ত আসলে হয়েছে তোমাদেরই সঙ্গে।

হাসল শুভেন।

হাসি হাসি মুখে ছোটুদার মুখে চেয়ে ডানদিকের ড্রয়ারটা খুলল। বেরিয়ে পড়ল একটি খসস্ আতরের শিশি। দশবছর আগে ব্যবহার করা একটি বল-পয়েন্ট পেন। ন্যু-ইয়র্ক এয়ারপোর্টের ডিউটি-ফ্রী শপ্ থেকে কিনেছিল। এখন বদলে গেছে রকম সকম। দশবছর আগের বল-পয়েন্ট পেনই এখন অ্যান্টিক্। দ্রুত এগিয়ে যাচ্ছে, বদলে যাচ্ছে পৃথিবী। দশ বছর এখন অনেক যুগের সমান। আতরের শিশিটা খুলে, গন্ধ নিল নাকে।

বলল, জল খাব ছোটুদা।

ঐ যে! জল রাখা আছে।

কোথায়?

চমকে উঠে, বলল ও।

যেখানে থাকত চিরদিন।

ডানদিকে চেয়ে দেখল, যে তেপায়া ; যে কাপড়ের কভারে এবং যে কুঁজোয় গরমের দিনে গতবারে জল থাকত সেই কুঁজোতেই জল আছে। কাঠের গোল চাকতি বসানো মুখে। পাশে, উল্টে রাখা আছে পোর্সিলিনের হলুদ গ্লাসটি। ইটালি থেকে বড়মামা নিয়ে এসেছিলেন ওর জন্যে। ও যখন কলেজে পড়ত তখনকার কথা।

আবারও অবাক হয়ে তাকাল ও ছোটুদার দিকে।

ছোটুদা হাসছিল।

জল খেয়ে শুভেন রাইটিং-ব্যুরোটা বন্ধ করে মায়ের ফোটোর দিকে তাকাল একবার। হাসি-হাসি মুখে মা চেয়ে আছেন। দশ বছর হয়ে গেল। আঠারোই জুন মায়ের মৃত্যুদিন।

বল, কী রান্না করিয়েছ আজ? এতদিন পরে দেশে ফিরলাম।

সে জন্যেই আজ রহিম বাবুর্চিকে রাঁধতে না দিয়ে দেশি রান্না করেছি নিজেই তোমার জন্যে। কাঁচাকলাই-এর ডাল, ঝিঙে-পোস্ত, কুমড়ো ছেচ্‌কি, ছোট শিঙির চচ্চড়ি, পেঁয়াজ, কাঁচালংকা আর কালোজিরে দিয়ে। আর,....

বাঃ! বাঃ! ছোট শিঙির চচ্চড়ি? বেশ মাখা মাখা করে করেছো ত ছোটুদা?

বৈ কি! এঁচড়ের তরকারীও আছে। গাছ-পাঁঠা।

ইউ আর গ্রেট। ছোটুদা, গ্রেট ইউ আর!

বলেই, জড়িয়ে ধরল ও ছোটুদাকে। জড়িয়ে ধরতেই, তার ঠোঁট থেকে জর্দার গন্ধ পেল ; ছোটবেলায় যেমন পেত। কালোজিরে, কাঁচালংকা, কাঁচা পেঁয়াজ দিয়ে রান্না-করা ছোট শিঙি মাছের চচ্চড়ির কাল্পনিক গন্ধ আর ছোটুদার

মুখের পান-জর্দার গন্ধের সঙ্গে ভেসে, শুভেনের সমস্ত ছেলেবেলাই যেন উড়ে এল, বহু বহু বছর পেরিয়ে ; এক নিমেষে।

স্মৃতির মত কম্প্যুটার বোধহয় আর নেই।

ছোটুদা বলল, বাথরুমে, তোয়ালে পাজামা পাঞ্জাবি সবই আছে। চান করে নাও। তোমার স্যুটকেস রাখা আছে ঐ কোণে। বিকেলে আমি ওয়াড্রোবে আর আলমারিতে সব জামা-কাপড় গুছিয়ে রেখে দেব এখন।

পাজামা-পাঞ্জাবি ? দশবছর আগেকার ? এখন হবে কি করে ? পাগল নাকি তুমি ?

হবে। তুমি একরকমই আছ। মোটা ত হওনি একটুও। ওখানে ত খেটে খেতে হয় বাছা ! তাই না ? ওখানে ত আর ছোটুদা নেই, রহিম নেই, রামু নেই, ঝারিও নেই।

শুভেন হেসে ফেলল।

বলল, খেটে ত সবজায়গাতেই খেতে হয় ছোটুদা, মানে, রোজগার করতে কষ্ট ত আছেই।

তা হয়। কিন্তু ও সব দেশে যে রান্না বান্না ধোয়া-পাক্‌লা ও সব নিজেরই করতে হয়। ভুঁড়ি করবে কখন ?

তা ত হয়ই।

আহা। কত্ব সুখ ! তবু যে কেন পড়ে থাকা, তা তোমরাই জানো। তোমাদের মত "মানুষ" যেন কারো ছেলেমেয়েই না হয়। ঈশ্বর যেন তাইই করেন।

তারপরই ঘর ছেড়ে বেরিয়ে যেতে যেতে ছোটুদা বলল, রামু রইল দরজার বাইরে। দরকার হলেই ডেকো। বাবুকে আমি বলে রাখছি। তুমি চান-টান করে তৈরি হয়ে বিশ্রাম করে নাও বরং একটু। ঠিক বারোটায় খাবার ঘরে আসবে। বাবুর সঙ্গে সেখানেই দেখা হবে। শরীরটা ত ভাল নেই বাবুর। ঘুষঘুষে জ্বর হয় একটা রোজই। তারপর তিন তিনটে হার্ট অ্যাটাক ত হয়ে গেছে। বয়সও তিরাশি হল।

ডাক্তার কি বলছেন ? প্রেসার কত ? ব্লাড সুগার ?

ওসব পুরোপুরিই বন্ধ করে দিয়েছেন বাবু। কিছুই চেক করান না আজকাল। শুধু একটি করে মালটি-ভিটামিন ট্যাবলেট আর হার্টের ওষুধটা, ডাক্তার যা দিয়েছেন ; তাই-ই খান।

সে কি ? জোর করো না তুমি ? এ কী গোঁয়ার্তুমি ?

আমি কে ? আমি ত মাইনে করা চাকর। আমার কথা শুনবেনেই বা কেন ? তুমি এসেছ এবারে, তুমিই বলে দ্যাখো। ছোট ছেলে বলে কথা।

চলে গেল ছোটুদা।

চান করতে করতে শুভেন বাথরুমের উঁচু জানালা দিয়ে ইউকালিপ্টাস গাছের সারির দিকে চেয়েছিল। চৈত্রের রোদে ঝিল্‌মিল করছে পাতাগুলো। অনেক বড় হয়ে গেছে দশ বছরে গাছগুলো। বাথরুমের আয়নায় নিজের মুখ দেখল। নিজের বয়স কিন্তু বেড়েছে বলে মনে হলো না একটুও। নিজের আয়নায় সকলেই সিণ্ডারেলা। পরের চোখের আয়নায় না দেখলে দেখাই হয় না আসলে।

পায়জামা পাঞ্জাবি সত্যিই একেবারে ঠিক হল। হ্যুস্টনে স্কোয়াশটা খেলে। ওর অ্যাপার্টমেন্টের বেসমেন্টেই আছে স্কোয়াশের কোর্ট। তারপর "সওনা" নেয়। তারপরে হিটেড স্যুইমিং পুল-এ সাঁতারও কাটে। উইকএণ্ডেও এদিকে ওদিকে চলে যায়। গাড়ি নিয়ে। হাঁটাহাঁটিও কম হয় না ক্যাম্পিং-এ গেলে। ওজন বোধহয় দশবছরে একটু কমেইছে ; বাড়েনি।

বিছানাতে এসে শুল শুভেন। কোলবালিশের ওয়াড়টি পর্যন্ত এক। বেডকভার, জানালার ও দরজার পর্দার সঙ্গেই রঙ মিলিয়ে করা। কোলবালিশের উপর একটি পা তুলে দিয়ে জানালা দিয়ে বাইরে চেয়ে রইল ও। কোলবালিশ। এসব জমিদারী ব্যাপার-স্যাপার দেশে এলেই সম্ভব ! চেয়ে রইল ইউক্যালিপটাস গাছের সারির দিকে। বাগানের অন্য গাছ গাছালি থেকে খসা, শুকনো পাতা উড়ছে চৈত্রশেষের প্রথম দুপুরের হাওয়ায়।

বাবার তিনটি হার্ট অ্যাটাক হয়ে গেছে মায়ের মৃত্যুর পর। লেফ্‌ট্‌ ভেন্ট্রাক্যুলার ফেইলিওর। দাদা টরোন্টোতে আছে। কানাডিয়ান মেয়ে বিয়ে করেছে দাদা। আসলে ফ্রেঞ্চ। মন্ট্রিয়ালে বাড়ি ছিল সুসানের। সুসানও আর্কিটেকট্‌। দুজনে মিলে ফার্ম করেছে। খুব নাম ডাকও হয়েছে। প্রচণ্ড পয়সা করেছে। নিজেদের প্লেনও আছে একটা ফোর সীটার। দাদার দু ছেলে এক মেয়ে। দাদা বোধহয় শিকড় একটু বেশিই গভীরে ছড়িয়ে দিয়েছে কানাডায়। নইলে, মায়ের শ্রাদ্ধতেও আসতে পারলো না দু দিনের জন্যে ! তার সঙ্গেও দেখা হয়নি বহুবছর। হওয়ার অসুবিধে যদিও ছিলো না। কিন্তু মায়ের শ্রাদ্ধর সময়ও না আসায় অভিমান হয়েছিল খুবই।

দাদা ক্রীস্‌মাসে কার্ড পাঠানো ছাড়া আর কোনো যোগাযোগ রাখেনি ওর সঙ্গে। সুসানই ওদের দুজনের মধ্যে বেশি ডমিন্যান্ট। দাদা ডরম্যান্ট। দাদা সুসানের কথাতেই ওঠে বসে। কিছু কিছু পুরুষ থাকে অমন ভেড়ামার্কা। সবজায়গাতেই। কী যেন জাদু করেছে সুসান দাদাকে। বাবার চিঠিতে জেনেছিল দাদার ছেলেমেয়েরা ইংরিজীতে চিঠি লেখে বাবাকে "মাই ডিয়ার ড্যাডুভাই"

বলে। বছরে দু একখানা। দুঃখ হয় ছেলেমেয়েরাও একবার পৈত্রিক ভিটে দেখে গেল না। হাজারীবাগ, জায়গা হিসেবেও ত খারাপ নয় মোটেই! কোনো ভেকেশানে ইচ্ছে করলেই আসতে পারত। আসলে, দাদা বোধহয় আর জড়িয়ে পড়তে চায় না। কেন যে চায় না, তা বোঝে না শুভেন। বাবা ত নিজের আর্থিক জোরেই নিজে দিব্যি বেঁচে আছেন। ছেলেমেয়ে কারো কাছ থেকেই ত তাঁর প্রত্যাশার কিছুমাত্রই নেই ; শুধু একটু সঙ্গ, সমবেদনা, প্রীতি ও শ্রদ্ধা ছাড়া। অথচ তারা দু ভাই এবং এক বোন এতই খারাপ যে, সেটুকুও দিতে পারল না বাবাকে। মাকেও তা দিতে পারেনি, পায়ে দাঁড়িয়ে বিদেশ যাওয়ার পর। অথচ মা কাসুন্দি, আচার, পাঁপড় এবং মিষ্টি নিজে হাতে বানিয়ে সব ছেলেমেয়েদের পাঠিয়েছেন বছরে পাঁচ ছবার দিল্লী কলকাতা এবং বম্বে থেকে একে তাকে ধরে। বাবার কানেকশানস্ ছিলো বলেই অবশ্য সম্ভব হয়েছিল তা। হাজারীবাগ শহর থেকে রেইলহেডই ত কত দূরে! তাইই এখান থেকে কলকাতা দিল্লী বম্বেতে ওসব পৌঁছে দিতেও কত ঝামেলাই না পোয়াতে হয়েছে তাঁদের!

সহজেই অনুমেয় তা। মা ত নেই। বাবাও যাবার জন্যে এক পা বাড়িয়েই আছেন। সবাই কি ভাবে নিজেরা ওয়েল-অফ্ফ্ হয়েছে বলে, বাবার কাছে জাগতিক কিছু প্রত্যাশার নেই বলেই, বাবাকে বদলে দেওয়ারও কিছু নেই কারোরই ?

মনটা বড়ই উচাটন হয়েছিল শুভেনের। বাবার শেষ চিঠিটা পাবার পর। তাই-ই একমাসের ছুটি নিয়ে এসেছে এবারে। অবশ্য বিবেকের কামড়কে প্রশমিত করেই ফিরে যাবে।

দিদিটাও তেমন! সচরাচর মেয়েদের টানই বেশি থাকে বাবা মায়ের উপর। দিদি যেন বরুণদাকে একমুমূর্তও চোখের আড়াল করতে পারে না। বরুণদার রমরমে প্রাক্‌টিস লনডনে। গাইনী। টাকাটা একটু বেশিই চেনে মানুষটা। কোনো সূক্ষ্ম ব্যাপারই নেই মধ্যে। কর্মযোগী পুরুষ, যে-কর্মের একমাত্র লক্ষ্য অর্থ। দিদির চিঠিতে জেনেছে তাদের জাম্বিয়া অথবা ইয়েমেনের সানাতে চলে যাওয়ার কথা। ভাবছে, বরুণদা কি আরোও টাকার জন্যে যাবে ? অথচ ওদের কোনো ছেলেমেয়েও নেই! কী যে করবে আরও টাকা দিয়ে, কে জানে ? মাঝে মাঝে বরুণদাকে মেন্টাল কেস বলেই মনে হয় শুভেনের। দিদিটার মধ্যে কিন্তু অনেকই সূক্ষ্ম ব্যাপার ছিল। গান গাওয়া, ছবি আঁকা ইত্যাদি। সেগুলোর বিকাশ লান্‌ডানের মত জায়গায়, যেখানে অসংখ্য বাঙালীর বাস, হয়ত সহজেই হতে পারত। কিন্তু কিছুই করল না। বরুণদার ক্লিনিকে সেক্রেটারীর কাজ করে দিদি। আগে একটি আইরিশ মেয়ে ছিল হেলেন বলে। বরুণদা তার দিকে একটা সময়

বেশ ঝুঁকেও পড়েছিল। সেটা জানাজানি হবার পরই দিদি নিজেই হাল ধরেছিল। তাছাড়া হেলেনের মাইনেটাও সাশ্রয় হয়। "আ রুপি সেভ্‌ড, ইজ আ রুপি আর্নড" এই ম্যাক্সিমে বিশ্বাস করে ওরা।

চলো, ছোটদাদা! খাবার দেওয়া হয়েছে।

ছোটুদা এসে ডাকল একসময়।

ভাবনার জাল ছিঁড়ে গেল হঠাৎই শুভেনের।

উঠে পড়ে বলল, চলো।

বাবা, খাবার ঘরে, খাবার টেব্‌লে বসেছিলেন। যে চেয়ারটাতে চিরদিন বসতেন, সেই চেয়ারেই।

একসময় এই খাবার টেবিলের ছটি চেয়ারের মধ্যে চারটি চেয়ার ভরা থাকত। বাবা, দাদা, দিদি আর শুভেন। মা কখনই সঙ্গে বসতেন না। সকলের খাওয়া-দাওয়া তদারকি করে খাওয়া শেষ হয়ে এলে তবেই বসতেন। বাবা ও দাদা খেয়েই উঠে যেতেন। দিদি আর শুভেন বসে থাকত। মার সঙ্গে গল্প করত। তবে এমন ঘটনা কমদিনই ঘটত। অন্য দুটি চেয়ারে অতিথি থাকতেন প্রায় সবদিনই দুপুরে এবং রাতে। বাবা বেশিরভাগ দিন লাঞ্চের আগে সঙ্গে করেই ফিরতেন তাঁদের। নেমন্তন্নর দরকার হত না গ্রীন-ভ্যালী লজ এ কারোই। অনাহুত, রবাহুত যিনি আসতেন, তিনিই বসে পড়তেন। বাবার বন্ধু কালীকাকা বলতেন বাবার সম্বন্ধে সবাইকে : মানু বিলিভস্‌, দ্যাট দ্যা ওন্‌লি ওয়ে টু দ্যা হার্ট ইজ থ্রু দ্যা স্টম্যাক্‌।

শুভেন প্রণাম করতে গেল মানুবাবুকে

আগে খেতে বোস্‌। পরে হবে।

তার বাবার উল্টোদিকে বসল শুভেন, চেয়ার টেনে। বাবাকে এখন সত্যিই বুড়ো বলে মনে হয়। মায়ের মৃত্যুর সময়ও অন্যরকম ছিলেন। ছোটুদা বলছিল, তারপরই ভেঙ্গে গেছে স্বাস্থ্য। মানু চ্যাটার্জীও যে কোনোদিন বৃদ্ধ হবেন এ কথা তিনি নিজেও যেমন কখনও ভাবেননি, তাঁর কাছের কোনো মানুষের পক্ষেও তা ধারণা করা পর্যন্ত কঠিন ছিল। তবু, মানুবাবুও বৃদ্ধ হলেন। মুখের চামড়া ঢিলে হয়ে গেছে। চোখের দৃষ্টি ঘোলা। মুখের দারুন ফর্সা রঙ, কেমন নীল্‌চে হয়ে উঠেছে। কানে বেশ কমই শোনেন আজকাল। লক্ষ্য করল শুভেন। রিফ্লেক্সও ঢিলে হয়ে গেছে। এই বাবাকে দেখে, হঠাৎই বুকের মধ্যে এক তীব্র ব্যথা বোধ করল ও। এইরকম কোনো বোধ যে তার বুকে আদৌ ছিল তা এতবছরে একমুহূর্তের জন্যেও বুঝতে পারেনি আগে। আশ্চর্য!

আগেরই মত আস্তে আস্তে চিবিয়ে চিবিয়ে খান বাবা। যদিও দু পাটি দাঁতই

বাঁধানো। খাবার ঘরে শুভেন আসার পরই দাঁত, মুখে পরেছিলেন উনি। তাই-ই জানতে পেল। তবে খাওয়ার মধ্যে কোনো আসক্তি বোধহয় আর নেই। ভাবল শুভেন। খেতে খুবই ভালবাসতেন। আজ খেতে হয় তাইই খাচ্ছেন। মেরুদণ্ড সোজা টানটান করে বসার ভঙ্গিটি কিন্তু এখনও সেই যুবক বয়সের মতই আছে।

দেখে, ভাল লাগল।

মানুবাবু বললেন, আছিস কেমন ?

ভালই। তুমি কেমন আছ বাবা ?

ভালই। নাথিং টু কমপ্লেন বাউট !

কথাটাতে খোঁচা আছে কী নেই বুঝল না শুভেন। খোঁচাখুঁচি করার লোক বাবা নন। এই তিরাশিবছর বয়সে নিজের কনিষ্ঠতম এবং প্রবাসী সন্তানকে খুঁচিয়ে লাভবানও তাঁর হওয়ার কথা নয়।

মানুবাবু একমনে প্লেটের দিকে চেয়ে খেতে লাগলেন। একসময়কার পুরোদস্তুর সাহেবের এখন খালি গা। চেক্‌চেক্ লুঙি পরণে। আনথিংকেবল্। বুকের ও মাথার সব চুলই সাদা। মাথার চুল অবশ্য পঁয়তাল্লিশেই সব পেকে গেছিল। তখন বাবা বলতেন, 'সাইন অফ উইস্‌ডম'। আজকে আশি পেরিয়ে এসে অবশ্য কাউকেই কোনো বাহানা দেবার দরকার নেই আর।

বাবার পোশাক-আশাকের এই পরিবর্তন অবশ্য মায়ের শ্রাদ্ধের সময়ই এসে লক্ষ্য করেছিল শুভেন। দিদি, ব্যাপারটা আদৌ পছন্দ করেনি। বলেছিল, একী বাবা! তোমার সঙ্গে ত একজন কেরানীবাবুর কোনোই তফাৎ রইল না।

মানুবাবু চোখ তুলে গভীর দৃষ্টিতে চেয়েছিলেন দিদির দিকে। জবাব দেননি কোনো। চোখের দৃষ্টি বলেছিল, কেন ? কেরাণীবাবুরা কি মনুষ্যেতর জীব ?

শুভেন বার বার তাকাচ্ছিল খেতে খেতে মানুবাবুর মুখে কোনো কথা বলছেন না দেখে, অস্বস্তিও বোধ করছিল।

ছোটুদা'র কথাগুলো কি তাহলে বাবারই কথা ? "অকৃতজ্ঞ", "নিমকহারাম", "অমানুষ" সন্তানের জন্য কি সত্যিই বাবার বুকে কোনো জায়গাই আর নেই ? নেই-ই যদি, তাহলে শুভেন একাই বা এল কেন বিবেক-দংশিত হয়ে। তার বড় ভাইবোনেরা, যারা বাবার অনেক আগের সৃষ্টি, বাবার সঙ্গে অনেকই বেশি স্মৃতিকে যারা ভাগাভাগি করে নিতে পারত একবার দেশে ফিরলে ; তাদেরই যদি কোনো তাগিদ না থেকে থাকে। তবে সেই ই বা বুড়ো বাবাকে দেখতে এসে অতদূর থেকে দেশে ফিরে অপমানিত হতে যাবে কেন ?

ছোটুদা বলল, কী ভাবছ গো অত খেতে বসে ? এঁচড়টা কেমন বেঁধেছি বললে না ?

চম্‌কে উঠে শুভেন বলল, ভাল। খুউবই ভাল।

মানুবাবু ছোটুর সঙ্গে শুভেনের এই হঠাৎ বাক্যবিনিময়ে যেন চম্‌কে উঠেই একবার চোখ তুলে তাকালেন। চোখ দুটি চশমার-কাঁচের ফাঁক দিয়ে ভাল দেখাও গেল না। ছানি পড়েছে না কি ? কে জানে ? এই খাওয়ার টেবলে গত দশ বছরে কোনো কথাবার্তা হয়ত হয়ওনি। নিজের সঙ্গে নিজে মনে মনে কথা বলতে বলতেই হয়ত খেয়েছেন বাবা।

ভাল করে খাও।

ছোটুদা বলল।

যেন সেই-ই গার্জেন, শুভেনের। যেন, বা তার বাড়িতেই সে ফিরেছে এতবছর পর। এ ঘরের তৃতীয় মানুষটি যেন বাইরের লোক। তাঁর নিজেরই বলবার মত কোনো কথাই নেই শুভেনকে।

শুভেনের অভিমানে খুব লাগল। ভাবল, বুড়ো হলে মানুষ অদ্ভুত হয়ে যায়।

কুঁড়ি আজকে এলো না ?

হঠাৎই ছোটুদাকে জিগগেস করলেন মানুবাবু।

শুভেন খাওয়া থামিয়ে, দুজনের মুখেই তাকাল।

কুঁড়ি ?

নামটি, না-শোনা।

না। আজ ও আসবে না।

ছোটুদা বলল।

কেন ? না-আসার কারণ কি ?

সকালে ত এসেছিল। আমাকে বলে গেল, শুভেনদা ত আসছেন আজ। নিজের ছেলেই সামনে বসে বাবাকে খাওয়াবে। পর কি কখনও আপনের জায়গায় বসতে পারে ? আজ থেকে আমার ছুটি।

কেন ?

রাগতস্বরে শুধোলেন মানুবাবু।

কেন, তা কি করে বলব ?

ওকে তাহলে বলে দিও যে, আর ওর আসতেই হবে না। কোনোদিন যেন না আসে।

ছোটুদা জবাব দিল না।

কুঁড়ি, যে কে ; তা ছোটুদা বা তার বাবা তাকে বলাও প্রয়োজন মনে করলেন না। তবে, শুভেন বুঝতে পারল যে, নিঃসঙ্গ মানুবাবুর জীবনে তার ছেলে-মেয়েদের অনুপস্থিতিতে এই অচেনা অদেখা কুঁড়ি অনেকখানিই জায়গা

করে নিয়েছে। তার অবস্থান মানুবাবুর মনে এখন এমনই দৃঢ় যে, শুভেনও তার তুলনায় অকিঞ্চিৎকর।

মানুবাবু বললেন, বিকেলে একবার আসতে বোলো, তাকে।

ঠিক আছে। হয়ত, বিকেলে এমনিতেই আসবে।

ছোটুদা বলল।

মানুবাবু খেয়ে উঠে পানের ডিবে নিয়ে বারান্দায় বসলেন ট্রানজিসটার খুলে।

ছোটুদা পানের ডিবে, জর্দার কৌটো সব গুছিয়ে রেখে গেল ইজীচেয়ারের পাশের তেপায়াতে।

শুভেন বলল, ডাক্তার তোমাকে জর্দা খেতে বারণ করেননি ?

কে ? ডাক্তার ? হ্যাঁ। তা করেছেন।

তবে ? জর্দা খাচ্ছ কেন ?

তুই কি পান খাবি ?

শুভেনের প্রশ্ন উপেক্ষা করে বললো মানুবাবু।

পান ?

মনে মনে বলল, এমন বর্বরোচিত নেশায় বাবাকে কি করে পেল কে জানে ? মা দু একটি খেতেন বটে, কিন্তু বাবার পাইপ ছাড়া অন্য কোনো নেশাই ছিলো না। বাবাকে দেখেই ও নিজেও পাইপ ধরে। ডানহিল-এর পাইপের দারুণ কালেক্‌শান ছিল বাবার। কাশ্মীর থেকে আখ্‌রোট কাঠের পাইপ-স্ট্যাণ্ড নিয়ে এসেছিলেন অনেকগুলো। ডানহিল কোম্পানি আফটার-ব্রেকফাস্ট, আফটার-লাঞ্চ, আফটার ডিনারের জন্যে আলাদা আলাদা টোব্যাকো করতেন। এখনও করেন। রাতে খাওয়ার আগে মেপে দু পেগ স্কচ্‌ খেতেন বাবা। কখনও সখনও ডিনারের পর ড্রাম্বুই। ছুটির দিনে, কাম্পারি খেতেন লাঞ্চ-এর আগে সোডা দিয়ে। প্রতি শুক্রবার রাতে হাজারীবাগ ক্লাবে যেতেন। রশিদ ড্রাইভার ইম্যাক্যুলেট হোয়াইট ইউনিফর্ম পরে বাবার সাদা ব্যুইক চালিয়ে নিয়ে যেত ক্লাবে। পুলিশ ট্রেনিং কলেজের উল্টোদিকের ক্ল্যাব তখন রম্‌রম্‌ করত। তাই-ই আজকের এই খালিগায়ের লুঙিপরা পান-খাওয়া বাবাকে একেবারেই অচেনা লাগছে শুভেনের।

শুভেনের প্রশ্নর উত্তর দিলেন না মানুবাবু।

বললেন পান খাবি ত বল সেজে দিচ্ছি তোকে।

না। পান খাই না। ডাক্তারের বারণ যদি না শোনো, তাহলে যা-খুশি করো। তিনটে হার্ট অ্যাটাক হবার পরও জর্দা খাওয়া ব্যাপারটা আন্‌থিংকেবল্‌। যা-খুশি করো তুমি।

তাই-ই ত করি।

মানুবাবু বললেন।

তাহলে আর বাঁচবে কি করে?

আর বাঁচতে চায় কে? কোনো মানুষই ত অমর নয়। জন্মের সময়ই মৃত্যুর টিকিট কেটে আসে, সকলেই। টিকিট কেটেই বসে আছি। রিসার্ভেশান পাওয়া হয়নি শুধু এখনও। মরতে যখন হবেই, তখন তাকে ঠেকিয়ে রাখার মিথ্যে চেষ্টার সময় আমার অন্তত নেই। তাছাড়া, অনেকদিন ত বাঁচলামও। দুরন্তভাবে বেঁচেছি। এখন বাতি-নেভার সময়ে, কুকুরের মত ককিয়ে-কেঁদে মরতে চাই না।

মরবেই যে তা কে বলতে পারে? যদি প্যারালিসিস্ হয়ে শুয়ে থাকো? দেখবে কে তখন? একা একা থাকো।

তিনতিনটে হার্ট অ্যাটাকের সময় যারা দেখেছিল। তারাই দেখবে। কারো জন্যেই কারো ঠেকে থাকে না ছোট। তোর কিছুই করতে হবে না আমার জন্যে। মিছিমিছি ভাবছিস কেন? যাদের করার কথা, তারা সময় না পেলে অন্য কেউ করে। জওহরলাল নেহরু মরার আগে সবাই বলত না? আফটার নেহরু হু? আফটার নেহরু যিনি প্রধানমন্ত্রী হয়েছিলেন সেইছোটখাটো লালবাহাদুর শাস্ত্রীর মত পুরোপুরি ভারতীয় প্রধানমন্ত্রী ভারত এখনও আর পেল না। তাসখন্দে মারা গেলেন নেহাৎ তাইই। কারো জন্যেই কিছু ঠেকে থাকে না।

তোদের কারো কাছে কিছুই চাওয়ার নেই আমার।

শুভেন আবারও ধাক্কা খেল একটা। কথাটা সত্যি যে, শুধু তাই-ই নয়; কথাটা মানুবাবু বললেন স্টেটমেন্ট অফ ফ্যাক্ট্-এর মত করে। কোনোই ম্যালিস নেই তাঁর কথাতে। শুভেন বা তার দাদা বা দিদির প্রতি বিন্দুমাত্রও কটাক্ষ নেই। তাদের কাছে সত্যি সত্যিই কিছুমাত্র প্রত্যাশারও নেই মানুবাবুর। এবং ছেলেমেয়েদের কারো কাছ থেকেই কোনোরকম সঙ্গ, যত্ন, পরিচর্যা না পেলেও, মনে হল; কোনো অভিমানই নেই তাদের উপর।

অভিমান-না-থাকাটাও শুভেনের বুকে বড় বাজল। অথচ, করার কিছুই নেই।

সারিয়া হয়ে এলি? না। কোডারমা হয়ে?

কোডারমা হয়ে। কাল রাতে দমদমে পৌঁছেছিলাম দিল্লী হয়ে। এয়ারপোর্ট হোটেলেই ছিলাম। কোডারমাতে নেমে ট্যাক্সি নিয়ে এলাম। তোমার জন্যে দুটো চিভাস্-রিগ্যাল হুইস্কি এনেছি বাবা। খেতে ভালবাসতে তুমি।

হুইস্কি?

আমি ত ছেড়ে দিয়েছি বহুদিন। মৃণালিনীর মৃত্যুর পরই। অপছন্দ করত

তোর মা। এনেছিস যখন, তুইই খাস। এক বোতল হীরুবাবুকে দিয়ে আসিস। খুশি হবেন। এখন ত বিলিতি হুইস্কি পাওয়া যায় না।

পাইপ ছাড়লে কি করে? এতদিনের অভ্যেস!

দিলাম ছেড়ে। যেদিন ছেড়ে দেওয়া ঠিক করলাম, সেদিনই। মানুষ নেশাকে পেতে পারে, পোশাকের মত অভ্যস্ত হতে পারে তাতে কিন্তু নেশা যদি মানুষকেই পেয়ে বসে, পোশাকেরই মত ; তাকে ছাড়া নাই-ই যায় ইচ্ছেমত, তাহলে মানুষ হয়ে জন্মানো কেন?

বলেই, বললেন যাঃ। প্লেন এবং ট্রেন জার্নি করে এসেছিস, ঘুমো গিয়ে। জেট্ ট্রাভেলেও শরীর খুব খারাপ করে।

বিকেলে হাঁটতে যাও আজকাল, তুমি?

না। পারি না হাঁটতে। নিজের ঘরেই থাকি। শেষ অ্যাটাকটা ত হাঁটতে গিয়েই হল! কখনও বাগানে একটু বসি। আর, এই খাওয়ার ঘরে আসি। হাঁটতে আজকাল পারিও না। পা-কাঁপে। ভালও লাগে না। পা দুটো অনেকদিনই বয়েছে এই শরীরকে। ওদের ক্লান্তি সবচেয়ে বেশি। মাথারই মত।

বলেই, আস্তে আস্তে ইজিচেয়ার ছেড়ে উঠে চটিতে পা গলালেন কষ্ট করে।

কী হল তোমার?

হয়নি কিছুই। একটু বসলেই, আজকাল সাড় চলে যায় পায়ের। যা তুই। ঘুমো গিয়ে। তুই যেন রোগা হয়েছিস একটু। কী রে? শরীর ভাল আছে ত?

হ্যাঁ।

ভাল থাকিস। অনেক পথ বাকি এখনও তোর। শরীরম আদ্যম। টাকা-পয়সা, খ্যাতি-যশ এসব কিছুই কিছু নয় শরীরের কাছে। শরীরের মত ইনভেস্টমেন্টও আর কিছুই নেই। যা তুই।

শুভেন উঠল।

মানুবাবু যেতে গিয়ে দাঁড়িয়ে পড়ে বললেন, রাতে কি খাবি? ছোটুকে বলে দিস। মাস দুয়েক পরে এলে আম খেতে পারতিস। এত ভাল ভাল আম হয় মারহান্-এর ফার্মে। তুই আম খেতে ভালবাসিস এত! সব আমগাছ ত বিক্রিই করে দিই আজকাল।

সব? কেন? তুমি খাও না?

না।

তোর মা আম খেতে খুব ভালবাসত। একটা প্রিয় জিনিস ছেড়ে দিলাম মৃণালিনীর কথা ভেবে।

তুমি আম না খেলে, কি মা খুশি হত? মানে, মা জানতে পেলে?

জানি না। হয়ত হতো না। তার আত্মার খুশির কথা আমি কি করে বলব? ওটা, আমার নিজের খুশির জন্যেই ছেড়েছি।

শুভেন নিজের ঘরে যেতে যেতে ভাবল, আত্মা-ফাত্মা! বুলশিট! আম খাওয়া ছেড়ে দিয়ে মৃতা স্ত্রীর প্রতি ভালবাসা দেখানো! এসব সিলি ব্যাপার স্যাপার ভীমরতি-ধরা বুড়োকেই মানায়। তাও, এদেশেই। বাবা, মানুষটা এমন আধুনিক, সাহেবী-ভাবাপন্ন ছিলেন; আর কেমন যেন হয়ে গেছেন আজকাল। কথাও বড় বেশি বলেন। যেখানে একটা কথায় উত্তর দেওয়া যায়, সেখানে দশটা কথা বলেন। বুড়ো হলে বোধহয় এমনই জ্ঞান-দেওয়ার রোগে পায় মানুষকে!

জ্যাকি বলেছিল, দুজনে মিলে হাওয়াইআন আইল্যান্ডে ভেকেশান নেবে। সার্ফিং করবে, সাঁতার কাটবে, কাহালা হিলটন হোটেলে থাকবে, সমুদ্রের মধ্যে সান-সেট্ দেখবে গ্লাস্-বটম বোট থেকে। কোরাল রীফ্-এ স্নরকেলিং করবে। সবই গেল! মানুবাবুর জীবনে যদি শুভেনের কোনো প্রয়োজনই না থাকে, তাহলে ও মিছিমিছি এলোই বা কেন? দাদা ও দিদি বোধহয় বাবাকে আগেই বুঝেছিল। ওই-ই বোকা!

বছরখানেক হল, জ্যাকিই এখন ওর স্টেডি গার্ল-ফ্রেণ্ড। বিয়েটাই করা হয়নি এখনও, এই-ই যা। দুজনের শরীর আর মনের বেশ অ্যাডজাস্টমেণ্ট হয়ে গেছে। দুজনের কমন ইন্টারেস্টও আছে অনেক। জ্যাকিদের বাড়ি ছিল অস্ট্রিয়ার টীরল্ প্রভিন্স্-এ। ছবির মত জায়গা। ওর বাবা এসে ইউনাইটেড স্টেটস-এ সেটল্ করেন। উনি নিউক্লিয়ার ফীজিসিক্ট ছিলেন। হুস্টনেই বাড়ি কিনে অ্যামেরিকান সিটিজেনশিপ নিয়ে সেটল্ করে গেছেন।

জ্যাকির বাবা এখন নেই। মা আছেন। একমাত্র সন্তান।

॥ ২ ॥

যখন ঘুম ভাঙল শুভেনের, তখন বেলা পড়ে এসেছে। তবে, সন্ধে হতে অনেকই দেরি। টিয়ার ঝাঁক ট্যাঁ ট্যাঁ করছে বাগানে। বুলবুলি শীস দিচ্ছে। দাঁড়কাক ডাকছে কা-খ্বা করে। হরজাই গাছগাছালির গন্ধ উড়ে আসছে বাগান থেকে। ভারী ভাল লাগছে এই সব দিশি শব্দ, গন্ধ; এই অনুষঙ্গকে।

দেশে এলেই মনে হয়, থেকেই যায় এখানে। লাভ কি? বিদেশের এ ব্যস্তসমস্ত জীবনে? তারপরই মনে হয়, এইখানে এই জাবর-কাটা গরুর মত

থেকেও বা লাভ কি ? জীবন, সেখানে জাপানী ট্রেনের মত দ্রুতগতিতে ছুটে যায় কত কী পশরা সাজিয়ে। প্রতিমুহূর্তেই চমক। প্রতিভার দাম দেয় ঐ দেশ। নিজেকে আবিষ্কার করতে শেখায়। অনুক্ষণ প্রতিযোগিতাতে নিয়োজিত রেখে মানুষের ধার বাড়াতে সাহায্য করে। জীবন সেখানে থেমে দাঁড়িয়ে থাকে না, বাবার জীবনের মত অসাড়·পায়ে। সেখানে বেঁচে থাকা মানেই এক দুর্বার চ্যালেঞ্জ। এখানে থাকলে এই নিশ্চিন্ত আরামে, বাবুর্চি, বেয়ারা, ছোটুদার প্রশ্রয়ে মরচে পড়ে যাবে দুদিনে শুভেনের ইস্পাতে। এখানে থেকে যাওয়ার প্রশ্নই ওঠে না।

বাবা যেমন ব্যবহার করছেন তেমন ব্যবহার করতে থাকলে ও সাতদিন পরই হয়ত ফিরে যাবে৷ বরং বম্বেতেই থেকে যাবে কদিন। অ্যাটমিক এনার্জী কমিশনে আভাস আছে। আভাস সুরমা। ওর চেয়ে বেশ কয়েক বছরের বড়ই হবে আভাস। তবু গভীর বন্ধুত্ব ওদের। স্টেটস্-এ গেলে, ওরা শুভেনের কাছে যায়ই। সুরমা একবার একাও গিয়ে ছিল, দিন পনেরো। তখন ন্যাকাবোকা বাঙালীরা যাকে “প্রেম” বলে, সেইরকম কামগন্ধহীন একধরনের প্লেটোনিক সম্পর্কও গড়ে উঠেছিল শুভেনের, সুরমার সঙ্গে। এখনও বম্বে থেকে সুরমা প্রায়ই চিঠি লেখে। সুন্দর সব চিঠি। বর্তমানে, শুভেনের বাঙলাভাষার চর্চা বলতে গেলে সুরমার চিঠি পড়া এবং ওকে বাংলায় চিঠি লেখা। বাবাও বাংলায় কখনই চিঠি লেখেননি। পারেনও না লিখতে। এমনকি ঠাকুমাকেও বাবা ইংরিজিতেই চিঠি লিখতেন, বাইরে কোথাও গেলে। ঠাকুমা তেমন ইংরিজি জানতেন না যে, তা জেনেও। তবে, বাবার মত ভাল ইংরিজি কম মানুষকেই লিখতে দেখেছে শুভেন। একেবারে ইংরেজের ইংরিজি। যদিও সে ভাষা এখন তামাদি হয়ে গেছে। তার অ্যান্টিক বাবার মতই বাবার ভাষাও অবসলিট্ হয়ে গেছে এখন। ইংরিজি ভাষাটার চেহারাটা, সারা পৃথিবীতেই দ্রুত পালটে গেছে গত ত্রিশ বছরে। আমেরিকানরা ত দেখতে দেখতে তাদের ইংরিজিকে বলতে গেলে গায়ের জোরেই প্রায় ইংরেজদের ইংরিজি থেকে আলাদা করে নিল। বানানে ; উচ্চারণে। “শিডিউলকে” করেছে “স্কেজ্যুল”, বিনা প্রয়োজনেই। সবচেয়ে মজার কথা এই-ই যে, খাস লান্ডানের ইংরেজরাও অক্সফোর্ড এবং কেমব্রিজের ঐতিহ্যকে ছেঁড়া পোশাকের মতই ছেড়ে ফেলে দিয়ে অ্যামেরিকান ইংরিজির দিকে ঝুঁকেছে। একটা জাত যদি নিজেদের ঐতিহ্য, ভাষা এবং সংস্কৃতি সম্বন্ধে সচেতন না থাকে, তাহলে সে জাতের পতন অনিবার্য। বাঙালীদের যেমন পতন হয়েছে ; হচ্ছে ; ইংরেজদেরও হয়েছে, হচ্ছে, এবং আরও হবে।

চা নিয়ে এল রামু ছোট ট্রেতে করে। সেই পুরোনো জার্মান সিলভারের উপর কারুকাজ করা ছোট্ট টি-পট্-এ। দুধ ও চিনিও, জার্মান সিলভারেরই আলদা আলাদা ছোট পটে।

উঠে বসে, জানালার সামনে তেপায়াতে ট্রেটি রেখে চা ঢালল ও, কাপে। চায়ের সঙ্গে মাংসের ছোট ছোট শিঙ্গারা আর পাটিশাপটা। মধ্যে, ক্ষীরের আর নারকোলের পুর দেওয়া।

রামু দাঁড়িয়েছিল আরও লাগবে কিনা জিগগেস করবে বলে।

রামুকে জিগগেস করল ও, কে এসব বানাল রে? রহিম আজকাল পাটিসাপটাও বানাতে শিখেছে না কি?

রহিম বাবুর্চি নয় ছোটবাবু, কুঁড়ি দিদি বানিয়ে নিয়ে এসেছিল। সিঙারা অবশ্য গড়েই এনেছিল, রহিম বাবুর্চিই ভেজে দিল গরম গরম। পাটিসাপটা বানিয়ে এনেছিল।

কুঁড়ি দিদি কে?

ব্যানার্জী সাহেবের মেয়ে।

কোন্ ব্যানার্জী সাহেবের?

বাঁটুল ব্যানার্জী সাহেব। পাগলা ছবিবাবুর দাদা।

ও। কিন্তু ব্যানার্জী সাহেবের মেয়ের নাম ত চুয়া। তার ত বিয়ে হয়ে গেছে কবেই। থাকেও ত এলাহাবাদে। তাকে ত আমি ভাল করেই চিনি। এ তুই কী উল্টোপাল্টা বলছিস, না জেনে শুনে।

রামু হাসল। বলল, বাঃ রে। কুঁড়ি দিদিমণি ত চুয়া দিদিরই ছোট বোন হচ্ছে।

ছোট বোন?

গলায় শিঙ্গারা বেধে যাওয়ার উপক্রম হল শুভেনের।

চুয়ার কোনো বোন কি ছিল? দশ বছর আগে যখন এসেছিল। হঠাৎই ওর মনে পড়ে গেল চুয়ার বোনকে। সাদা রঙের ছিপছিপে একটি দশ-বারো বছরের মেয়ে। এ বয়সের মেয়েরা আলাদা করে চোখে পড়ে না। এক রকমই মনে হয় সবাইকেই। মনে আছে, বয়সের তুলনায় অত্যন্ত গম্ভীর ছিল চুয়ার বোনটি। চুয়া তাকে ডাকত "হেডমিস্ট্রেস" বলে। তার দিদি চুয়ার সঙ্গে হঠাৎ দেশে-আসা প্রায় সমবয়সী শুভেনের অন্তরঙ্গতা সেই ছোট মেয়েটি মোটেই ভাল চোখে দেখত না, এ কথাও ওর মনে পড়ল। শুভেনকে দেখলেই, তার মুখে গভীর বিরক্তি ফুটে উঠত। ভুরু কুঁচকে যেত। স্পষ্টই মনে আছে ওর। তার এখন কতই বা বয়স হবে? বড়জোর বাইশ তেইশ। সেই মেয়েটিই তাহলে এখন তাদের

ভাইবোনেদের অনুপস্থিতিতে শুভেনের বাবার সেল্ফ-অ্যাপয়েন্টেড লোকাল গার্জেন হয়ে উঠেছে। এই কুঁড়ি দিদিটি কী প্রকার মানুষ, ভাল করে জানতে হচ্ছে সে খবরটা।

কী করে রে? ঐ কুঁড়িদিদি?

কলেজে পড়ত। কলকাতায়। ইম্‌তেহান্ পাশ করে গেছে। এখন এখানেই থাকে। কিছুই করে না। তবে, বাবু ওঁকে খুব ভালবাসেন। উনিও বাবুকে খুব ভালবাসেন। সব সময়ই বাবুর দেখ্‌ভাল্ করেন। বাবুর শেষ হার্ট অ্যাটাকের সময় একমাস বাবুর ঘরেই ত' থাকতেন। নার্সরাও তাঁর যত্ন দেখে হাঁ। এক মুহূর্ত চলে না বাবুর কুঁড়িদিদিকে না হলে। জানেন ছোটবাবু; গলা নামিয়ে বলল, রামু, ছটুদা বলছিল; বাবুর সব সম্পত্তি, যত সম্পত্তি, সবই বাবু কুঁড়িদিদিকেই লিখে দিয়েছেন।

বড় বেশি কথা বলিস তুই রামু। কতদিন হল এখানে বহাল হয়েছিস তুই?

তা সাত বছর হয়ে গেল দাদাবাবু।

বাড়ি কোথায় তোর?

বারিয়াতু।

তোকে যা জিগগেস করব, জবাব ঠিক তাই-ই দিবি। বেশি কথা বলা আমি পছন্দ করি না। তোর কাছে আমি হাজারীবাগ শহরের কিংবা আমাদের বাড়ির পেটের খবর জানতে চাইনি।

আরও কি আনব?

রামু বলল, থতমত খেয়ে।

কি?

পাটিসাপটা? শিঙাড়া? কিছুই আনব না?

নাঃ। চা আন আর এক কাপ। নিয়ে যা পটটা। এগুলোও নিয়ে যা।

সেকি? একটাও পাটিসাপটা খাবেন না? শিঙারাও ত মোটে একটাই খেলেন।

যা বলছি, তাই-ই কর।

ভিতরে ভিতরে খুবই উত্তেজিত হয়ে উঠেছিল শুভেন। বাবা, তাঁর সব সম্পত্তি কুঁড়িকে লিখে দেবেন বলে নয়। কারণ, তার নিজের যা সম্পত্তি আছে বিদেশে, যা টাকা আছে ব্যাঙ্ক অ্যাকাউন্টে, হুস্টনে এবং বেলজিয়ামের ব্রাসেলস-এর, ব্যাঙ্কে প্রচণ্ড সুদে খাটানো; তা দিয়ে সে ইচ্ছে করলে পুরো হাজারীবাগ শহরের দশ ভাগের একভাগ একাই কিনে নিতে পারে। বাবার সম্পত্তির লোভ তার বিন্দুমাত্রও নেই। কিন্তু এতো সম্পত্তির কথা নয়, এ যে

পারিবারিক অসম্মান। স্ক্যাণ্ডাল। এ অপমান তার একার গায়েই নয়, দাদা ও দিদির গায়েও লাগবে।

হাসি পেল শুভেনের ব্যাপারটার কথা ভেবে।

বাবাও কি নিজেকে পিকাসো মনে করেন নাকি? তিরাশি বছর বয়সে, নাতিপুতির দাদু হয়ে, বাইশ-তেইশ বছরের কুঁড়িকে বিয়ে করবেন? বাবার সঙ্গে মেয়েটির রিলেশনশিপ ঠিক কী ধরনের সেটা ভাল করে জানতে হচ্ছে। ব্যাপারটা অত্যন্ত আপসেটিং। মৃতা স্ত্রী মৃণালিনীর আত্মাকে আম ডেডিকেট করে এখন নাতনীর বয়সী মেয়ের সঙ্গে সহবাস করছেন না কি বাবা? এমন ঘটনা হুস্টনে কী প্যারিসে বা ন্যু ইয়র্কে ঘটলে খুবই স্বাভাবিক বলে মনে হত। কিন্তু এটা ত হ্যুস্টন নয়, এ যে হাজারীবাগ শহর। একমাস বাবার এ ঘরে রাত কাটিয়ে গেল, তাতেও ব্যানার্জী কাকা কিছু বললেন না? বাবার সঙ্গে পুরোপুরিই যে প্লেটোনিক সম্পর্ক মেয়েটির এমন কথা ভাবাও অসুবিধের। হাজারীবাগ শহরের পুরোনো বাসীন্দারাও সব এমন অত্যাধুনিক হয়ে গেলেন!

ভাবাও যায় না।

রামু চা নিয়ে ফিরে এলো না। ছোটুদা এল।

ছোটুদা কর্মচারী হলেও ছোটুদাকে এ বাড়িতে কেউই কর্মচারী বলে কখনই মনে করেনি। রাজার যেমন দেওয়ান, জমিদারের যেমন নায়েব, তেমনই "গ্রীন-ভ্যালী লজ"-এর ম্যানেজার ছিল ছোটুদা। মা ও বাবাও তাকে এক বিশেষ চোখে দেখে এসেছেন চিরদিনই। এ বাড়ির জন্যে ছোটুদা যা করেছে ও আজও করে তার দাম টাকা পয়সাতে দেওয়া যায় না। লেখাপড়াও শিখেছিল ছোটুদা। তখনকার দিনের ক্লাস এইট অবধি। আজকালকার অনেক বি-এ, এম-এদের সমান। অন্ততঃ ইংরিজিতে। বাংলা লিখতে পারে না, তবে বাঙালীর মতই বলে। গিরিডিতে বাড়ি ছিল ছোটুদার। তার জীবনের ষাটটি বছর সময়ের মধ্যে ছেলেবেলার তেরোবছর বাদ দিলে সবশুদ্ধ আর দু' বছরও বোধহয় থাকেনি নিজের বাড়িতে সে। রামুকে যা বলা যায়, ছোটুদাকে তা বলা যায় না।

কী হল?

ছোটুদা বলল।

চোখে মুখে কৌতূহল এবং যেন সামান্য কৌতুকও লক্ষ্য করল শুভেন।

কী, কী হল?

খেলে না কেন খাবারগুলো?

আমার খুশি। ভাল লাগল না তাই-ই।

আমি নিজে নিয়ে আসিনি বলেই কি খেলে না?

ধর ; তাই-ই। তবে তুমি ত আর বানাওনি এগুলো।

তা বানাই নি, তবে যে বানিয়েছে সে আমার চেয়েও অনেক বেশি যত্ন আর ভালবাসা দিয়ে বানিয়ে এনেছিল তোমার জন্যে। রামুটার বড় বাড় বেড়েছে। তোমাকে ও কি বলেছে তাও বলেছে আমাকে। খুব ধমকেছি আমি ওকে।

বানিয়ে এনেছে আমার জন্যে ? বাজে কথা। আমাকে সে চেনেই না!

চিনবে না কেন ? তোমাদের বাড়ির সকলকেই চেনে।

থাক্। তার এত ভালোবেসে কাজ নেই আমাকে। বাবাকেই ভালবাসতে বোলো। আমি যা ব্যাপার-স্যাপার দেখছি, তাতে মনে হচ্ছে এখানে আসাই বোধহয় ভুল হয়েছে।

ব্যাপার-স্যাপার মানে ?

কী ব্যাপার-স্যাপার ?

বলেই তীক্ষ্ণ ও বিরক্ত চোখে ছোটুদা তাকাল শুভেনের চোখে।

কী আবার!

না, না কথাটা খোল্সা করে বলো একটু। কথাটা ত ভাল নয়।

বাবা যে এমন হয়ে যাবেন!

শুভেন বলল, স্বগতোক্তির মত।

কেমন হয়ে যাবেন ?

তুমি সব ত জানোই। তাহলে আর এত কথা বলছে কেন আমাকে দিয়ে, ছোটুদা ?

ছোটদাদা! আমি জানতাম যে, বিদেশে গিয়ে তুমি মানুষ হয়েছ। কিন্তু...

তুমি থামো ছোটুদা। খাবার সময় বাবাও মানুষ কাকে বলে সে সম্বন্ধে একচোট জ্ঞান দিয়েছেন। এখন আবার তোমার জ্ঞান শোনার মত মেজাজ আমার নেই।

ছোটুদা স্তব্ধ হয়ে অনেকক্ষণ চেয়ে রইল শুভেনের দিকে।

বলল, ছোটদাদা। আমি তোমাদের চাকর। তোমাকে কিছু বলা আমার মানায় না। আমারও একটি ছেলে আছে। তাকে বাবু পাটনা মেডিকেল কলেজে ডাক্তারী পড়াচ্ছেন। তোমাকে দেখে এখন আমার মনে হচ্ছে যে, ওকে পড়াশুনো ছাড়িয়ে ক্ষেতি-জমিনেই লাগিয়ে দেব। মহেশ মণ্ডার কাছে আমাকে কিছু ক্ষেতি-জমিনও করে দিয়েছেন। লেখাপড়া শিখে যদি তোমাদের মত ছেলেমেয়েই তৈরি হয় তবে তাদের লেখাপড়া না শেখালেই বোধহয় ভাল। ইচ্ছে করলে, তুমিও আমেরিকাতেই ফিরে যেতে পারো। এই দেশ, এই বাড়ি ;

এই বাবা তোমার বা তোমাদের কোনো ভাই-বোনেরই যোগ্য নয়। আমাদের কথা ছেড়েই দাও। আমরা ত তোমাদের অন্ন-খাওয়া কর্মচারীই! চাকর-বাকর!

খুবই লজ্জা হল নিজের ওপর। সত্যিই কি চোদ্দ বছর বিদেশে থেকে থেকে তার দিশি চোখদুটো নষ্টই হয়ে গেছে? ভারতীয়ত্ব বাঙালীত্ব বলতে কিছুই কি আর অবশিষ্ট নেই এই চৌত্রিশ বছরের শুভেনের?

হঠাৎই উঠে দাঁড়িয়ে ও বলল, রাগ করো না ছোটুদা, মানুষ ত বদলায়ই! আমি হয়ত সত্যিই বিদেশী হয়ে গেছি। আমাকে সময় দাও ছোটুদা। আর একটু সময় দাও। লক্ষ্মীটি!

ছোটু শুভেনের মুখের দিকে অপলকে চেয়েছিল। ম্যাগনোলিয়া গ্রাণ্ডিফ্লোরা গাছের পাতা পিছলে পশ্চিমের কমলা-রঙা রোদ এসে ছোটুদার মুখে পড়েছিল। বাগানের শেষপ্রান্ত থেকে দিনশেষের ডাক ডাকছিল পাখিরা। তাদের মধ্যে, তিতিরদের গলাই সবচেয়ে জোরে শোনা যাচ্ছিল।

শুভেন দেখল, ছোটুদার দুটি চোখ ছলছল করছে।

তাড়াতাড়ি কথা ঘুরিয়ে শুভেন বলল, তিনি কোথায়?

চমকে উঠে ছোটু বলল, কে? তিনি কে?

তোমাদের কুঁড়ি দিদিমণি?

ওঃ। সে ত খাবারগুলো দিয়েই আজ চলে গেছে। তার শরীরটাও ভাল নেই। কালই জ্বর নিয়ে গেছিল এখান থেকে। ওর বাবা মারা যাওয়ার পর থেকেই মেয়েটা ভাল থাকছে না মোটেই।

ব্যানার্জীকাকাও মারা গেছেন? সে কি? কবে?

গত বছর। কাল ওর বাবার মৃত্যুদিন। সে জন্যে মনও ভাল নেই হয়ত।

কাকীমা কেমন আছেন?

কাকীমা ত নেই।

সে কি? কাকীমার কাছে আজই যে যাব ভেবেছিলাম!

তোমাদের সব কর্তব্যজ্ঞান বড়ই দেরী করে জাগে ছোটবাবু!

কবে গেলেন?

ব্যানার্জী সাহেব যাওয়ার দু বছর আগেই। সেরিব্রাল অ্যাটাক্ হয়েছিল ওঁর।

তোমাদের কুঁড়ি দিদিমণি তাহলে থাকেন কার কাছে?

বাঃ ব্যানার্জী সাহেবের ছোট ভাই ছিলেন না, সেই যে, চাত্রা, হাণ্টারগঞ্জ, ডোভি চৌপারণ এসব জায়গায় ট্রাকের ব্যবসা ছিল যাঁর। ছবিবাবু?

ও! হ্যাঁ! হ্যাঁ! মনে পড়েছে। ছবিকাকা?

হ্যাঁ। সেই ছবিবাবু আর তাঁর স্ত্রীই এখন দেখাশোনা করেন কুঁড়িকে।

ছবিকাকার ত মাথার একটু গোলমাল ছিলো, না ?

হ্যাঁ। এখনও আছে।

বেশি বাড়াবাড়ি ?

না। মাঝে মাঝে হয়। যখন হয় তখনও বাড়াবাড়ি কিছু হয় না। বাইরে থেকে বোঝাও যায় না। হঠাৎ হঠাৎ নিরুদ্দেশ হয়ে যান। তখন ওঁর আত্মহত্যা করার ঝোঁক বাড়ে। যে মানুষটির খুঁড়ির খুঁটি হবার কথা ছিল কুঁড়ির ; তাকে নিয়েও কুঁড়িদিদিমনির কম ঝোক্কি পোয়াতে হয় না। বড় অভাবী মেয়েটা !

ছবিকাকার স্ত্রীর যেন কী নাম ছিল, মণি কাকীমা না ?

হ্যাঁ, মণি।

কুঁড়িকে দেখাশোনা করেন ? উনি ?

তা করেন। ব্যানার্জীসাহেব ত' সব সম্পত্তি একমাত্র কুঁড়ি দিদিকেমনিকেই দিয়ে গেছেন। যার রেস্ত আছে, তার দেখাশোনার লোকের অভাব হয় না। তবে, জীবদ্দশায় বোধহয় কিছুই দিতে নেই কাউকেই। দিলেই তখন ভালোবাসা, দেখাশোনা সবই গায়েব হয়ে যায়। কুঁড়িকে কিছু না দিয়ে, উইলে সব কিছু ঝুলিয়ে রাখে যারা ; লোভ জাগিয়ে রাখে, তারাই চালাক।

তুমি বাবার এত দেখাশোনা করো কেন ?

ছোটুদাকে ধাক্কা দেওয়ার জন্যেই ইচ্ছে করেই বলল শুভেন কথাটা। ছোটুদা, কুঁড়ি এরাই এখন "গ্রীন ভ্যালী লজ"-এর ভার্চুয়াল মালিক হয়ে গেছে। শুভেন যেন কেউই না। ধাক্কা একটু খাক। খাওয়া দরকার। সে নিজেও কম ধাক্কা খায়নি এবারে আসা অবধি।

ছোটুদা চেয়ে থাকল শুভেনের মুখে এক মুহূর্ত। বলল, কেন আর ? ঐ লোভেরই জন্যে। বাবু এত বড়লোক ! আমাকে কি আর কিছু দিয়ে যাবেন না ? ছেলেমেয়েরা বাইরে। কেউ খোঁজও নেয় না। আমার ত এই-ই মওকা। গরীব লোক, লোভ থাকা ত অস্বাভাবিক নয়। ধর, এই লোভেই করি এত, বাবুর জন্যে।

তোমাকে ত ইতিমধ্যেই বাবা অনেকই দিয়েছেন। আরও চাও ?

বললামই ত ! লোভ কার নেই বল ? তাছাড়া কম ত করিনি আমিও তোমাদের জন্যে। লাভের লোভ থাকা কি অন্যায় ? যা দিয়েছেন, তাকে যথেষ্ট বলে মনে ত আমি নাও করতে পারি ! জানালা দিয়ে বাইরে চেয়ে, বিরক্তির গলায় বলল, ছোটুদা।

শুভেন চুপ করে চা খাচ্ছিল।

ছোটুদা আবার বলল, আচ্ছা, ছোড়দাদা, তুমি যেখানে থাকো, বড় খোকা, খুকি যেখানে থাকে সেখানে আমাকে একবার নিয়ে যাবে ? ও সব দেশে বুঝি

টাকাই সবচেয়ে বড় ? মানুষের স্বার্থ, লাভ, লোভ, দেনা-পাওনা এর বাইরে মানুষের বুঝি আর কোনো কিছুই পাওয়ার নেই ? চাওয়ারও থাকে না ? বড় আজীব দেশে থাকো তোমরা।

চায়ের কাপটা নামিয়ে রেখে শুভেন বলল, এখানেও তাই-ই ! তবে ওখানের মানুষ এখানের মানুষের মত ভণ্ড নয়। এত কথাও তারা বলে না।

যাবে একবার সেখানে নিয়ে ? আমাকে ?

সেখানে যেতে অনেকই খরচা। তুমি যাবে কি করে ? নষ্ট করার মত পয়সা আমার নেই।

একবার খুবই যেতে ইচ্ছে করে, তোমাদের সকলকে দেখে।

যা করছ করো। বাবাকে ত তুমি আর কুঁড়ি মিলে একেবারে কব্জাই করে ফেলেছো। ভবিষ্যৎও তোমাদের চমৎকার। তখন যেও যেখানে খুশি। তখন ত বড়লোকই হয়ে যাবে।

তোমাদের তিন ভাই বোনের কাছ থেকে যা পেলাম তাতেই বড়লোক হয়ে গেছি। অন্য ধনের লোভ আর করি না ছোটদাদা। একটুখানি চুপ করে থেকে বলল, যাক্ গে ওসব। রাতে কি খাবে বল ?

যা খুশি রেঁধে দিও।

আমি রাঁধব না। রহিম রাঁধবে। বাবু বলেছেন, তোমাকে জিজ্ঞেস করতে। তাইই...

আমি যা খাই, তা কি তোমার রহিম বাবুর্চি রাঁধতে পারবে ? তবে আর জিগগেস করা কেন ? তোমাদের যা খুশি তাইই রেঁধো। বেশি ভালবাসা দেখিও না। বাবাকেও বোল , যেন না দেখান। যা নেই ; তা আছে বলে ভেবে কি লাভ ?

বাঃ। বাঃ ! খুবই ভাল বলেছ কথাটা ছোটদাদা। যা নেই ; তা নিয়ে না-ভাবাই ভাল। আমি তাহলে যাই এবার। দাও চায়ের ট্রেটা দাও। এতখানি পথ উড়ে এসে তোমার মাথার ঘিলু-টিলু সব বোধহয় নড়েচড়ে গেছে। এবার বাইরে গিয়ে একটু হেঁটে এসো। যাও, ক্যানারির দিকে। মাথাটা সাফ্ হয়ে যাবে ; কুয়াশা কেটে যাবে। তুমি বেরোলে তখন তোমার জামা-কাপড় গুছিয়ে ওয়াড্রোবে আর আলমারিতে রাখব আমি। চাবিটা নিয়ে আসছি।

বলেই, চলে গেল ছোটুদা।

শুভেন ভাবছিল, সত্যিই কি তার মাথার ঘিলু নড়ে গেল ? না হলে এখানে এসেই তার মনের মুখ এমন তেতো হয়ে গেল কেন ? না-এলেই বোধহয় ভাল ছিল।

ছোটুদা চলে গেলে জীনস্ ও হাতওয়ালা গেঞ্জী পরে, বেরিয়েই পড়ল শুভেন। তখনও সন্ধ্যে হতে আধঘণ্টা দেরী।

বাইরে বেরিয়ে, ক্যানারির দিকেই চলতে লাগল। সার্কিট্ হাউসের পরে রিফর্মেটরীর পথ এবং গয়া রোডের অনেকখানি পর্যন্ত পথের বাঁদিকের টাঁড়ে আগে মোরব্বা ক্ষেত ছিল। মনে পড়ে। হেম্প্-এর গাছ। আনারসের মত দেখতে গাছগুলো। তবে, অনেকই বড় বড়। পাতাও অনেক মোটা আর চওড়া। অসংখ্য গাছ ছিল। বুনো তিতির, খরগোস আর সাপেদের আড্ডা ছিল সেখানে। এখন ফরেস্ট ডিপার্টমেণ্ট সিঙ্কোনার প্ল্যান্টেশান্ করেছেন। ঘন জঙ্গলের মত দেখায় জায়গাটা।

ডান দিকে মোড় নিল ও। কিছুদূর গিয়েই পুলিশ সুপারের বাড়ি। মোড়ে, ভাগ্যকুলের রায়দের এক শরিকের মস্ত বাড়ি। খামার, গরু-বাছুর, ক্ষেতি-জমিন। বিরাট ব্যাপার। বাঁ দিকে মোড় নিয়ে ক্যানারির পাহাড়ের দিকে গেলে, ডানদিকে কলকাতার নামী ব্যারিস্টার গৌরি মিত্তিরের বাড়ি। থাকতেন না, বেড়াতে আসতেন। উনিও মারা গেছেন অনেক দিন হল। শুনেছিল বাড়িটা কিনেছিলেন, সেনেদের কাছ থেকে। আরও পরে, ডানদিকে কলিয়ারির মালিক মুখার্জীদের বাড়ি এবং কটেজগুলি। তারও পর আলামোহন দাশের বাড়ি। তারপর একেবারে পাহাড়ের নিচেই জাস্টিস্ মল্লিকদের কালো-রঙা প্রাসাদোপম বাড়িটি। বিরাট কম্পাউণ্ড। কোনদিন কাউকে থাকতে দেখেনি শুভেন এখানে। ঠিক জানে না, হয়ত পুজোর সময় বা বড়দিনে কখনও এসে থাকবেন কেউ কেউ। ছেলেবেলায় এই বাড়ির কাছে সন্ধ্যের সময় বা রাতে কখনও একা এলেই ভয় করত খুব শুভেনের। ছম্‌ছম্ করত গা। বাড়িটার বিরাটত্ব, কাল্‌চে রঙ এবং পাহাড়তলির নির্জন পরিবেশ শুধু ওরই নয়, অনেকের মনেই ভয় জাগাত।

সূর্যাস্তের আগে আগেই মল্লিক বাড়ির কাছে গিয়ে পৌঁছল ও। কম্পাউন্ডের কাঁটাতারের বেড়া ডিঙিয়ে, ভিতরের পুটুসের জঙ্গল থেকে তিতির-মা দৌড়ে এসে রাস্তা পেরুল। ক্ষুদে ক্ষুদে এক ঝাঁক বাচ্চা তার পেছন পেছন। এই ক্যানারির পাহাড়েরই পায়ের কাছে ফরেস্ট ডিপার্টমেণ্ট একটা চিতাবাঘকে খাঁচায় বন্ধ করে রেখেছিল। তখন শুভেনের হয়ত বছর দশেক বয়স। সেই চিতাটা খাঁচা ভেঙে পালাল একদিন রাতে। কী ভয়! হাজারীবাগ শহরের সকলের! ক্যানারির পথে যাওয়া-আসাই বন্ধ হয়ে গেল মানুষের। তারই কিছুদিন পর একটা মানুষখেকো বাঘ বেরুল সীতাগড়া পাহাড়ের এলাকাতে। রয়্যাল বেঙ্গল টাইগার। তখনকার পুলিশ সুপার চ্যাটার্জীসাহেবের বড় ছেলে, মস্ত মানুষ-খেকো বাঘটা মারলেন সীতাগড়া পাহাড়ের নিচে। পিঁজরাপোল ছিল পাহাড়ের উপর।

গরুর গাড়ি করে যখন নিয়ে এল বাঘটাকে তখন দেখেছিল শুভেন। বাঘের মত বাঘ বটে!

তার ছেলেবেলার হাজারীবাগ ত আর নেই! সেই শান্তি, ভালোলাগা; নির্জনতা কিছুই আর নেই। ছেলেবেলাটাই হারিয়ে গেছে পুরোপুরি। কোন্ পথে গেলে যে দেখা মিলবে হারিয়ে-যাওয়া ছেলেবেলার সে হদিসও আর তার পরিচিত কারো কাছেই নেই।

ক্যানারির পায়ের নিচ দিয়ে কোব্‌রার মোড়ের দিকে চলে গেছে একটা পথ। পথটা আগে মোরামের ছিল কচি-কলাপাতা সবুজ শাল জঙ্গলের মধ্যে লাল পথটিকে দারুণ সুন্দর দেখাত। বিশেষ করে বৈশাখে, আর শ্রাবণ-ভাদ্রে। সবই কেমন যেন বদলে গেছে। নাকি, বদলে গেছে সে নিজেই।

ঘুরল এবার। সঙ্গে টর্চ আনেনি। পশ্চিমী দুনিয়ায় সন্ধ্যের পর টর্চের প্রয়োজন কোথাওই হয় না। ক্যাম্পিং-সাইটেও ইলেকট্রিক কানেকশানস্ থাকেই। গাড়ির মধ্যে রেফ্রিজারেটর, আভেন্, হীটার, অথবা এয়ারকণ্ডিশনার সবই চলে। ইণ্ডিয়া এখনও প্রিমিটিভই রয়ে গেল। প্রায় উগাণ্ডা, ঘানা, জায়রেরই মত। ভাবলেই কষ্ট হয় শুভেনের।

ফেরার পথে ইচ্ছে হল যে, একবার ছবিকাকা, মণি কাকীমা এবং এসে অবধি যার কথা বারবার শুনছে সেই কুঁড়ির বাড়ি একবার হয়ে যায়।

তারপরই ভাবল, কী দরকার! তারা যেতে বললে, অন্য কথা ছিল। কাল বরং যাবে একবার। ব্যানার্জীসাহেবের মৃত্যুদিন। মানে, প্রথম মৃত্যুবার্ষিকী!

চুয়ার সঙ্গে তার একটা মিষ্টি সম্পর্ক ছিল, অন্য কিছু না হলেও সেই জন্যেই যাওয়া উচিত একবার।

চুয়ার চেয়ে দশ বছরের ছোট কুঁড়ি। সেইই এখন তার বাবার হার্ট-থ্রব্। মেয়েরা কখন হঠাৎ বড় হয়ে ওঠে, তাদের সমসাময়িক ত বটেই; তাদের চেয়ে অনেক বেশি বয়সের পুরুষদের মাথাও যে কী করে ছাড়িয়ে যায়, এবং চিবিয়ে খায় অবহেলায়, তা বোঝা পর্যন্ত যায় না।

অফ্ ওল পার্সনস্ বাবা! মাই! মাই!

শহরের দিকে আসতে আসতে নিজেই নিজেকে বলল শুভেন, তোমার এত মাথাব্যথা কিসের? আফটার অল্ হিজ লাইফ হিজ লাইক্। মানুবাবুর আয়ের যে সামান্য তলানিটুক্ পড়ে আছে তাও ত তাঁরই। তা নিয়ে কী করবেন, না করবেন সেটাও মানুবাবুরই বিবেচ্য। এতদিন বিদেশে থাকার পরও অন্যের প্রাইভেট লাইফ সম্বন্ধে ও যে এখনও এত ইন্‌কুইজিটিভ্ আছে এ কথা মনে করে, খারাপ লাগল। বাবাই হোক কি ছেলেই হোক, আঠারো বছরের পর কারো

প্রাইভেট লাইফ সম্বন্ধেই এরকম ঔৎসুক্য থাকাটা আর যাই হোক মানসিক স্বাস্থ্যের লক্ষণ নয়।

বাড়ি ফেরার সময় চৌমাথার মোড়ের পানের দোকানের সামনে একদল ছেলেকে সাইকেলে ঠেসান দিয়ে পান খেতে আর আড্ডা মারতে দেখল। কতক্ষণ দাঁড়িয়ে আছে এরা কে জানে ? অথচ এখন পড়াশুনো করার সময়। আমেরিকা-প্রবাসী শুভেনের মনে হল, এই দেশে যার যেটা করার, সেটা ছাড়া অন্য সবকিছুই করে প্রত্যেকে। সময়ের, যৌবনের এই অপচয় চোখে দেখা যায় না।

"দ্যা গ্রীনভ্যালী লজ"-এর কাছাকাছি আসতেই দূর থেকে দেখল, ছোটুদা বাড়ির গেটে দাঁড়িয়ে আছে।

শুভেনকে দেখতে পেয়েই, সে দৌড়ে এল। বলল, শিগগির চলো। বাবু, অসুস্থ হয়ে পড়েছেন।

আবার অ্যাটাক হল না কি ?

কে জানে ? বিকেলে চা খাওয়ার পর তোমাকে অনেকবার খুঁজছিলেন। জানি না, কী হল আবার।

ভিতরে ঢুকেই শুভেন দেখল, পোর্টিকোর নিচে একটি সাদা ফিয়াট গাড়ি দাঁড়িয়ে আছে।

কে ?

শুভেন শুধোলো।

ডাক্তার প্রসাদ।

দোতলার সিঁড়ি বেয়ে উঠে তাড়াতাড়ি বাবার ঘরের দিকে এগিয়ে গেল ছোটুদার সঙ্গে শুভেন। ডাক্তার প্রসাদের সঙ্গে ড্রইংরুমেই দেখা হয়ে গেল। উনি বাইরে আসছিলেন।

কেমন দেখলেন ?

ছোটুদা শুধোল।

এখন ঠিকই আছেন। ইন্‌জেকশনও দিয়েছি। না দিলেও চলত হয়ত। তবে রিস্ক নিলাম না। হাসপাতালে ত চ্যাটার্জীসাহেব যেতে একেবারেই রাজী নন। তাইই একটু একস্ট্রা প্রিকশান্ নিতেই হয়।

ছোটুদা বলল, এই যে ! বাবুর ছোটছেলে। আমেরিকায় থাকেন। আপনি ত দেখেননি একে।

না। নাইস্ মীটিং ইউ।

বলে, ডাক্তার প্রসাদ হাত বাড়িয়ে হ্যাণ্ডশেক্ করলেন।

কেমন দেখলেন বাবাকে ?

বললাম ত ! ভালই ! দু পা এগিয়ে, ঘুরে বললেন, অ্যাজ আ ম্যাটার অফ ফ্যাক্ট নাথিং রিয়্যালি ডিসটার্ব ইওর ফাদার, বাট্ হিমসেলফ। আ গ্রেট গাঈ। বাট্, আ ভেরী ব্যাড পেশেন্ট। বলে, ডাক্তার প্রসাদ হাত বাড়িয়ে হ্যাণ্ডশেক করলেন।

শুভেনের ভাল লেগে গেল এই ডাক্তারকে। অ্যাভারেজ দিশি লোকদের মত নন। হী হ্যাজ দ্যা স্মেল্ অফ্ আ স্ট্র প্রফেশানাল্।

ডঃ প্রসাদ দ্বিধাগ্রস্থ গলায় ছোটুদাকে জিগগেস করলেন, আজকে কোনোরকমে এমোশানালি আপসেট্ হয়েছিলেন কি চ্যাটার্জী সাব ? অবশ্য, অনেকদিনের পর আদরের ছোটো ছেলেকে দেখে তা হওয়াই স্বাভাবিক ! তারপর শুভেনের দিকে ফিরে বললেন কতদিন পরে দেশে ফিরলেন আপনি ?

বছর তিনেক ?

না। দশ বছর।

ছোটুদাই উত্তর দিল।

মাই গুডনেস্। নাউ আই নো দ্যা রীজন্ ফর দিস সাডেন এইলমেন্ট্। কাল সকালেই ঠিক হয়ে যাবেন।

ছোটুদা বলল। ছোটদাদা তুমি বাবুর কাছে যাও। আমি ডাক্তারসাহেবকে পৌঁছে দিয়ে আসি।

ঠিক আছে।

শুভেন বাবার ঘরের দরজায় গিয়ে দাঁড়াল। ঘরের আলো নিবোনো। মাথার কাছে একটি টেব্‌লল্যাম্প। ডে-লাইট বাল্বের নীলচে সাদা আলো ঘরটাকে নীলাভ আভায় ভরে দিয়েছে। বাবার গায়ের উপরে সাদা একটি চাদর। গলা অবধি টানা সেটা। খাটের পাশেই সাদার ওপর কালো ডুরে একটি তাঁতের শাড়ি আর সাদা ব্লাউজ পরা একটি মেয়ে চেয়ারে বসে আছে বাবার মুখের দিকে একদৃষ্টে চেয়ে। তার বসার ভঙ্গির মধ্যে, তার কপাল, চিবুক এবং মুখের মধ্যে এমন কিছু ছিল, যা শুভেনকে নিমেষে বিদ্যুৎস্পৃষ্ট করল।

চুয়ার বোনের সঙ্গে চুয়ার কোনো মিলই নেই ! চুয়ার শারীরিক সৌন্দর্য ছিল। এর সৌন্দর্য, শারীরিক যতটা নয় ; আত্মিক তার চেয়ে অনেক বেশি। এর তুলনায় চুয়াকেই ছোট বলে মনে হত, এখন যদি চুয়া পাশে থাকত।

শুভেনের হঠাৎ মনে হল, একজন মানুষকে, শরীর যতখানি পূর্ণতা দেয়, তার চেয়ে অনেকই বেশি দেয় তার মন।

কুঁড়ির চুল খোলা ছিল। চুলের ওপর ডে-লাইট ল্যাম্পের নীলচে-সাদা

আলো পড়ে তাকে কোনো দেবী বলে মনে হচ্ছিল। ঠোঁট দুখানিতে আর চিবুকে দৃঢ় এক প্রত্যয় ফুটে উঠেছে। এই ধরনের মেয়ের মুখ দেখে মনে হয় যে, এরা যা-কিছুই করে, খুব ভেবেচিন্তেই করে। এবং যা করবে বলে ঠিক করে, তা থেকে এদের নড়ানো খুবই মুশকিল হয়। এই কুঁড়ি মেয়েটি সম্বন্ধে তার মনে যথেষ্টই বিরূপতা জমা হয়েছিল। কিন্তু তাঁকে দেখামাত্র অচিরেই তা সরে গেল।

এত কথা ভাবতে শুভেনের কতক্ষণ লাগল ও জানে না। ছোটুদা যে ওর পেছনে নিঃশব্দে এসে কিছুক্ষণ দাঁড়িয়ে থেকে চলে গেল তাও ও জানলো না।

শুভেন ঘরের ভিতরে ঢুকল। বাবার খাটের পাশে গিয়ে দাঁড়িয়ে বাবার ডান হাতটি নিজের হাতে তুলে নিয়ে নাড়ি দেখল। দেখে, হাতটি আল্‌তো করে নামিয়ে রাখল।

কুঁড়ি, এই প্রথম পূর্ণ দৃষ্টিতে তাকাল শুভেনের দিকে। টেবল ল্যাম্পের আলোটা এসে সোজা শুভেনের চোখে পড়েছিল। আর সেই আলো-পড়া চোখে সাইকিয়াট্রিস্টের মত তীক্ষ্ণ দৃষ্টিতে চেয়ে ছিল কুঁড়ি। শুভেনের মত সপ্রতিভ ছেলেরও সেই দৃষ্টিতে অস্বস্তি হতে লাগল।

কুঁড়ি অস্ফুটে বলল, বাইরে যান। আপনার বাবা এখন ভালই আছেন।

"বাইরে যান" কথাটার মধ্যে অপমানকর কিছু থাকলেও থাকতে পারত। কিন্তু অপমান তাতে আছে কি নেই তা ভাবার আগেই শুভেন দেখল যে তার পা দুটি তাকে ঘরের বাইরে নিয়ে এসেছে।

সেই মুহূর্তে ওর মনে হল, বাবার পায়েরই মত ওর পা দুটিও অসাড় হয়ে গেলে ভাল হত।

বসবার ঘরের সোফাতে এসে বসল শুভেন। পুরোনো আমলের সোফা। বসলে, আর ওঠা যায় না। এত বড় আর এত নরম।

"গ্রীণ ভ্যালী" নামক এই বাড়িটা, বাড়িটার মালিক, আসবাবপত্র সবই যেন অ্যান্টিক্ হয়ে গেছে। মিড়-ভিক্টোরিয়ান যুগের ফ্যাশানের গাব্দা-গোব্দা ভারী ভারী আসবাবপত্রে বাড়ি ঠাসা। ল্যাজারার্স্ কোম্পানির ফার্নিচার সব। কলকাতা থেকে বহু কষ্টে আর ব্যয়ে আনানো। রিটায়ার করার পরই হাজারীবাগে এসে সেট্‌ল করেন মানুবাবু।

ছোটুদা এসে বলল, কেমন দেখলে?

ভালই ত আছেন। ঘুমোচ্ছেন।

আহা! সেত আমি জানি। বাবুকে নয়। বাবুর কথা বলিনি।

তবে? কার কথা?

ফুলকুঁড়ি গো।

ছোটুদার চোখের কোণে এক প্রচ্ছন্ন কৌতুক লক্ষ্য করল, এই প্রথমবার শুভেন এসে অবধি যা ও বুঝতে পারেনি ; তার একটু আভাস এই মুহূর্তে যেন প্রাঞ্জল হয়ে উঠল। তাকে চিঠি লিখে ছোটুদার এখানে আসতে বলা, বাবার আনইউজয়ালি এমোশানাল শেষ চিঠি, বাবাকে শেষবারের মত দেখে যাওয়ার জন্যে ; আসার পর থেকেই বাবার এই হেঁয়ালি-হেঁয়ালি ব্যবহার এমনকি বাবার এই হঠাৎ-অসুস্থতারও পেছনে ছোটুদা এবং বাবার এক গভীর চক্রান্ত আছে বলে মনে হল ওর। সাংঘাতিক এক ফাঁদ পাতা হয়েছে তার জন্যে।

পতঙ্গ যেমন আগুনের দিকে মৃত্যু অবিসংবাদী জেনেও আকর্ষিত হয়, তেমনই এক আকর্ষণ চুয়ার বোনের প্রতি ইতিমধ্যেই বোধ করতে শুরু করেছে শুভেন। মোহগ্রস্ত হবার মত শিশু সে নয়। চোদ্দো বছর বিদেশে একা থেকে অনেকই সাদা ও কালো নারীর দেহ সে চিনেছে। তার দেহর সঙ্গে কথা বলেছে অনেকই নারী-দেহ। কিন্তু বিদেশের অনেক মেয়ের সঙ্গে শুয়েও, কুঁড়িকে দেখামাত্র তার মনে যে ভাব জেগেছে, সেই ভাবের কণামাত্রও জাগেনি তাদের কারো প্রতিই। তার মনের সঙ্গে কথা বলেনি, কোনো নারীরই মন, এমন করে ; কোনো কথা না-বলে। তাইই আজ অবধি জুটি বাঁধা যায়নি কারো সঙ্গেই। নীড়ের কথা মনেও আসেনি। জ্যাকির সঙ্গে এখন শুভেন যেমন একবছর "স্টেডি" আছে, এর আগেও একাধিক বছর তেমন একাধিক বান্ধবীর সঙ্গে স্টেডি ছিল। সপ্তাহান্তে একবার করে স্টেডি অথবা আনস্টেডি কোনো নারীর সঙ্গে সহবাস সে করেই। মেয়েদের শরীর তাকে আর প্রলুব্ধ করে না। হ্যাংলামিও নেই কোনো তাদের সম্বন্ধে। তাইই, যাকে তাকে ভাল লাগে না আর।

শুভেন বুঝতে পারল যে, এবারের দেশে আসাটা শখের আসা হবে না আদৌ তার কাছে। বিশ্রী রকমের দুঃখময় একধরনের ভালো লাগার যন্ত্রণা সে ইতিমধ্যেই অনুভব করতে শুরু করেছে।

চুয়াকে যে দেখেছে, তার পক্ষে চুয়ার মত উচ্ছল, সাধারণ, সুন্দর শরীরের প্রাণবন্ত একজন সাদামাটা মেয়ের যে এমন একজন ছোট বোন থাকতে পারে, তা বিশ্বাস করাও মুশকিল। তবে বিশ্বাস করতে অসুবিধা হওয়ার কথাও নয়। তার সঙ্গে তার দাদার যদি এত অমিল থাকতে পারে তাহলে চুয়ার সঙ্গে চুয়ার বোনের পার্থক্যে অবাক হওয়ার কি ?

ছোটুদা বলল, কী হল ? কথা বলছ না যে। বাকরোধ হয়ে গেল নাকি ?

তারপর গলা নামিয়ে, দুহাত জড়ো করে বলল, জয় বজরঙ্গলীকা জয় !

কী ইয়ার্কি করছ ছোটুদা। বুঝি না।

ভীষণ রেগে উঠে বলল শুভেন।

ইয়ার্কি করছি ? তোমার সঙ্গে ইয়ার্কি করি এমন আস্পর্ধা আমার ? তোমার সঙ্গে আমার চাকর-মনিব সম্পর্ক যে সে কি আমি জানি না ?

ছোটুদার কথার জবাব দেবার আগেই পেছন থেকে রিনরিনে গলায় কুঁড়ি বলল, হ্যুস্টনে কি আজকাল নাড়ী টিপতেও শেখায় না কি মহাকাশ-বিজ্ঞানীদের !

থতমত খেয়ে দাঁড়িয়ে উঠে শুভেন বলল, সবই শেখায়।

আমার নাম কুঁড়ি। আমি আপনাকে চিনি। আপনি চেনেন না আমাকে।

তুমি ত চুয়ার ছোট বোন। এত শুনছি তোমার সম্বন্ধে এসে অবধি এখানে যে তোমাকে না চিনি এমন সাধ্য কি আর ? তুমি-ময় এই "গ্রীণ-ভ্যালী লজ্।"

তা ঠিক্। তবে, বাড়ির মালিকেরা যখন না থাকেন, তখনই আমার দায়-দায়িত্ব। আপনি একমাস থাকবেন এখানে, একমাস আমার ছুটি। আমার নিজের অনেকই কাজকর্ম আছে। কাকাবাবু একা যখন থাকেন, তখন অন্য কথা। এই কথাটা আজ বিকেলে বলাতেই কাকাবাবু বুকে হাত দিয়ে চেয়ারে এলিয়ে পড়লেন। কী বিপদেই পড়েছিলাম। আমাকেই ত দায়ী করতেন আপনারা খুনের দায়ে ! ভবিষ্যতে কিন্তু উনি আপনারই দায়িত্ব। ছেলে-মেয়ে বা পুত্রবধূর যা কর্তব্য, তা বাইরের লোকে করবেই বা কেন ! তাছাড়া তারা সশরীরে উপস্থিত থাকতে, সেটা করা শোভনও নয়।

তারা মানে ?

শুভেন, অবাক হয়ে শুধোল।

মানে, আপনি আর জ্যাকি।

জ্যাকি !

হ্যাঁ। জ্যাকিকে আসবার জন্যেও আপনার নাম করে টেলিগ্রাম পাঠিয়ে দিয়েছি আমি একটা। কিছু মনে করবেন না। কাকাবাবু আমার কাছ থেকে সব শুনেই এই সিদ্ধান্ত নিয়েছেন।

হতাশ গলায় শুভেন বলল, কোন্ সিদ্ধান্ত ? সব শুনে মানে ?

জ্যাকির সঙ্গে আপনার বিয়েটা যাতে হয়, সেই সিদ্ধান্ত। এবং এখানেই হয় !

কী বলছ কি তুমি ? পাগল না কি ? তাছাড়া তুমি জ্যাকির কথা জানলেই বা কি করে ?

জানি। হ্যুস্টন কি আপনার একারই। আমার কি কোনো বন্ধু থাকতে পারে না সেখানে ?

আই ডিডনট্ নো দ্যাট সামবডি ওজ স্পাইং অন আস্।

ইউ নীডনট্ নো। সংসারে অনেক কথা থাকে, তা না জানলেই ভাল।

মানে ? কী কথা ?

অনেকই কথা। থাকে।

বলেই বলল, এই নিন, টেলিগ্রামের কপি।

বলে, ওর ব্যাগ থেকে একটা কাগজ বের করে দিল।

শুভেন বড় বড় চোখে দেখল, সত্যিই জ্যাকির ঠিকানাতে টেলিগ্রাম গেছে, শুভেনের নামে।

হানি,

প্লীজ কাম ডাউন। মাই ফাদার ইজ ইন্ ডেথ্-বেড। হী ওয়ান্টস আজ টু গেট ম্যারেড ইন্ হিজ প্রেসেন্স্। প্লীজ ডু কাম। প্লীজ ইনফর্ম ডেট এণ্ড ফ্লাইট নাম্বার। শ্যাল রীসিভ ইউ অ্যাট ক্যালকাটা অর ডেলহি এয়ারপোর্ট। মে ওলসো রিং মী আপ্। আই ট্রায়েড উওর নাম্বার। ইউ ওয়্যার নট হোম। শ্যাল ট্রাই এগেইন্।

লাভ! ইয়োরস্ শুভেন।

তুমি কি মনে করো না যে, এটা একটু বাড়াবাড়ি হয়ে গেল।

শুভেন রাগত স্বরে বলল কুঁড়িকে।

আমি ত দূতমাত্র। সেটা আপনি কাকাবাবু আর ছোটুদাকেই বলবেন।

একটু হেসে, ভুরু তুলে বলল, দূত ত' চিরকালই অবধ্য। ইতিহাস পড়েন নি ?

একটু চুপ করে থেকে বলল, আমি এখন যাচ্ছি। কালকে আমার বাবার মৃত্যুদিন। কিছু কাজ আছে। আপনি যে একমাস আছেন, আমি কিন্তু সত্যিই আসব না "গ্রীণ ভ্যালী লজ"এ। আপনার যদি ইচ্ছে হয় যেতে পারেন আমাদের বাড়ি। যখন খুশি। তবে সকাল নটার আগে এবং রাত নটার পরে নয়।

কেন ? আমি থাকতে তুমি এখানে এলে কি হয় ?

না না, কাকাবাবু একেবারে স্পয়েল্ট হয়ে যাচ্ছেন। তাছাড়া, জ্যাকি জানলেও কিছু ভাবতে পারে।

শুভেন উত্তরে কিছু বলল না। শুধু হেসে বলল, থ্যাঙ্ক ইউ।

কুঁড়ি ডাকল, ছোটুদা। চল, আমাকে পৌঁছে দেবে।

আমার এখন অনেক কাজ। বাবুর কাছে থাকতে হবে আমায়। আমি পারব না।

ছোটুদা ব্যস্ততা দেখিয়ে বলল।

সেকি। রিক্সাটাও ছেড়ে দিলাম। তখন ত বেশ বললে যে, পৌঁছে দেবে। কাকাবাবু ত ঘুমোচ্ছেন এখন। বেশ অনেকক্ষণ ঘুমোবেনও।

পৌঁছে যে দেওয়া হবে তা ত একশবার বলেছি, কিন্তু আমিই যে দেব তা ত বলিনি!

বলেই, অর্ডারের সুরে শুভেনের দিকে ফিরে বলল, যাও দেখি ছোটদাদা, একে বাড়ি অবধি পৌঁছে দিয়ে এসো একটু। অনেক করেছে এ তোমার বাবার জন্যে। সে-ঋণ শোধ করার ক্ষমতাও তোমার নেই। স্বীকারটুকু কর অন্তত। যাও।

শুভেন দ্বিধাগ্রস্ত গলায় বলল, চলো। গাড়ির চাবি দাও ছোটুদা।

গাড়ির চাবি?

হেসে উঠল ছোটুদা। গাড়ির ব্যাটারী ত বিমলের দোকানে রাখা আছে। ন-মাসে ছ-মাসে গাড়ি বেরোয়। পার্টটাইম ড্রাইভার ঠিক করা আছে একজন।

বাবা যে সকালে বললেন গাড়ি পাঠিয়ে আম আনেন মারহান্-এর ফার্ম থেকে। রশিদ নেই?

কে?

রশিদ ড্রাইভার?

ফুঃ! সে কবে মরে গেছে।

কবে? রশিদও?

তা, বছর পাঁচেক হবে।

ঈসস্। আচ্ছা, কে কে বেঁচে আছে বলতে পারো আমাকে?

কেন? আমি আছি, বাবুও আছেন। সব বুড়ো ত মরেনি এখনও;আমরা ত এখনও জলজ্যান্তই আছি। তোমার খেদের কারণ কি?

কালকে গাড়িটা পরিষ্কার করে ধুতে বলবে রামুকে। ব্যাটারী নিয়ে আসব আমি চার্জ করিয়ে। গাড়ি ছাড়া চলে? আনথিংকেবল্। গাড়িটা থাকলে বাবাও ত এদিক ওদিক যেতে পারতেন একটু।

তা অবশ্য পারতেন। তবে, রশিদ মরে যাবার পর বাবু বললেন, এই সাদা ব্যুইক গাড়িটা ডেলিভারি নিয়ে এসেছিল রশিদই। কলকাতা থেকে। তিরিশ বছর এই গাড়ি চালিয়েছে ও নিজে হাতে। ঐ স্টিয়ারিং-এ আমি বাইরের অন্য কাউকে আর হাত দিতে দেবো না। ছেলেমেয়েরা দিলে, অন্য কথা ছিল। অন্য কোনো ড্রাইভার আমি রাখব না। আমার গাড়ি চড়ার দিন ত ফুরিয়েই এল।

অস্টিন সমারসেট্টা কি হল? জীপটা?

সবই বিক্রি হয়ে গেছে। শুধু ব্যুইকটাই আছে। রশিদের স্মৃতিচিহ্ন হিসেবে।

হুঁ। নাইনটিন ফিফটির ব্যুইক। এই গাড়িও ত ভিনটেজ হয়ে গেছে। চাকাগুলো ঠিক আছে?

বলতে পারব না তা। চাকাও সব খুলে গিদাইয়ের দোকানে রাখানো আছে। হাওয়া দিয়ে রাখে ও।

গাড়ি আছে কিসের উপর, তা হলে?

সে কোনো চিন্তা নেই। ইটের উপর বসানো আছে। ফারস্ট ক্লাস। পারফেক্ট রেস্ট-এ আছে গাড়ি।

হরিবল্। ইটের উপর একটা জাংককে বসিয়ে রেখে দিয়েছ পাঁচ বছর। ডিমে তা দিচ্ছে বসে?

তোমাদের পক্ষে কোনো কিছুই ইম্পসিবল নয়। সত্যি ভাবা যায় না ছোটুদা।

মুখ বিকৃত করে বলল, ও তারপর, তোমাদের কিস্‌সু হবে না। কিসসু হবে না।

ডান হাত দিয়ে মুঠো পাকিয়ে বাঁ হাতে ঘুষি মারল শুভেন, বলতে বলতে।

কুঁড়ি ঠোঁট টিপে হাসল।

হেসেই, মুখ ফিরিয়ে নিল।

চলো।

শুভেন বলল।

ওরা এগিয়ে যেতেই ছোটুদা হেসে, মনে মনে বলল, কিস্‌সু হবে না! বাছা আমার। সব-কিসসুই হবে!

আমি আসলে একাই যেতে পারতাম! নেমে, কুঁড়ি বলল শুভেনকে। পথে একটা বীয়ার-পাব্ করেছে। ক' মাস হল। সন্ধ্যের পর মেয়েদের পক্ষে তার সামনে দিয়ে যাওয়াই মুশকিল। একা হলে ত কথাই নেই। পুরুষমানুষগুলোর সঙ্গে জন্তুদের অনেকই মিল। আপনি কি বলেন?

এগোতে, এগোতে শুভেন বলল, তা ঠিক! তবে জন্তুদের মধ্যেও ত পুং-লিঙ্গর মত স্ত্রী-লিঙ্গও থাকে। তোমার এই অ্যাবসল্যুট স্টেটমেন্ট তাই-ই মেনে নেওয়া মুশকিল। কিন্তু হাজারীবাগে বীয়ার-পাব্? আনথিংকেবল। হলো কি?

স্বাধীনতার পর দেশ ত অনেকই এগিয়েছে।

তাই-ই ত দেখছি।

পথের দুপাশে বড় বড় জ্যাকারাণ্ডা গাছ। ফিকে বেগুনী-রঙা ফুলে ভরে আছে এখন গাছগুলো। পথের উপর গালচের মত ফুল বিছোনো আছে। আর একটু এগোতেই কৃষ্ণচূড়ার সারি। লাল, হলুদ, কমলা। অন্ধকারে গাছের ফুলগুলোকে দেখা যাচ্ছে না। তবে, কুঁড়ির টর্চ-এর আলোতে পথের ফুলগুলি দেখা যাচ্ছে। রঙ, স্পষ্ট চেনা যায় না যদিও।

রাস্তায় আলো দেয় না ?

নাঃ। থাকলেও ত লোড শেডিং থাকে প্রায়ই।

ভাবা যায় না। এই দেশে থাকো কি করে ?

বাবা, ঠাকুর্দা, কাকাবাবু সবাই ত এখানেই কাটিয়ে দিলেন জীবন। খারাপ হোক, ভাল হোক, সেকেণ্ড ক্লাস সিটিজেন ত নই ! "আমাদের দেশ" এই কথাটা বলতেই বুক ভরে যায়।

একটু চুপ করে থেকে কুঁড়ি বলল, আমার অন্ধকার খুব ভালও লাগে। অন্ধকার না থাকলে, আলো, চাঁদের আলো এ সব কি উপভোগ করা যায় ? সব দেশই একই রকম হওয়াও ভাল নয় মোটেই। তা হলে পৃথিবীটা স্টিরিও টাইপড হয়ে যেত।

যাই-ই বল, যেখানেই মানুষ থাকে পৃথিবীর সভ্য দেশে, সে গ্রাম গঞ্জ যাই-ই হোক না কেন ; পথে টর্চ নিয়ে বেরোতে হবে একথা আজকাল ভাবাই যায় না।

সে ত কলকাতাতেও বেরোতে হয়। হাজারিবাগের দোষ কি ?

অধমের দৃষ্টান্ত দিলে ত অনেকই দেওয়া যায়।

তা ঠিক। "তুমি অধম বলিয়া আমি উত্তম না হইব কেন ?"

কুঁড়ি মাঝে মাঝে টর্চ নিবিয়ে দিচ্ছে। তখন ঘুটঘুট করছে অন্ধকার। থেমে পড়ছে শুভেন। কুঁড়ি কিন্তু এগিয়ে যাচ্ছে অন্ধকারেই।

অনেকক্ষণ চুপচাপ হাঁটল ওরা দুজনে।

তাঁতের শাড়িটা পাট-ভাঙ্গা। নিস্তব্ধ পথে একটা মৃদু খসস খসস শব্দ হচ্ছে কুঁড়ির পা ফেলার সঙ্গে সঙ্গে। দুটি পায়ে রূপোর পায়জোর। শাড়ির নিচে চমৎকার গোড়ালিকে জড়িয়ে আছে ওরা। বাঙ্গালি মেয়েদের এসব পরতে দেখেনি আগে। চান করে এসেছে কুঁড়ি। জ্বর-ফর সব বাজে কথা। ছোটুদার গুল। মৃদু সুগন্ধ বেরোচ্ছে কুঁড়ির গা থেকে। সাবানের গন্ধও হতে পারে, প্রসাধনের গন্ধও হতে পারে। হয়ত ওর শরীরের গন্ধও হতে পারে ; গাছেদের গায়ের সুগন্ধেরই মত। পশ্চিমী মেয়েদের শরীরে নিজস্ব কোনো গন্ধ থাকে না। হয় কটেজ চীজের গন্ধ, নয় বীয়ারের গন্ধ ; নয়ত পারফ্যুমের গন্ধ। শরীরের গন্ধ এখনও শুধু এই অ্যান্টিক দেশের ভিন্টেজ নারীদের গায়েই বোধহয় পাওয়া যায়। কেমন নেশা নেশা লাগছে শুভেনের কুঁড়ির পাশে, বাংলায় কথা বলতে বলতে হেঁটে যেতে। বাংলা ভাষাটা কিন্তু ভারী সুন্দর। আজকাল অবিচ্ছিন্নভাবে বেশিক্ষণ বাংলা বলার সুযোগই হয়ে ওঠে না। হ্যুস্টনে ওর বেশির ভাগ বন্ধুই অবাঙালি। নিজের মনের সব ভাব এত সহজে সুন্দরভাবে প্রকাশ করতে পেরে ভীষণই ভাল লাগছে ওর। অনেক, অনেকদিন পর।

কালকে, কাজ কখন আরম্ভ হবে ?

শুভেন শুধোল।

কিসের কাজ ?

কাকাবাবুর মৃত্যুদিন না ? কাল ?

ওঃ। না। কাজ টাজ ত কিছু হবে না। আপনি বোধহয় ভুলে গেছেন শুভেনদা। আমরা যে ব্রাহ্ম।

ঠিক ঠিক। সত্যিই ত। ভুলেই গেছিলাম।

সন্ধ্যেবেলা গান হবে। পাঁচটা নাগাদই আরম্ভ করার ইচ্ছে আছে। অনেকেই আসবেন। ব্রাহ্মসমাজ কম্পাউন্ডের অনেককেও বলেছি। আমাদের বাড়িটা ত শহরের একেবারে এক প্রান্তে। তাই-ই একটু তাড়াতাড়িই আরম্ভ করছি। রিক্সাও, রাত হয়ে গেলে পাওয়া যায় না এদিকে। গাড়ি ত মাত্র একজন দুজনেরই আছে।

আচ্ছা। কাল দিনের মধ্যেই আমি গাড়িটা ঠিক-ঠাক করে হাজির হব তোমাদের বাড়ি। ফ্রী ট্যাক্সি-সার্ভিস দেওয়া যাবে। শাটল। এই-ই হবে কাকাবাবুর প্রতি আমার শ্রদ্ধাজ্ঞাপন।

হাসল কুঁড়ি।

বলল, তার দরকার হবে না। আপনি নিজেকে নিয়ে উপস্থিত হলেই ধন্য হব।

তারপরই বলল, আপনি গান গাইতে পারেন না ?

গান ? উরিঃবাবা। কেলেঙ্কারী ঘটানোর ইচ্ছা না থাকলে এ সব বোলো না। গলায় কোনো সুরই দেননি ঈশ্বর আমাকে। তবে ভালবাসি খুব শুনতে গান।

আহা। দিদির সঙ্গে গাইতেন না বুঝি ডুয়েট ? "সেদিন দুজনে দুলেছিনু বনে ফুলডোরে বাঁধা ঝুলনা।"

হোঃ হোঃ করে হেসে উঠল শুভেন।

বলল, ঐ চিৎকারকে তুমি গান বলো ? কিছু মনে কোরো না, চুয়ার গলাতেও কিন্তু গান ছিলো না। পাতিহাসের মত আওয়াজ ছিল ওর। এবং বেসুরো।

তাতে কি ? গলায় না থাক। মনেতে ছিল।

কুঁড়ি বলল।

তুমি গাওনা ?

এই। একটু আধটু।

কী গান গাও ?

রবীন্দ্রসঙ্গীত, ব্রহ্মসঙ্গীত, এই সব।

চুয়া ত অতুলপ্রসাদের গানও শিখত। তাই না ?

হ্যাঁ। দিদি ত লক্ষ্ণৌতে দ্বিজু জেঠুর কাছে গিয়ে শিখেও ছিল কিছুদিন।

কে দ্বিজু জেঠু ?

দ্বিজু সান্যালমশায়। দ্বিজু জেঠুও চলে গেলেন। কাগজে পড়লাম, খবরটা বেশ কিছুদিন আগে।

প্লীজ দয়া করে আর চলে যাওয়ার কথা বোলো না আমাকে। আমি সত্যিই টায়ার্ড হয়ে গেছি। আসা-টাসার কথা কিছু জানা আছে ত কোনও। এ কী মৃত্যুর দেশে এসে পৌঁছলাম রে বাবা! যার কথাই শুনি, তিনিই চলে গেছেন। হোয়াট ওয়াজ দ্যা হাররী ?

দশ বছর ত অনেকখানিই সময়। অনেক কিছুই ঘটে যায় দশ বছরে। তাই-ই না ? বিশেষ করে আজকাল।

তা ঠিক। তুমিও যেমন এক ঘটনা। তুমি যে আদৌ ছিলে দশ বছর আগে, তা ত লক্ষ্যও করিনি।

হাসল কুঁড়ি, শব্দ না করে।

একটু পরে বলল, আপনার ঘরের পূবের জানালার সামনে একটি অমলতাস গাছ হয়েছে দেখবেন। মস্ত বড়। ফুল ফুটেছে তাতে। বাসন্তী-রঙা। আর কী বাহার তার! আপনি যখন যান গতবারে, তখন কিন্তু ছিলো না সেটা। আপনি চলে যাওয়ার পর দিনই লাগিয়েছিলাম আমি। মনে আছে, কাকীমা জুন মাসে আমাদের ছেড়ে গেছিলেন এবং আপনিও শ্রাদ্ধর পরে পরেই ফিরে গেলেন। তখনও বর্ষা ছিল। তাই-ই লাগাতে পেরেছিলাম গাছটা। দিদি তখন ছিল ত! বলেছিল, কী করলি ? কেন করলি ?

ওকে বলেছিলাম, তোমার বন্ধু কতদিন পরে আবার দেশে ফেরে দেখব। তার অনুপস্থিতির দৈর্ঘটা মাপব এই অমলতাস গাছের দৈর্ঘ্য দিয়ে।

বাঃ তুমি ত দারুন বাঙ্গলা বল।

বাঃ রেঃ। আমি যে বাঙালি।

দিদি বলেছিল, আমারই ত বন্ধু। তোর কি ?

বলেই, চুপ করে গেল কুঁড়ি।

অন্ধকারেই কুঁড়ির মুখের দিকে তাকিয়ে শুভেন বলল, কি বলেছিলে তুমি ? চুয়ার প্রশ্নের উত্তরে ?

কী জানি! কত্বদিনের কথা। আর ছোটও ত ছিলাম তখন। ভুলে গেছি। দিদির হয় ত মনে আছে। কখনও জিগগেস করবেন দিদিকে, যদি দেখা হয় আবার এ জীবনে।

ভুলে গেছ ? দিদিকে জিগগেস না করলে জানা যাবেই না কারণটা ?

হুঁ। সব জিনিসের জবাবদিহি হয় না। চাইতেও নেই। কিছুই কি কল্পনা করতে ভালবাসেন না আপনি। সত্যি যদি সেটা নাও-ও হয় ; তবু.....

আসলে বলো যে বলবে না।

সত্যিই মনে নেই। বিশ্বাস করুন। সব কথা কি মনে থাকে ? ভোলার মত বড় গুণও যে বেশি নেই। ভাগ্যিস, আমরা ভুলতে পারি। নইলে যে কী হত।

কী যে হত তা আর বলল না কুঁড়ি।

বলল, ঐ যে। আমাদের হৈম-কুটির দেখা যাচ্ছে। আসবেন না কি ভিতরে ? তারপর নিজেই বলল না, না আজ থাক। কাকাবাবুর কাছে যান। আজই এসেছেন সবে। তা ছাড়া ওঁর শরীরটাও হঠাৎ খারাপ হল। চিন্তায় থাকব। ফোন করব রাতে।

মাধবীলতার তোরণের মধ্যে দিয়ে গেটে ঢুকতে ঢুকতে কুঁড়ি বলল, ছেলেমেয়েদের মধ্যে আপনাকেই কিন্তু সবচেয়ে বেশি ভালবাসেন কাকাবাবু।

তাই-ই ! কী জানি। বুঝব কী করে ? বাবা ত ভালোবাসা দেখাতে জানেন না। মাকেও দেখাননি কোনোদিন। আমরা অন্তত বুঝিনি কখনও যে মাকে বাবা ভালবাসতেন।

ভালোবাসা কি দেখাবার জিনিস ?

কুঁড়ি একটু বিষণ্ণ ও অবাক হওয়া গলায় বলল।

দেখাবার নয় ? তা হলে লোকে জানবে কি করে ? হ্যুস্টনে আমার যে কজন অ্যামেরিকান বন্ধু আছে তারা ত সকাল থেকে সন্ধে, টেলিফোনে, চিঠিতে, কথাতে, ফোনে নিজেদের বৌকে দিনে দশবার অন্তত বলে, আই লাভ ইউ হানি।

ভালবাসে না বলেই বলে হয়ত। ভালোবাসা, দেখানোর জিনিস নয়। বরং লুকোনোর জিনিস। আমরা ত অ্যামেরিকান নই। কাকাবাবুও নন।

অবাক হয়ে তাকাল শুভেন কুঁড়ির মুখে। চুপ করে থাকল একটু। এমন করে ভাবেনি কখনও আগে।

যাই আজকে। শুভেন বলল, হঠাৎ।

যাওয়া নেই। আসুন।

ও একটু এগিয়ে যাওয়ার পর পিছন থেকে ওকে ডাকল কুঁড়ি।

বলল, জ্যাকি মানে, আপনার হানিকে একটা ফোন করতে ভুলবেন না। ওঁরা ত মনে করেন ভালবাসা দেখানোরই জিনিস। তা ছাড়া হ্যুস্টন থেকে টেলিগ্রাম এখানে পৌঁছতে দিন দশেক কি তারও বেশি লাগবে। এখানে টেলিগ্রাম

কচ্ছপের মত হাঁটে।

দেখব।

শুভেন বলল।

দেখব না। করবেনই। বেশ মেমসাহেব বৌদি হবে আমাদের। কত কী জানব, শিখব তার কাছ থেকে।

॥ ৩ ॥

শুভেনের সারা সকালই গেল গাড়ির টায়ার আর ব্যাটারী এনে তাকে প্রাণদান করতে। রামুকে পাঠাল সাইকেল রিক্সা করে দুটি টিন দিয়ে দশ-লিটার পেট্রল আনতে। কারবারেটর শুকিয়ে কাঠ হয়ে রয়েছে। মরুভূমির মত পেট্রল-তৃষ্ণা তার।

বাজারের সকলেই ওকে বলল, সকালে যে, এ গাড়ি ত হাতী! পেট্রলের যা দাম। এ গাড়ি চড়বে কে এখন?

শুভেন যে-গাড়ি চড়ে হুস্টনে; সে গাড়ি এর চেয়েও অনেকই বড়। তেলও খায় অনেক বেশি। সে তুলনাতে এই ব্যুইক ভোক্সওয়াগেন-বীটল। একবার ট্রায়ালও দিয়ে এল ক্যানারী হিল-এর নির্জন পথে। এখন বাঘের মত চলছে গাড়ি। পিক-আপও ভাল।

বাবার অবশ্য সব গাড়িরই খুব যত্ন ছিল। দু হাজার মাইল হলেই মবিল চেঞ্জ করতেন প্রত্যেকটি গাড়ির। চলুক, নাই-ই চলুক, প্রতি মাসে সার্ভিসও করা হত প্রত্যেকটি গাড়িকে। চারটি টায়ার খুলে ক্রশ করে আবার লাগানো হত। সামনের ডানদিকের টায়ার বাঁ দিকে পেছনে চলে আসত। ডান দিকের পেছনের টায়ার যেত বাঁ দিকের সামনে। যাতে.চারটি টায়ারই সমানভাবে ক্ষয় হয়। গাড়ি গারাজ থেকে বেরোবার আগে, গীয়ার নিউট্রাল করে দু মিনিট ইঞ্জিন স্টার্ট করে কিন্তু রেড-আপ না করে, গরম করে নেওয়া হত। বাবা একেবারে কপিবুক ড্রাইভিং করতেন। যে গাড়ির ম্যানুয়ালে যত মাইল স্পিডে গিয়ার চেঞ্জ করতে বলা হত, ঠিক সেই স্পিডে পৌঁছে গিয়ার চেঞ্জ করতেন। বলতেন, গাড়িকে ভালবাসলে, গাড়িও ভালবাসবে।

গাড়িটার রঙও কিছুই খারাপ হয়নি। ছোটুদার সাম্রাজ্যে কিছুরই অযত্ন হবার উপায় নেই। গারাজেও গাড়ির ধুলো ঝাড়া হয়েছে রোজই। মাঝে মাঝে

পালিশও করা হয়েছে। নইলে, যে-গাড়ি অ্যামেরিকায় পঁচিশ বছর আগেই জাংক-ইয়ার্ডে গিয়ে জমত, সেই গাড়ির আজও এমন বাহার থাকত না।

খাওয়ার সময় বাবার সঙ্গে দেখা হল দুপুরে। শুভেন বিস্ময়ের সঙ্গে দেখল যে তাকে যা খেতে দেওয়া হয়েছে, বাবাকেও তাই-ই।

এ কী। কাল রাতেই না তুমি অজ্ঞান হয়ে গেছিলে ? আজকে বিরিয়ানি খাচ্ছ ? গুলহার কাবাব ?

অবাক গলায় মানুবাবুকে বলল শুভেন।

এখন ত জ্ঞানেই আছি। ডাক্তাররা রুগি ভাল করতে পারে না, শুধু ভয় দেখায়।

কিসের ভয় ?

কিসের আবার ? মৃত্যুর ভয়।

মৃত্যু কি ভয় করার নয় ?

যারা জীবনে বাঁচেনি, প্রথম থেকেই মরে ছিল, তাদের ভয় নিশ্চয়ই হবার কথা। আমার কেন হবে ? তিরাশি বছর বয়স হল। আই হ্যাভ লিভড় মাই লাইফ। আজও আমি প্রতিটি দিন চমৎকার বাঁচছি। মরতে ত হবেই। আমার আগেও কোটি কোটি লোক মরেছে। মরতে ভয় পাবার কি আছে রে বেঁটা ?

তা বলে এমন করে আত্মহত্যা করবে তুমি ?

আত্মহত্যা ভীরুরা করে। আমি অনেক যুবককে জানি, যারা জীবনের মানে না বুঝে নিজের জীবনের সঙ্গেই যুদ্ধ করছে। যাকে তারা এগিয়ে যাওয়া, বা দৌড়নো বলে ভাবছে তা হচ্ছে স্পট্-জগিং। আসলে নিজের সঙ্গে নিজে একই জায়গায় দাঁড়িয়ে যুদ্ধ করছে তারা। সেও একরকমের আত্মহত্যা। আমার জীবনে মৃত্যু স্বাভাবিকভাবেই আসবে, ঠিক তার যখন আসার। আমি ত তৈরী হয়েই বসে আছি। তোর মায়ের সঙ্গে দেখা হবে। কুঁড়ির বাবা ব্যানার্জী সাহেবের সঙ্গে ব্রিজ খেলব মন্দাকিনি নদীর পারে সতরঞ্চী বিছিয়ে বসে। স্বর্গে নিশ্চয়ই রয়্যাল স্যালুটের এর চেয়েও ভাল হুইস্কী খাওয়া যাবে। রম্ভা আর মেনকার নাচ দেখব। যাব বলে ত নেচেই রয়েছি ; যাওয়া হচ্ছে কোথায় বল ?

বলেই, বললেন, আমাকে দুটো কাঁচালঙ্কা দে ত ছোট। পেঁয়াজের প্লেটটা এগিয়ে দে আমার দিকে।

ছোটুদা পাশেই ছিল। তাড়াতাড়িএগিয়ে দিল মানুবাবুর দিকে পেঁয়াজ আর লঙ্কা।

হাঁ করে দেখছিস কি ? খা। বিরিয়ানি ঠাণ্ডা হয়ে গেলে খেয়ে সুখ নেই। একটু রায়তা নে।

কী যে তুমি করছ বাবা ! কাঁচা পেঁয়াজ কাঁচা লঙ্কা। তোমার লিভার আর গল্‌-ব্লাডার আর কোলোন যে কী করে কাজ করছে সে তারাই জানে।

তোর ঐ সব যন্ত্র যদি তিরাশি বছর অবধি আমার মত কাজ করে তখন তোর সঙ্গে এই আলোচনায় বসা যাবে। এখন, কথা না বলে খা। রহিম অনেক যত্ন করে তোর জন্যে রেঁধেছে। প্যাহেলগাঁও থেকে জাফ্‌রান্‌ আনিয়ে ছিলাম গত বছর। এখনও আছে কিছুটা। খাঁটি জাফ্‌রান্‌ ছাড়া ভাল বিরিয়ানি হয় না।

খেয়ে উঠে, মানুবাবু জোরে ঢেকুর তুললেন একটা।

আগে ঢেকুর তুললে বা কাশলে বাবা বলতেন "এক্সকিউজ মী।" ছেলে মেয়েরাও সহবৎ শিখেছিল বাবার কাছ থেকেই। ড্রেসিং গাউন ছাড়া বেডরুম থেকে বেরোতই না ওরা। স্লীপিংস্যুট পরে শুত। সাহেবরাও তাদের বাড়ি এসে তাদের সাহেবত্ব সম্বন্ধে নিঃসন্দেহ হত। অনেক সাহেব বন্ধুবান্ধবও ছিল বাবার কলকাতা, পাটনা, দিল্লী এবং বম্বেতে। সেই বাবার, পরিণত বয়সে এসে এই অধঃপতন দেখে অবাকই হল শুভেন।

ইজিচেয়ারটাতে বসে মানুবাবু বললেন, পান কই ? জর্দার কৌটো ?

আজও জর্দা খাবে ?

রোজই ত খাই।

এই সময় বিরিয়ানি খেতে অনভ্যস্ত শুভেনের একটি অসংযত ঢেকুর উঠে এল পেটের গভীর থেকে। ওরা এতদিন যে কোথায় লুকিয়েছিল তা ও ভেবে পেলো না। আসলে ওখানে ভাত-ফাতই খায় না, তার উপর এমন রিচ, ঝাল রান্না খাওয়া !

শুভেন সঙ্গে সঙ্গে বলল, এক্সকিউজ মী। ও ঠিক বলল না, রিফ্লেক্সে বেরিয়ে গেল কথাটাও ঢেকুরেরই সঙ্গে পেটের গভীর থেকে যান্ত্রিক ভাবে।

মানুবাবু একটা ছোট তোয়ালে দিয়ে পানের বাটাটা চক্‌চক্‌ করে ঘষতে ঘষতে বললেন, নাথিং টু বী এক্‌স্‌কিউজড্‌ অ্যাবাউট। ঢেকুর, অত্যন্ত হেল্‌দি ব্যাপার। এই রকম খাওয়ার পর ঢেকুর না তুললেই হার্ট-অ্যাটাক্‌ হওয়ার সম্ভাবনা। যে দেশের যা কাল্‌চার, যা খাদ্য ; যা রীতিনীতি। কখনও ঢেকুর চেপে রাখবি না। ছোটবেলায় তোদের আমি অনেক কিছুই শিখিয়েছিলাম, এখন জানি সেগুলো ভুল। আমরা ভারতীয়। আমাদের রীতিনীতি, খাওয়া-দাওয়া, আদব-কায়দা সবই অন্যরকম। লালমুখো ইংরেজগুলোই আমাদের বাঁদর বানিয়ে রেখেছিল। সেই সব বাঁদরের বাচ্চারা এখন আরও ঘোরতর বাঁদর হচ্ছে আমাদের চোখের সামনে। এইটেই দুঃখের। ছত্রপতি শিবাজী এবং আওরঙ্গজেব দুজনেই তৃপ্তি

করে খাওয়ার পর সজোরে ঢেকুর তুলতেন। আমার ডেফিনিট্ ইন্‌ফরমেশান্ আছে।

হাঁ হয়ে গেল শুভেন।

দারুন ক্রুড্, গ্রস্, রাস্টিক্, গাঁওয়ার হয়ে গেছে তার বাবা এ কবছরে! কার ইনফ্লুয়েন্সে হল এমন? কুঁড়ির? কিন্তু কুঁড়িরত....। ওরা ত গড়পড়তা হিন্দদের থেকে অনেকই বেশি আলোকপ্রাপ্ত, সাহেব-ঘেঁষা। তবে? কুঁড়ির বাবা ব্যানার্জী সাহেব? মানুবাবুর চেয়ে কিছু কম সাহেব ছিলেন না।

মানুবাবু বললেন, খাওয়া হল?

খাচ্ছি।

আস্তে আস্তে চিবিয়ে চিবিয়ে খা। শব্দ করে না খেলে কি খাওয়া হয়? মুখ বন্ধ করে খেলে ভাল করে চিবোনোও যায় না। খেতে বসে তাড়াহুড়ো করবি না। জমিয়ে খা। জল খাবি না খেতে বসে। খাওয়ার আধঘণ্টা পর জল খাবি।

শুভেন মনে মনে বলল, জল ত খাইই না। দুপুরে বীয়ার, রাতে ওয়াইন। মাছের সঙ্গে হোয়াইট ওয়াইন, মাংসের সঙ্গে রেড ওয়াইন। এসব ত বাবার কাছেই শেখা। অথচ!

ইসাবগুলের ভুষি খাস?

কি?

ইসাবগুলের ভুষি। রোজ রাতে একগ্লাস দুধ খাবি ইসাবগুলের ভুষি দিয়ে। টেলিফোন-মার্কা। আমার পাইলস্ এর ধাত আছে। তোরও হবে। ছেলে যতই তালেবর হোক না কেন বাবার শরীর মনের দোষগুণ কিছু কিছু ছেলের মধ্যে ঢুকবেই। জিন্ এর ব্যাপার। এখন থেকেই প্রিকশান নে, পরে পস্তাতে হবে না।

শুভেন ভাবল, নাঃ। বাবা একেবারে ইন্‌করিজিবল্ হয়ে গেছেন। বীয়ণ্ড রিডেম্পশান্। কার ইনফ্লুয়েন্সে এই অধঃপতন হল এই বছরের মধ্যে, সেটাই ভেবে পাচ্ছে না ও।

পান খাবি একটা? খেয়ে দ্যাখ্ই একটা। গুরুপাক খাদ্য খেয়েছিস, হজম হয়ে যাবে খাওয়ার। পান, গুরুপাক খাদ্য হজম করায়।

বাজে নেশা।

তা ঠিক। তবে মাইনর ভাইস্। যে-কোনো মেজর ভাইসের চেয়েই ভাল।

জর্দা দিয়ে পান খাচ্ছ, ক্যানসার হবে মুখে; গলায়। সত্যি! কী যে বলব!

কিছুতেই কিছু হয় নারে। ওসব বোগাস্। হবার হলে, এমনিতেই হবে। মা কালীর উপর বিশ্বাস রাখবি। কিছুই হবে না।

মা কালী। বাবা, মাকে নিয়ে ক্রীস্‌মাস ঈভ্এ চার্চ এ যেতেন। মাকে কখনও

মূর্তি পুজোও করতে দিতেন না। মহাষ্টমীতে অঞ্জলি পর্যন্ত না। পুজো, তাদের বাড়িতে কোনো উৎসবই ছিলো না। ছিল, গুডফ্রাইডে, ইস্টার, ক্রীস্‌মাস, ন্যুইয়ার্স ঈভ্। ক্রীসমাস-এ আর ন্যুইয়ার্স ঈভ-এ টার্কি-ডিনার হত বাড়িতে। শ্যাম্পেন আর স্কচ্ উড়ে যেত বোতলের পর বোতল। তারপর ড্রাম্বুই ; উইথ সিগার। সেই বাবা কি না বলেন মা কালীর উপর বিশ্বাস রাখতে!

শুভেন বলল, কুঁড়িরা ব্রাহ্ম নয়?

মানুবাবু শুনতে পেলেন না।

বললেন, বিশ্বাসই আসল কথা!

তোমাকে একটা হিয়ারিং-এইড পাঠিয়ে দেব বাবা। চশমার সঙ্গে লাগানো থাকবে কানের কাছে। বোঝাও যাবে না। কানে বেশ কম শুনছ তুমি।

চিরদিনই কি সমান দেখব আর শুনব? কাগজটা পড়তে পারি, বই পড়তে পারি দু একটা, তাইই যথেষ্ট। এ দুটো কান সারা জীবন অনেক ট্র্যাশ শুনেছে। মিথ্যে কথা, নিন্দা, ঈর্ষার ঝগড়া, বেসুরো গান। কানে কম শোনার মত শান্তি আর নেই। খামোখা তুই অশান্তি করিসনা। ফারস্ট্ ক্লাস আছি আমি।

একটু থেমে, একমুঠো জর্দা মুখে ফেলে বললেন, আমি তোকে ভুল শুনেছি? কি বলেছিলি তুই?

কুঁড়িরা কি ব্রাহ্ম?

কুঁড়ি? ব্রাহ্ম? কী জানি? হবে হয়ত। তবে তাতে কীইই বা এসে যায়? পরম ব্রহ্ম-ও যা, মা কালীও তা। কী বলল তোকে কুঁড়ি? কাল?

আমাকে? আমাকে কি বলবে? কিছু না।

কিছুই না? ভেরী স্ট্রেঞ্জ! আমার সঙ্গে এত গল্প করে, তোর সঙ্গে কোনো কথাই বলল না?

তুমি খুব ভালবাস? কুঁড়িকে?

হাঃ। হাঃ। হাঃ। করে হাসলেন মানুবাবু।

বললেন, বলতে পারিস তা। ওকে ভাল নিশ্চয়ই বাসি। তোকেও কম বাসিনা। সকলকেই ভালবাসি।

কুঁড়িকে বেশি ভালবাসো, না?

আবারও হাসলেন মানুবাবু হাঃ। হাঃ। হাঃ করে।

বললেন, তুই এখানে থাক কিছুদিন। হেসে হেসে আমার হার্ট ভাল হয়ে যাবে। তিরাশি থেকে তিরানব্বুই তোরই জন্যে এক্সটেন্‌শান পাব। দ্যাট উইল বী আ গিফ্‌ট ফ্রম মাই বিলাভেড লিটল্ সান্।

কথাটা এড়িয়ে গেলে তুমি বাবা।

কোথায় আর বেড়াব বল্। হাঁটতেই পারিনা বলতে গেলে।
বেড়ানো নয়, এড়ানো।
ওঃ। এড়ানো। কোন্ কথাটা ?
কুঁড়িকে তুমি ভালবাসো কী না বললে না।
বললাম ত বাসি। বাসি। খুউব বাসি। কুঁড়ি আমার চোখে একটি মেয়ে মাত্র নয়, বন্ধু-কন্যাই নয়, ও হচ্ছে যৌবনের সীম্বল্ আমার যৌবনের সীম্বল্। কে ওর নাম দিয়েছিল কুঁড়ি, জানিনা তা ; কিন্তু ওকে অন্য কোনো নামে মানাতই না। জানিস ছোটখোকা, ও যেদিন ফুল হয়ে ফুটবে ; সেদিনই আমার ছুটি। কুঁড়িই এখন আমার জীবনের একমাত্র ইন্‌ভলভমেন্ট। তোরা কেউই আর ম্যাটার করিসনা কিছুমাত্রই আমার কাছে। আমাকে বাঁচিয়ে রেখেছে ওই। বেঁচে থাকা মানে ত আর ভাল খাওয়া পরা মাত্র নয়, নিঃশ্বাস ফেলা ও প্রশ্বাস নেওয়াই নয়। তোদের মত বড় গাড়ি চড়া, মাসে দশহাজার ডলার রোজগার করাই নয় ! বেঁচে থাকা মানে তার চেয়ে অনেক অনেকই বড় ব্যাপার। বেঁচে থাকা মানে, ভোরের হাওয়া, পাখির গান, চাঁদের আলো, বৃষ্টি আর রোদ। বেঁচে থাকা মানে স্বাধীনতা। কজন বেঁচে থাকতে জানে রে ছোট ? ভাবে যে, বেঁচে আছে ; সুখে আছে, এই পর্যন্তই ! বাঁচার মানে যে জেনেছে, তার মৃত্যুভয় আর থাকে না।
আজ ত কুঁড়ির বাবার মৃত্যুদিন। প্রথম মৃত্যুবার্ষিকী। তুমি যাবে না বাবা ?
আমি কি করে যাব ? গাড়িও নেই। রশিদ মরে যাবার পর ত আর ড্রাইভার রাখিনি। রিক্সা করে চলা-ফেরা অভ্যেসও নেই। পড়েই যাব হয়ত। লাঠি হাতে করেই এ-ঘর ওঘর করি ত !
গাড়ি যে আমি ঠিক করে নিয়েছি। আমাকে কুঁড়ি যেতে বলেছে। তোমাকেও নিয়ে যাব।
ঠিক করেছিস ? গাড়ি ? বলিস কি রে ? ব্রাভো ! তাহলে ত যেতেই হয় ! ছোটু। এই ছোটু ! কোথায় গেলি ?
এই যে বাবু।
শোন্। আমার ধুতি পাঞ্জাবী সব ঠিক করে রাখ্। আমার ছেলে আমাকে গাড়ি করে আজ নিয়ে যাবে ব্যানার্জীর বাড়িতে।
কটায় যাবি ছোটখোকা ?
এই সাড়ে পাঁচটা নাগাদ।
ফাইন্। তাড়াতাড়ি চা দিবি আজ ছোটু। কত্বদিন ধুতি পরি না। সময় লাগবে পরতে। তুই ? কী পরবি ?
ছোট দাদাবাবুর ধুতি ত আছে। আমি ঠিক করে দেব।

সাদা পাঞ্জাবী আছে ত ওর ?

আছে। আছে।

আমাকেও সাদা পাঞ্জাবী দিবি। বাইরে যাওয়ার লাঠিটা ? সেটা কোথায় ? কতবছর বাড়ির বাইরে যাই না !

সব ঠিক করে রাখব বাবু।

বাঃ। আজ ত আমি ইয়াং হব আবার। ছোট, তাহলে তুই যা। বিশ্রাম কর গিয়ে। ঠিক সাড়ে-পাঁচটায় আমি তৈরী হয়ে থাকব। ফাইভ-থার্টি শার্প্‌।

ঠিক আছে।

শুভেন নিজের ঘরে গিয়ে আর শুলো না। যে রেটে খাওয়া-দাওয়া হচ্ছে তার উপর দুপুরে ঘুমোলে আর দেখতে হবে না। না সাঁতার, না সওনা বাথ, না স্কোয়াস। দেখতে দেখতে গণেশ হয়ে যাবে। কাল সকাল থেকেই জগিং করবে ঠিক করল।

অমলতাস গাছ কাকে বলে ? কেমন দেখতে হয় সে গাছ ? পুব দিক কোনটা তা অবশ্য জানে। পুবের জানালায় দাঁড়িয়ে লক্ষ্য করল গাছটিকে। সত্যিই ত। মস্ত একটা গাছ। হলুদ ফুলে ছেয়ে আছে সেটা। তার ডালে বসে একটা হলুদ বসন্ত পাখি ঠোঁট দিয়ে ডানা পরিষ্কার করছে। এই পাখির ইংরিজি নাম ওরিওল্‌। হ্যুস্টনে এই পাখি নেই। হ্যুস্টনে অনেক কিছুই নেই, যা হাজারীবাগে আছে।

বসবার ঘরে এসে টেলিফোনের কাছে বসল। সকালে সময় পায়নি। জ্যাকিকে ফোন করবে একটা। কুঁড়ি টেলিগ্রামটা পাঠিয়ে একটা রিয়েল্‌ কেলো করে রেখেছে।

অপারেটর বলল, লাইন খারাপ। রাতে চেষ্টা করে দেখবেন একবার। হুস্টনে কোথা থেকে কানেকশান্‌ হবে ? নিউইয়র্ক ?

তা আমি কি জানি ?

কোথায় জায়গাটা ? আমেরিকাতেই ত ?

ইউনাইটেড স্টেটস্‌-এ।

ঐ হল ! পাওয়া প্রায় অসম্ভব, হাজারীবাগ থেকে। আপনি বরং কলকাতা, বম্বে বা দিল্লি থেকে চেষ্টা করে দেখুন। পেলেও পেতে পারেন। আমাদের ট্রাঙ্ক লাইনটাই খারাপ থাকছে প্রায়ই।

হাজারীবাগ থেকে পাওয়াই যাবে না ?

তা আমি অফিসিয়ালী বলব না। বলতে পারি না। কিন্তু আপনি চ্যাটার্জীসাহেবের বাড়ি থেকে বলছেন, আপনার ভাল ভেবেই বলছি ; পাওয়া

যাবে না। বৃথা চেষ্টা।

রিসিভার নামিয়ে রাখার আগে বলল, এরিয়া কোড নাম্বার দিয়ে দিলাম, নাম্বারও। রাতে একবার চেষ্টা করে দেখবেন। নটার পর।

আমার তখন ডিউটি অফফ্। রাতের অপারেটরকে বলে দেব। দেখবে, চেষ্টা করে। খ্যয়ের, উমিদ হ্যায় কী মিলেগা নেহী!

আনথিংকেবল্। এখানে মানুষ থাকে কি করে? হ্যুস্টন থেকে পৃথিবীর যে-কোনো জায়গায় ডায়াল ঘুরিয়ে ফোন করা যায়। কোনো ব্যাপারই নয়! এখানে সত্যিই সভ্য মানুষের পক্ষে থাকা মুশকিল।

ফ্রাস্ট্রেটেড হয়ে শুভেন নিজের ঘরে গিয়ে ঘুমিয়ে পড়ল। ফ্রাসেট্রশান থেকে লোকে বেশি খায়, বেশি ঘুমোয়, মোটা হয় শুনেছিল, এখন দেখছে কথাটা পুরোপুরিই সত্যি।

রামু চা এনে ঘুম ভাঙাল। তারপরই এল ছোটুদা। ধুতি পাঞ্জাবী দিয়ে গেল। চটিও।

বলল, পরিয়ে দেব কি?

ইয়ার্কি কোরো না।

বাবা?

বাথরুমে গেছেন। তৈরী হয়ে নেবেন। তুমি গাড়িটা ঠিক সাড়ে পাঁচটাতে পোর্টিকাতে আনবে। জানো ত সাহেব লোক।

ঠিক আছে।

সাহেব আর নেই, ছিলেন একদিন।

পোষাকই ছেড়েছেন, কায়দা-কানুন। টাইম জ্ঞানটি এখনও সাহেবদের মতই আছে ছোটদাদা।

ঠিক আছে।

সময় মতই বেরিয়ে পৌঁছে গেল।

কুঁড়িদের বাড়ির গেটের মধ্যে দিয়ে ঢুকিয়ে দিল গাড়িটা ভিতরে। আরও একটা গাড়ি দেখল। অ্যাম্বাসাডর। ব্যুইক গাড়িটা এবং গাড়ির সামনের সিটে চ্যাটার্জীসাহেবকে দেখে সকলের চোখ বড় বড় হয়ে গেল। কুঁড়িই দৌড়ে এল সবচেয়ে আগে। ছবিকাকাও এলেন।

বাবাকে দরজা খুলে নামিয়ে হলঘরের বড় বেতের চেয়ারে বসালেন ওঁরা। গাড়িটা গাছের নিচে পার্ক করিয়ে, লক্ করে এল শুভেন।

ওরা পৌঁছনোর পরই উপাসনা আরম্ভ হল। আচার্যর গলা থেকে চাদর ঝুলছে। উপনিষদ থেকে কী সব পড়ে শোনালেন তিনি। সংস্কৃত এক বর্ণও

বোঝে না শুভেন। বোকার মত হাঁ করে চেয়ে রইল। তারপর গান আরম্ভ হল। কয়েকজন মহিলা, হারমোনিয়াম নিয়ে, এস্রাজ নিয়ে এক ভদ্রলোক বসেছেন তাঁদের পাশে। ব্যানার্জী সাহেবের মস্ত একটা অয়েল-পেন্টিং। ফুল। ধূপ জ্বলছে। একপাশে একটি অর্গান আছে। গান চলল প্রায় ঘণ্টাখানেক। কয়েকজন এককও গাইলেন।

গান শেষ হলে সকলে কুঁড়িকে গাইতে অনুরোধ করলেন। একটি সাদা খোল, কালো পাড়ের শাড়ি পরেছে কুঁড়ি। দু দিকে বিনুনি ঝুলিয়েছে। হাঁটু অবধি পৌঁছেছে বিনুনি দুটি। হাঁসীর মত লম্বা গ্রীবাটি বিনুনি করাতে স্পষ্ট হয়ে উঠেছে। গলায় একগাছি সরু চেন। সোনার। হাতে কোনো গয়না পরেনি। ডান হাতে একটি রিস্টওয়াচ।

বিনা ন্যাকামিতে কুঁড়ি গিয়ে অর্গানে বসল। তারপর কোনাকুনি রাখা তার বাবার অয়েল-পেন্টিংটির দিকে চেয়ে অর্গান বাজিয়ে গান শুরু করল কুঁড়ি :

"তোমারি গেহে পালিছ স্নেহে তুমি ধন্য ধন্য হে।
আমার প্রাণ তোমারি দান, তুমি ধন্য ধন্য হে॥
পিতার বক্ষে রেখেছো মোরে জনম দিয়েছ জননী ক্রোড়ে,
বেঁধেছ সখার প্রণয় ডোরে, তুমি ধন্য ধন্য হে॥

অর্গানের গম্‌গমে আওয়াজের সঙ্গে কুঁড়ির আশ্চর্য সুরেলা গলা এবং গানের কথার ব্যঞ্জনার সঙ্গে ধূপের গন্ধ ফুলের গন্ধ সব মিলে মিশে শুভেনের মনে এক আশ্চর্য ভাবের সৃষ্টি করল।

একুশ বছর বয়সে সে বিদেশে চলে গেছিল। বাংলা গানের মধ্যে দিয়ে, সহজ সরল ভাষার মধ্যে দিয়ে শুধুমাত্র একটি অর্গানের মাধ্যমে যে এমন এক পরিবেশ সৃষ্টি করা যায়, চলে-যাওয়া বাবাকে যে এমন করে মনে করা যায়, তা ওর ভাবনারও বাইরে ছিল।

ওরা যেখানে থাকে সেখানে গান আর গান নেই, বাজনা-গান হয়ে গেছে। গায়ক গায়িকা লক্ষ লক্ষ ওয়াট রঙীন আলোর সামনে ঝলমলে পোশাক পরে মাইক হাতে নিয়ে কুড়ি পঁচিশজন বাজনদারের অর্কেস্ট্রার সঙ্গে ঘুরে ঘুরে নেচে নেচে গান গায়। উন্মাদনা জাগে তাতে। নেশাগ্রস্ত লাগে ; সন্দেহ নেই। এখন পর্যন্ত সেই প্রচণ্ড চিৎকার ও দলবদ্ধ অনুষ্ঠানের কোনো বিকল্প আছে বলেও জানা ছিল না ওর। এই গান শুনে মনের আনাচ কানাচ যেন ভরে দেয়। তার মধ্যে যে ঘোরতর বাঙালি মানুষটি ছিল, যে হারিয়ে গেছিল অ্যামেরিকার স্বাচ্ছন্দ্য আর চোখ-ধাঁধানো জীবনের ভিড়ে, সে যেন কুঁড়ির গলার সুরের খেয়া নৌকো বেয়েই ফিরে এল দেশে, তার বাবা-মায়ের বাসস্থানে, এই চৈত্রসন্ধ্যায়।

যখন আসবে বলেছিল, কাল রাতে কুঁড়িকে, তখন এমন করে একাত্ম হয়ে উঠবে এই অনুষ্ঠানের সব কিছুর সঙ্গে, সে কথা একবারও ভাবেনি। গান যে এমন করে প্রাণে প্রবেশ করে তাও বুঝি ওর জানা ছিল না। নিজের মাতৃভাষা বলেই বোধহয় সম্ভব হল এ।

মানুবাবু মাথা নেড়ে চোখ বন্ধ করে দুটি হাত লাঠিটির উপর জোড়া করে রেখে তন্ময় হয়ে গান শুনছিলেন। গান শেষ হওয়াতে যেন ওঁর সম্বিৎ ফিরে এল। চোখ মেললেন।

সভায় প্রথম কথা বললেন, ছবিকাকা।

বললেন, দয়া করে একটু বসে যাবেন সকলেই। কুঁড়ি নিজে হাতে মোহনভোগ, পাঁপড়ভাজা, আর এঁচড়ের চপ্ করেছে সকলের জন্যে। একটু মুখে দিয়ে যাবেন।

সকলেই হলঘরে পাতা ফরাস ছেড়ে উঠলেন। প্রীতি বিনিময় হল একে অপরের সঙ্গে। মানুবাবুর কাছে অনেকেই এসে কুশল জিজ্ঞাসা করলেন। সকলকেই ডেকেডেকে মানুবাবু শুভেনের সঙ্গে আলাপ করিয়ে দিতে লাগলেন। বলতে ল্যাগলেন, একে চেনো ? একে চেনেন ? এইই আমার ছোটখোকা ! এখন আছে হ্যুস্টনে। স্পেস-সায়ান্টিস্ট।

গর্বিত, মিতভাষী, একদা-দাম্ভিক মানুবাবুর গলার স্বরে এক শিশুসুলভ অনাবিল আনন্দ ঝরে পড়তে লাগল। এবং এক ধরনের চাপা গর্বও। নিজের কারণে নয় ; ছেলের কারণে। এই গর্বর জন্যে শুভেন লজ্জিত বোধ করছিল ; আর মানুবাবু আনন্দ

মানুবাবু বলছিলেন, ছোট খোকা আমার, আমাকে ত হারিয়ে দিয়েইছে, ওর দাদা দিদিদেরও হারিয়েছে। ঐ আমার পরিবারের ল্যাণ্ডমার্ক।

এবারে ছেলের বিয়ে দিয়ে তারপরে পাঠান। এমনি যেতে দেবেন না। অনেকেই বললেন।

মানুবাবু, আড়চোখে একবার শুভেনের দিকে চেয়ে নিয়েই বললেন, বুঝলে না ! বিয়েটা হল গিয়ে একটা আটারলী প্রাইভেট এবং পার্সোনাল ব্যাপার। ওর মা থাকলে, তাও কথা ছিল। ওর কেমন পছন্দ অপছন্দ তা কি আমি জানি ? জোর করে সম্বন্ধ করে বিয়ে দেব, তারপর সুখী না হলে সারা জীবন দুপক্ষই বলবে আমার পছন্দ জোর করেই ওদের ঘাড়ে চাপিয়ে দিলাম। সে আমি করতে পারব না। ওদের চোখ আছে, কান আছে, বুদ্ধি আছে নিজের জীবনসাথী নিজেই বেছে নিক। বোকা হলে ওইই ঠকবে !

কুঁড়ি ট্রেতে রেকাবী সাজিয়ে নিয়ে মোহনভোগ আর পাঁপড়ভাজা আর

এঁচড়ের চপ্ নিয়ে আসছিল। শুভেন, মানুবাবুর খানিকটা পেছনে দাঁড়িয়েছিল। তাঁর কথা কুর্চির কানেও গেছিল। যেতেই, কুর্চি হঠাৎ মুখ নামিয়ে নিল।

শুভেন লক্ষ্য করল মুখটা তার ক্ষণিকের জন্যে কালো হয়ে গেল। পরমুহূর্তেই আবার সপ্রতিভতায় ফিরে গেল কুঁড়ি। শুভেন অর্গানটার পেছনে চলে গেল। ও ভাবছিল, বাবা "ওদের" "ওদের" করছিলেন কেন? খুবই নার্ভাস লাগতে লাগল শুভেনের।

মানুবাবুর বন্ধু নগেনবাবুও বেশ বুড়ো হয়ে গেছেন। সব দাঁতই পড়ে গেছে তাঁর। ভাগলপুরের ডিস্ট্রিক্ট ম্যাজিস্ট্রেট না কী যেন ছিলেন, যখন রিটায়ার করেন। খাওয়ার রেকাবী হাতে নিয়ে প্রায় সকলেই বারান্দাতে চলে গেলেন। ঘরে তখন শুধুই মানুবাবু আর নগেনবাবু। শুভেন আড়ালে বসে ছিল। মানুবাবু বললেন তোর এমন দন্তনখহীন অবস্থা কেন রে নগেন?

দাঁতের মাপ দিয়ে এসেছি পাটনাতে। এখানের ডেঞ্চার ছেলে-বৌমার পছন্দ হলো না। তারা ফেলে দিল ছুঁড়ে। যতদিন নতুন ডেঞ্চার না আসে, ততদিন এইরকম ফসফস করেই কথা বলতে হবে।

তা এঁচড়ের চপ্ খাবি কি করে?

খাওয়া? খাওয়াদাওয়া সবই বন্ধ। রাতে একটু পাঁউরুটি, দুধে ভিজিয়ে খাই। সুস্থ দেহে বাঁচতে চাই মানু, যে কদিন বাঁচি।

দূর শালা! বাঁচা-মরা যেন তোরই হাতে! কাল আমার বাড়িতে দুপুরে তোদের নেমন্তন্ন। শেফালী বৌঠানকেও নিয়ে আসিস। সে কি, এখনও তেমনই সুন্দরী আছে?

ফসফস করে নগেনবাবু বললেন, ছেষট্টি বছরে আর সুন্দরী!

না ত কীরে শালা। তেরাশির বুড়োর চোখে ছেষট্টির সুন্দরীই ত সুন্দরী! পরমা সুন্দরী।

তুই কী যে করিস্। এমন সম্ভ্রান্ত ব্রাহ্ম পরিবেশে কেউ এমন অসভ্যর মত শালা শালা করে। বলব, শেফালীকে। তবে, তারও ত দাঁত নেই।

আরে সে ত আর কামড়াকামড়ি করছে না আমার সঙ্গে। কাল বাড়িতে কচি-পাঁঠা কাটা হবে। কাল শনিবার। আমার ছোটখোকার জন্যে মানত করব একটা। গোপনে। সেই জন্যেই নেমন্তন্ন।

পাঁঠার মাংস খাব কি করে?

পাঁঠার না খাস, তোর জন্যে ইনটেলিজেন্ট ছাগলের মাংসরও বন্দোবস্ত করব।

তুই মানু ঠিক সেইরকমই রয়ে গেলি ! মুখ তোর আর কোনোদিনও ঠিক হবে না।

মুখ বেঁকিয়ে চিতায় ওঠার দিন পর্যন্ত এমন মুখ চালাতে পারলেই যথেষ্ট। তুই অকালে বড়ই বুড়োটে মেরে গেছিস। সেদিনের ছোঁড়া !

মানুবাবু বললেন।

আ ওম্যান ইজ অ্যাজ ইয়াং অ্যাজ শী লুকস এণ্ড আ ম্যান ইজ অ্যাজ ইয়াং অ্যাজ হী ফীলস্। ফীল ইয়াং। ইউ উইল বী ইয়াং।

ফীল্ ত করি রে। কিন্তু গেঁটে বাত। একেবারে শেষ করে দিল।

মানুবাবু নগেনবাবুর কানের কাছে মুখ এনে কী যেন বললেন।

নগেনবাবুর কালো মুখখানি লজ্জায় বেগুনে হয়ে গেল।

ভীষণ ভয় পেয়ে বললেন, করিস কী তুই। কেউ শুনে ফেললে।

শুনে ফেললে কি ? ব্যাড বয় হয়ে যাব ? আমার সঙ্গে কে আর এখন মেয়ের সম্বন্ধ করবে বল্ ? শুনল ত বয়েই গেল !

শুভেনের খুব মজা লাগছিল !

এই মানুবাবুকে সে কোনোদিন জানত না। কারণ, ক্লাবে বা বন্ধুবান্ধবের বাড়িতে কি তাঁদের মাছ ধরার ট্রিপে সে কখনই সঙ্গী হয়নি তার বাবার। লোকমুখে শুনত যে, তার বাবা খুব জমাটি লোক। ভেরী গুড কোম্পানি। কিন্তু আজ এই প্রথম বাবাকে তাঁর নিজের পারিপার্শ্বিকে দেখে পুলকিত হয়ে উঠল। তিরাশি বছর বয়সে সে নিজে কি এতখানি তরুণ থাকতে পারবে ? মনে হয় না।

ফুঁড়ির হাত থেকে রেকাবীটা নিয়ে শুভেন বলল, আমার কিন্তু এক কাপ চা চাই।

নিশ্চয়ই। সকলকেই দেব। গোরখপুরী চা বানিয়েছি আজ। তেজপাতা, দারচিনি সব দিয়ে।

তারপর বলল, রাতে আমাদের সঙ্গে খেয়ে যান না। ভুনি খিচুড়ি হবে আজ। সঙ্গে আলুভাজা আর বেগুনভাজা।

শুভেন বলল, আজ থাক। আজ গান শুনেই আমার পেট ভরে গেছে।

ভাল লেগেছে ? আপনার ?

চোখ নামিয়ে নিচু গলায় বলল কুঁড়ি।

খুউউব।

সত্যি বলছেন ?

কথাকটি বলতে বলতে কুঁড়ির চোখমুখ ঝল্মল্ করে উঠল।

গলা নামিয়ে বলল, আমার বাবা আর আপনাকে শোনাবার জন্যেই আজ গাওয়া। আপনার মতটা জানলাম। বাবা কি শুনতে পেলেন ? কে জানে ? এই গানটি বাবার বড় প্রিয় গান ছিল।

কে যেন ডাকল কুঁড়িকে। অনেকই অতিথি।

আসছি, বলে চলে গেল কুঁড়ি।

শুভেনের ইচ্ছে করছিল, কুঁড়ি আরও একটু কাছে থাকুক। শুধু একটু বসে থাকুক কাছে। কথা বলুক ওর সঙ্গে যা খুশি। ওকে দেখেই ওর মন ভরে যাবে। ওর গলার স্বর শুনে।

নিজেকেই নিজে শুধোল, তুমি কি ফেয়ারী টেল্-এর প্রিন্স শুভেন চ্যাটার্জী। এরকম করে প্রেমে ত পড়ত তারাই! এ কী মোহ নয় ? একে কি বলে ? তোমার এই রকম হীন অধঃপতন ? জাদুবিদ্যা জানে কি তার চেয়ে প্রায় বারো বছরের ছোট এই মেয়েটি ?

উত্তর কিন্তু পেল না। সমস্ত ইউনাইটেড স্টেটস্-এই ডঃ চ্যাটার্জীকে সকলে এক ডাকে চেনে। ওয়ার্লড-রিনাউণ্ড, ব্রিলিয়াণ্ট বিজ্ঞানী হিসেবে। তার এ কী হল! জীবনে এইই প্রথমবার ভীষণ নার্ভাস লাগতে লাগল শুভেনের। ভাবল, বাইরে গিয়ে পাইপটা ধরিয়ে বুদ্ধির গোড়ায় ধুঁয়ো দিয়ে আসে একটু। বাবার সামনে পাইপ সে খায়নি কোনোদিনও। মায়ের সামনে খেত। মাই-ই অনুমতি দিয়েছিলেন। তাছাড়া, বাবা ছাড়াও এখানে বাবার বন্ধুস্থানীয় অনেকেই আছেন। তাঁর মা-বাবার মত উদার তাঁরা হবেনই যে। এমন কোনো কথা নেই। যে কদিন থাকে, বাবাকে খুশিই দেখতে চায়, তার জন্যে গর্বিত। তাছাড়া, চা-টাও খাওয়া হয়নি। চা খেয়ে, তারপরই পাইপ খাবে।

নগেনকাকা বললেন, একটি ভাল মেয়ে আছে। বুঝলি মানু। তোর ছেলের জন্যে দেখবি নাকি ? ত বল্, কালই সঙ্গে করে নিয়ে যাই।

বয়স কত ?

আঠাশ!

আমাকে বিয়ে করতে রাজী হবে ত ?

দুস্স্, তোর খালি ইয়ার্কি। তোর ছোটর সঙ্গে বয়সেও মিলবে। ছোটর কত হল ?

বোধহয় চৌত্রিশ।

তবে ত আইডিয়াল ডিফারেন্স। একটু ডিফারেন্স না থাকলে বৌয়েরা মানতেই চায় না। সমান সমান হলে ত লাঠালাঠি।

যথেষ্ট ডিফারেন্স থাকা সত্ত্বেও লাঠালাঠি তুই কী কম করলি শেফালী

বৌঠানের সঙ্গে ?

শেফালীর কথা ছাড়্।

কেন ? ছাড়ব কেন ?

ও ত বরিশালের মেয়ে।

বাজে কথা রাখ। কথায় বলে, বরিশাল থেকে মেয়ে আনতে হয়, মেয়ে দিতে নেই বরিশালে।

হ্যাঁঃ। বললেই হল। হাইলী ইন্টেলিজেন্ট মানুষরে ভাই তারা। কবে কোন্ জামাই মরে গেছিল, জামাই ষষ্ঠীই উঠিয়ে দিল দেশ থেকে। জামাই মরার বাহানাতে কী দরদ জামাইদের প্রতি !

ভালই ত ! শেষে বিপদে পড়ে যদি ?

আর এদিকে ভাই-ফোঁটাটা রেখে দিল ! হাইট অফ মীননেস, ভাই। খুড়তুতো জ্যাঠতুতো মিলিয়ে আমার দশজন শালা। ভাইফোঁটা খাইয়ে খাইয়েই ফতুর হয়ে গেলাম। শেফালীকে নিয়ে যে একটু দেশ-টেশ বেড়াব তার কি উপায় ছিল কোনো। জামাই-এর আসল বিপদ তারা একটুও দেখল না !

শালাদের এখনও সমান স্ট্রেংথ না কি ?

না। হারাধনের দশটি ছেলের মতই দুজন গেছেন হার্ট অ্যাটাকে, একজন সেরিব্রালে, আর একজন প্লেন ক্র্যাশে।

রইল বাকি ছয় ?

ইয়েস ! ছয়।

হাঃ। হাঃ। হাঃ। হাঃ।

মানুবাবু হেসে উঠলেন।

করিস কি তুই ? ওরকম মুখ হাঁ করে হাসিস না। অনেক ভদ্রমহিলা ভদ্রলোকরা এসেছেন। তোকে অভদ্র ভাববেন। তাছাড়া, মৃত্যুবার্ষিকীতে কেউ হাঃ হাঃ হাঃ করে হাসে ? তোকে মানুষ করতে পারলাম না আর।

হাসব না ত কি ? ব্যানার্জী দিব্যি আগে আগে চলে গেল। ওদিকে শালার সময়জ্ঞান বলতে কিছুমাত্র ছিল না। এক নম্বরের লেট-লতিফ। সব জায়গায় লেট-এ পৌঁছত। আসল জায়গায় দ্যাখ কেমন চলে গেল আমাকে সুপারসীড করে। এ ত আনন্দেরই কথা। কারো মৃত্যু হলে দার্শনিক চীনেরা পটকা ফোটায় দেখিসনি ?

আস্তে ! আস্তে !

এমন সময় একজন অপরিচিত ভদ্রলোক এসে শুভেনের বাবার দুহাত ধরে বললেন, কেমন আছেন স্যার ?

আরে ? বোস না ? চোখে ত ভালদেখি না আজকাল !

হ্যাঁ স্যার।

কোথায় আছ এখন ?

এখন রোহটাক্-।

রিটায়ার করোনি ত ?

না স্যার। এখন ভাইস-চ্যান্সেলর হয়েছি। হয়ত দিল্লীতে অথবা রুরকিতেও যেতে পারি শিগগির।

বাঃ। বাঃ। খুব খুশি হলাম শুনে। তা হাজারীবাগে কি বেড়াতে এসেছ ?

তাইই একরকম বলতে পারেন। কাজও একটু আছে। এখানের কলেজে একটি ছেলে পড়ায়। গোয়ালিয়রে বাড়ি ওদের। আমার মেয়ের জন্যে সম্বন্ধ এসেছে। ছেলেটিকে দেখতে এসেছিলাম একবার। প্রবাসী বাঙালীদের ; প্রবাসী বাঙালীদের সঙ্গেই মেলে ভাল।

তা ঠিক। কলকাতার লোক বিশেষ সুবিধের নয়।

কুঁড়ির সঙ্গে তোমাদের কি আত্মীয়তা আছে নাকি ?

হ্যাঁ স্যার। কুঁড়ি ত আমার পিসতুতো দিদির মেয়ে। কুঁড়ির আপন মামারা ত সবাই স্টেটসেই সেট্‌ল করে গেছেন। আমরা এই ফারসট্-কাজিনরাই তাই বহুদিন আপন দিদির মতই দেখে এসেছি ওঁকে। জামাইবাবুও খুব ভালবাসতেন আমাদের।

উঠেছ কোথায় ?

সার্কিট হাউসেই উঠেছি। আজই দেখা করতে এসেছিলাম কুঁড়ির সঙ্গে সকালে। তারিখটাও মনে ছিল। রাতে এখানেই খেতে হবে।

কাল তাহলে আমার কাছে খাও।

কালই যে শেয়ালদা-পাঠানকোট ধরে চলে যাব স্যার। সকালে উঠেই বেরিয়ে পড়ব। ছবিবাবু একটি ট্যাক্সির বন্দোবস্ত করেই রেখেছেন। পরের বার খাব স্যার ?

পরের বার ? যখন আসবে পরের বার, তখন আমি আর থাকব না।

হাঃ হাঃ করে হেসে উঠলেন মানুবাবু।

কী যে বলেন স্যার ? আপনার শরীর ভাল আছে। টাচ্ উড।

বলেই, দৌড়ে গিয়ে অর্গানটা ছুঁলেন ভদ্রলোক।

বললেন, আরও অনেকদিন ভাল থাকুন। আমাদের এই প্রার্থনা।

ভদ্রলোক চলে গেলে নগেনবাবু বললেন, কাল তাহলে মেয়েটিকে নিয়ে যাব ত তোর বাড়ি ?

কার মেয়ে ?

শেফালীর ছোট ভাই-এর মেয়ে।

তবে ত শেফালীর তার উপর যথেষ্ট কন্ট্রোল আছে বলতে হবে এখনও। আমার সঙ্গেই সম্বন্ধ কর না।

ইয়ার্কি না মেরে, বল। ওরা হল গিয়ে বজ্রযোগিনীর গুহ। বুঝলি। মেয়ের বাবা মস্ত বড়লোক। একমাত্র মেয়ে। ভাল দেবে টেবে। পরে ত ছেলে সব পাবেই। তোর ত বামুন-ফামুনের বাতিক নেই ?

না। তা নেই। জাত্ ফাত্ কোনো ব্যাপারই নয়।

তবে দ্যাখ একবার। মেয়েটিও অ্যাকমপ্লিসড্। কলকাতার লোরেটো থেকে বি-এ পাশ করেছে। তারপর যাদবপুর থেকে এম-এ। এম-এডও করেছে।

সেটা আবার কি বস্তু ?

আরে, এম-এ ইন এডুকেশান।

তাকে ত বি-টি বলত আমাদের সময়।

ঐ ত। আমাদের সময় ত এখন আর নেই। পড়াশুনো ছাড়াও ইকেবানা, এবং কুকিং-এ ডিপ্লোমা। পপ্ মিউজিকও জানে। নাচতে জানে। তোর ছেলের আইডিয়াল ম্যাচ।

মুখে গরম আলু পড়লে নাচে ?

তোকে নিয়ে পারি না। এত রস তোর এই বয়সে আসে কোত্থেকে ?

বাইরে থেকে আসে না। রসের ভিয়েন আছে ভিতরে। মেয়েটিকে কিন্তু আনিস না। তোরা দুজনে একাই আসিস। আনলে, মিছিমিছি মেয়েটিকে এম্বারাস্ করা হবে।

কেন ?

আমার ছোটপুত্র একজন ফ্রেঞ্চ মেয়েকে বিয়ে করবে। সব ঠিক হয়ে গেছে। দ্যা গ্যাল-এর নাম জানিস ত ?

দ্যা গ্যল্-এর নাম কে না শুনেছে ?

সেই জেনরেল দ্যা গ্যল্-এর নাতনী।

ছেলের ঘরের না মেয়ের ঘরের ?

আরে, ছেলের ঘরের। তাঁর বড় ছেলের, সবচেয়ে আদরের ছোট মেয়ে। সে ত ছোটকে বিয়ে করবেই। নাছোড়বান্দা।

শুভেন উৎকণ্ঠিত হয়ে শুনল। কিন্তু হাসতে পারল না।

সে কিরে ? তুই দ্যা গ্যলের বেয়াই হবি ?

বেয়াই নয় ইডিয়েট। দ্যা গ্যল্ আমার তাওয়াই মশাই হবেন। যদি

থাকতেন। তিনি ত...।

তাহলে এই ভাল খবরটা এখানের সকলকে দিতে পারি ?

তা দে। সকলেই জেনে গেলে ভালই হবে। কন্যাদায়গ্রস্ত বাবাদের হ্যাপা আমাকে সামলাতে হবে না আর।

মানু ! তোর বরাতটাই আলাদা ! যাই বলিস আর তাই বলিস !

তা বটে ! নাথিং টু কমপ্লেন। কাল তোরা যখন আসবি, ছোটকে এসব ব্যাপারে কিছু বলিস না যেন আবার। দ্যা গ্যলের নাতনী সম্বন্ধেও না। যতক্ষণ না ভালোয় ভালোয় দু হাত এক হচ্ছে আমি খুবই টেনসানে আছি। কবে টেঁসে যাব তার ত ঠিক নেই।

না। না। মাথা খারাপ। আমি বলব না।

কুঁড়ি এসে মানুবাবু এবং নগেনবাবুকে চা দিয়ে গেল। পেছনে গিয়ে শুভেনকেও দিল। ওর সঙ্গে একজন আয়া। ছবিকাকার স্ত্রী ও একজন চাকরকে নিয়ে খাবার এবং চা দিচ্ছেন সকলকে। মানুবাবু এবং নগেনবাবু কেউই অর্গানের পেছনে বসে-থাকা শুভেনকে লক্ষ্য করেননি, পেছন ফিরে থাকায়।

মানুবাবু চায়ে চুমুক দিয়ে বললেন, বাঃ। ও কুঁড়িমা। এ চা তুমি কোথায় বানাতে শিখলে ?

আমার মা যে বানাতেন !

তোর মায়ের কাছ থেকেই তাহলে তোর কাকীমা বানাতে শিখেছিলেন। মৃণালও ত মাঝে মাঝে বানাত ! আহাঃ, অনেকদিন পর এই গোরখপুরী চা খেলাম রে ! বয়স কমে গেল তিরিশ বছর। এক চুমুকে।

নগেনবাবু বললেন, সত্যিই দারুণ চা।

কাল কি বীয়ারটীয়ার খাবি নাকি না কি জিন্ খাবি ?

মানুবাবু বললেন।

আরে না না। আজকাল বুক ধড়ফড় করে। তাছাড়া, শেফালি থাকবে। যতদিন ম্যাজিস্ট্রেটগিরি করতাম কিছু বলেনি। রিটায়ার করার পর...

লুকিয়ে চুরিয়েই খাচ্ছিলি তাহলে ? খুবই অন্যায় করেছিস্। দ্যাখ্ বাপু। যাই করিস আর তাইই করিস 'বিবিসে মত্ ছিপানা।' পরে ঝামেলা হয় বড়। একটা মিথ্যে কথা দশটা দিয়েও সামাল দেওয়া যায় না। বন্দোবস্ত রাখব না ?

তুই বলছিস যখন, তখন রাখিস একটু। তবে, শেফালিকে ম্যানেজ কিন্তু তোকেই করতে হবে।

ভাগ্। আমার বয়েই গেছে। ওকে ম্যানেজ করলে আমার নিজের স্বার্থেই করব। তোর জন্যে ওকে আমি ম্যানেজ করতে যাব কোন্ দুঃখে।

এর পর আরও অনেক লোকে মানুবাবুর কাছে এলেন। অনেক মহিলাও। ওরা এসেছে প্রায় ঘণ্টা দেড়েকের উপর। মানুবাবু আজ যেমন আসর জমিয়ে বসেছেন, তাঁকে দেখে কে বলবে যে, উনি বহুদিন "গ্রীন ভ্যালী লজ-এর" বাইরেই বেরোননি। বাবাকে খুব খুশিখুশি দেখাচ্ছে। নগেনকাকার সঙ্গে বাবার কথোপকথনও খুবই এনজয় করেছে শুভেন। আড়ালে বসে।

এবার বাবাকে উঠিয়ে নিয়ে যেতে হয়। একথা ভাবতে ভাবতেই কুঁড়ি এসে দাঁড়াল বাবার কাছে।

বলল, কাকাবাবু। এবার যে আপনাকে উঠতে হবে। সব কিছুই সইয়ে সইয়ে করতে হয়। ছেলে বাড়ি ফেরার আনন্দটাও। কাল রাতেই না আপনার শরীর খারাপ হয়েছিল! মনে নেই বুঝি?

ঠিক। ঠিক। তুমি যা বলবে, তা আমার করতেই হবে। তা আমার ছোটবাবু গেল কোথায়? যা লাজুক ছেলে; লজ্জায় পালিয়েই গেল না কি এত লোকজন দেখে?

যা বলেছেন কাকাবাবু!

ওকে চা টা খাইয়েছিস্ ত মা।

খাইয়েছেন নিশ্চয়ই কাকীমা।

কোথায় সে?

এতক্ষণ যেন দেখেইনি, এমনি ভাবেই কুঁড়ি গলা তুলে বলল, এই যে! আপনাকে ডাকছেন কাকাবাবু।

মানুবাবু চটিতে পা ঢোকাতে পারছিলেন না। দশ মিনিট বসলেই পা ধরে যায়, আর এতক্ষণ বসে থাকা! শুভেন এসে মানুবাবুর পায়ের কাছে হাঁটু গেঁড়ে বসে পরে বিদ্যাসাগরী চটিটা ভাল করে দু হাত দিয়ে পায়ে গলিয়ে দিল তাঁর।

গর্বে, মানুবাবুর মুখ জ্বলজ্বল করে উঠল। বাড়িশুদ্ধু লোক দেখল ব্যাপারটা।

কুঁড়ির মনে হল, কাকাবাবু যেন ইচ্ছে করেই চটিটাতে পা ঢোকাচ্ছেন না। ঢুকিয়েও আবার বের করে নিচ্ছেন। যাতে সকলে আরও ভাল করে দেখতে পায় তাঁর পুত্রভাগ্য।

খুব মজা লাগছিল কুঁড়ির। কালকে শুভেনদা আসার পর থেকে নয় কিন্তু, শুধুমাত্র আজ থেকেই যেন কাকাবাবু মানুষটি একেবারে নতুন মানুষ হয়ে গেছেন। মানুষের মন ভাল থাকলে শরীর বোধহয় ভাল হয়ে যায় এমনিতেই। কী আশ্চর্য। কুঁড়িও নিচু হয়ে বসে মানুবাবুর দু পায়ের পাতাতে চিমটি কেটে সাড় যাতে তাড়াতাড়ি আসে তার চেষ্টা করতে লাগল। তারপর ওরা দুজনে মানুবাবুকে ধরে, বারান্দার সিঁড়ির কাছে নিয়ে এল। শুভেন

তাড়াতাড়ি গিয়ে গাড়িটা এনে সিঁড়ির সামনে দাঁড় করালো। তারপর আবার নেমে এসে বাবাকে ধরতে গেল। কিন্তু অবাক হয়ে দেখল, বাবা নিজেই আস্তে আস্তে হেঁটে, নেমে, গাড়ির দরজা খুলে বসলেন গাড়িতে। বসার সময় অবশ্য মনে হল ধপ্ করেই বসলেন।

এতক্ষণের অনভ্যস্ত স্ট্রেইন।

কুঁড়ি গাড়ির মধ্যে মুখ ঢুকিয়ে মানুবাবুকে বলল, কাকাবাবু, শুভেনদাকে রাতে পাঠিয়ে দেবেন? আমাদের সঙ্গে খিচুড়ি খাবেন।

হ্যাঁ। হ্যাঁ। নিশ্চয়ই। তুই বলছিস। আসবে বৈ কী।

শুভেন লক্ষ্য করল, ওকেও যেমন বলেন বাবা, কুঁড়িকেও কখনও তুমি আবার কখনও আপনি বলেন।

শুভেন বলল, বাবার কথার উত্তরে।

না বাবা। আমার একটু কাজ আছে।

কাজ? কি কাজ?

একটা ফোন করার চেষ্টা করতে হবে।

কুঁড়ি হেসে উঠল। বলল, ও বুঝেছি। ওঃ, তাহলে ত আসতে পারবেনই না। ঠিক আছে তাহলে।

ফোন? কোথায় ফোন?

মানুবাবু বললেন।

আমার এক অ্যামেরিকান বান্ধবীকে বাবা!

ও!

হঠাৎই যেন সব খুশি উড়ে গেল তাঁর। লক্ষ্য করল শুভেন।

ড্যাশবোর্ডের আলোতে চমকে-ওঠা গাড়ির মধ্যে মুখ-ঢোকানো কুঁড়ির এই হাসিটাও পুরোপুরি হাসি নয়। আরও কী যেন মিশে আছে তার সঙ্গে।

চলি! বলে, ইঞ্জিন স্টার্ট করল শুভেন।

বাড়ির পথে পড়তেই মানুবাবু আস্তে আস্তে বললেন, খুব মজা করলাম। জানিস ছোট। অনেক অনেকদিন পর। কত লোকের সঙ্গে দেখা হল। নগেনের সঙ্গে দেখা হল। ব্যাটা ঠিক সেই রকমই আছে। একটুও বদলায়নি। সদা সাবধানী। বউয়ের ভয়েই মরল, পঁচাত্তর বছর বয়েসেও।

তুমিও তো বদলাওনি বাবা। আসলে কেউই বদলায় না। যার যার স্বভাব সঙ্গে নিয়ে চিতায় ওঠে মানুষ। এমনিতে কি আর বলে 'স্বভাব যায় না মলে'!

তারপর বললেন, ভাগ্যিস তুই গাড়িটা চালু করলি আবার। ইঞ্জিন ত ভালই বলছে রে?

হ্যাঁ বাবা। এখনও চমৎকার আছে। ইঞ্জিন। কে বলবে, এতদিনের পুরোনো গাড়ি! পালিশও চকচক করছে বাইরে। তোমার গাড়ি বলে ব্যাপার।

এ সবই ছোটুয়ার জন্যে। আমি কে? আমি ত নন-এনটিটি, জানিস ছোট, ছোটুকে সোনা দিয়ে ওজন করলেও ওর দাম দেওয়া হয় না। এসব মানুষ, আমাদের এই দেশে, আমাদের এই জেনারেশানেই শেষবারের মত দেখা গেল। ভবিষ্যতে, এরা ইতিহাস হয়েই থাকবে। ওর ছেলে পাটনাতে ডাক্তারী পড়ছে। গরীব মানুষ। কোথা থেকে যে কী করে। এই মাইনেতে কি করে পড়াশুনোর খরচা জোগায় তা ছোটুই জানে। তবে আনন্দ এইই যে, পড়াশুনায় খুব ভাল হয়েছে ছেলেটা। ওর ইচ্ছে সার্জেন হবার। পাশ করলে, তোর কাছে রেখে কি পড়াতে পারবি ছোট?

পাশ ত করুক এখানে। তাছাড়া আজকাল অনেকই অসুবিধে। তবু, তুমি যদি চাও ত নিশ্চয়ই বন্দোবস্ত করব একটা।

তুই কি ফিরেই…

শুভেন, অসমাপ্ত কথাটাকে নীরবতা দিয়ে চাপা দিয়ে দিল।

ছোটুদার ছেলেকে যে বাবাই পড়াচ্ছেন এই কথাটা ছোটুদাই তাকে বলে দিয়েছে। অথচ, বাবা নিজে চেপে গেলেন। বাবার সম্পত্তি বা ব্যক্তিগত কোনো ব্যাপারেই ত কখনও ইন্টারফেয়ার করে নি ও! তবু, বাবা এখনও এই বয়সেও তার সঙ্গে লুকোচাপা কেন যে করেন।

মানুবাবু বললেন, একবার আমাকে ক্যানারী হিল্ রোডে নিয়ে যাবি ছোট? একবার শুধু পাহাড়ের নিচ অবধি গিয়েই ফিরে আসব। তার আগে চল্ ত পুরো শহরটা চক্কর লাগাই একবার। নাজিম মিঞার দোকানের সামনে দিয়ে, সেন সাহেবের গয়া রোডের বাড়ির সামনে দিয়ে, লেকের পাশ দিয়ে।

শরীর খারাপ করবে না ত বাবা! একদিনে এত স্ট্রেইন।

কিস্সু হবে না রে। তুই চল্ত। আমার বেটা আমার সঙ্গে আছে। শরীরের থোড়াই কেয়ার করি আমি।

শহরে চক্কর লাগাতে লাগাতে প্রায় ঘন্টাখানেক কেটে গেল। মানুবাবু নানকুর, দোকানে গিয়ে পান খেলেন দুটো জর্দা দিয়ে। শুভেনের ভয় করতে লাগল।

গাড়ি ক্যানারী হিল রোডে এসে পড়ল।

মহুয়ার গন্ধ ভাসছে হাওয়ায়। নানা হরজাই ফুলের গন্ধ। বাঁদিকে টুটু ইমামের বাড়ি। বাঁদিকের ঢালু টাঁড় পেরিয়ে দেখা যাচ্ছে দূরের গয়া রোড দিয়ে আলো জ্বালিয়ে ট্রাক চলেছে বড়হির দিকে। ঐ পথেই পদ্মার রাজার বাড়ি। হাজারীবাগ, বা রাজভেরোয়া ন্যাশনাল পার্ক। ছোটুদা বলছিল, এখন গয়া

রোডের নাম হয়েছে "রবীন্দ্র পথ"। শুভেনের মুখে পুরনো নামটাই আগে আসে।

মানুবাবু মল্লিকদের বাড়ির ছাড়ানোর পরেই বললেন, বাঁদিকে একটু রাখত, গাড়িটা!

গাড়িটা থামাতেই, মানুবাবু পা দুটি তুলে বসলেন সিটের উপর। জোড়াসনে। বললেন, বেশিক্ষণ ঝুলিয়ে বসলে পাদুটো ফুলে যায়। প্রেসার হাই হওয়ার পর থেকেই এমন হয়েছে।

ঐ দ্যাখ।

কি বাবা?

অনেক বছর পরে তার বৃদ্ধ অশক্ত, নিঃসঙ্গ বাবাকে বার বার বাবা বলে ডাকার মধ্যে যে এতখানি আনন্দ থাকতে পারে তা শুভেন এখানে আসার আগে ভাবতেও পারেনি। কত কী বোধ মনের গভীরে হঠাৎ জেগে ওঠার অপেক্ষায় নিঃসাড়ে ঘুমিয়ে থাকে যে, তারা যে ছিল, তা বোঝা পর্যন্ত যায় না। একুশ বছরে, যখন বিদেশে যায় তখনও তার যত কিছু ঘনিষ্ঠতা ছিল তা মায়েরই সঙ্গে। মায়ের মারফৎ আর্জি পেশ হত বাবার কাছে। হয় তা মঞ্জুর হত, নয়, না-মঞ্জুর। বাবার আদেশ-উপদেশও আসত মায়েরই মারফৎ। বাবাকে "বাবা" বলে ডাকবার এবং এতবার ডাকবার সুযোগ বেশি আসেনি ওর জীবনে।

মানুবাবুও যেন শুভেনের এই "বাবা" ডাকে চমকে উঠছিলেন আনন্দে। মন্ত্রর মত কাজ করছিল এই ডাক তাঁর জরা-ভরা পুরনো শরীরে। জীর্ণ খোলসটার মধ্যে নবীকৃত হওয়া মনটা অর এঁটে উঠছিল না যেন!

কি বাবা?

আবারও বলল শুভেন?

ঐ গাছটা দেখছিস? ঐ শিশু গাছটা রে! অন্ধকারে দেখতে পাচ্ছিস?

হ্যাঁ।

ঐ গাছটার নিচে দাঁড়িয়েই নাইনটিন ফর্টিফাইভে তোর মা আমাকে বলেছিল, "বুড়ো বয়সে আমরা এখানে এসে থাকব। হ্যাঁ? কী সুন্দর জায়গা এই হাজারীবাগ! আমাকে একটা বাড়ি করে দিও না গো এখানে। অনেকখানি বাগান থাকবে তাতে। সামনে অনেকরকম ফুল ফলের গাছ-গাছালি। পেছনে, তরি-তরকারির বাগান। রান্নাঘরের বারান্দায় বসে বসে কুটনো কুটবো আর পাহাড় দেখব আমি। বাইরের বারান্দায় বসে চা খাব দুজনে। সিঁদুরগাঁয়ের পথে, হলুদ শাড়ি পরে হাট-ফিরতি মেয়েরা কথা বলতে বলতে চলে যাবে।

বর্ষাকালে এসেছিলাম আমরা, জানিস। তখন তুই চার বছরের। বর্ষাকালে,

মধ্যপ্রদেশের মাণ্ডু, দেখতে যায় লোকে। হাজারীবাগও বোধহয় বর্ষাকালেই সবচেয়ে ভাল।

নাজিম মিঞা বলত, ওয়ার্লড্‌কা সব্‌সে বেহেতরীন জাগা হ্যায় ইয়ে হাজারীবাগ। সুইটজারল্যান্ড থেকে ওকে কার্ড পাঠিয়েছিলাম এই কথাই কনফার্ম করে। নাজিম মিঞাও চলে গেল গতবছর।

ফিস্‌ফিস্‌ করে বৃষ্টি হয় এখানে। তোর মা বলেছিল।

মোরব্বা ক্ষেতের মধ্যে মধ্যে ডানা ফরফরিয়ে তিতির ওড়াওড়ি করে আর সিঁদুর বস্তীতে যাওয়ার পথে আকাশে সিঁদুরে মেঘ ভেসে বেড়ায় যখন গোধুলিবেলায়, তখন তাদের চিঁহা চিঁহা চিঁহা রবে. মন একেবারে উদাস হয়ে যায়। একটা ছোট্ট পাখি হঠাৎ চিকন গলায় সংক্ষিপ্ত ডাক ডেকে সন্ধ্যের আগে মাথার উপর দিয়ে উড়ে তার বাসার দিকে চলে যায়, সেই সব মুহূর্তে মনে হয় জীবনটা মিথ্যেই কেটে গেল, টাকা রোজগার করে, সংসার করে, ভাল খেয়ে, ভাল পরে। ঐ পাখি যা বলে গেল, তা শোনার মত সামান্য সময়টুকুও উদবৃত্ত ছিল না আমার জীবনে। সব কিছুরই সময় থাকে রে ছোট। সময় পেরিয়ে গেলে কিছু পেয়েই লাভ নেই কিছু।

বাঃ।

কী রে ?

তুমি কী সুন্দর করে বললে বাবা।

আমি এসব পারি না। তোর মায়ের মধ্যেই চাপা কবিত্ব ছিল। কবিতা যাঁরা লেখেন, তাঁরাই একমাত্র কবি নন। তোর মায়ের মত রোম্যান্টিক মন খুব কম মানুষের মধ্যেই দেখেছি।

যেদিন তোর মা এখানে দাঁড়িয়ে আমাকে বাড়ি করতে বলেছিলেন তখন আমি দিল্লিতে পোস্টেড। দিল্লি থেকে কলকাতায় আসছিলাম গাড়ি করে। হাতে একমাস সময় নিয়ে। সঙ্গে গিরিন্দ্রও ছিল। মানে তোর মেজমামা। তিনখানা গাড়ি। একখানাতে চাকর-বাকর, আয়ারা। অন্য দুটিতে আমরা ভাগাভাগি করে।

জি টি রোড ছেড়ে দিয়ে এদিকে ওদিকে ঢুকে যা কিছু দ্রষ্টব্য জায়গা দেখার দেখি, আবারও ফিরে গিয়ে জি টি রোড ধরে এগোই। তখন পথেঘাটে এত ট্রাক ছিল না। গাড়িতে জার্নি করা একটা মধুর অভিজ্ঞতা ছিল। যেখানেই যেতাম, সার্কিট হাউসে থাকতাম। আহা! কী সব ফার্নিচার। বিছানাপত্তর ; বাবুর্চি। কী বেয়ারাদের বাধ্যতা, সময়ানুবর্তিতা। ইংরেজদের কাছ থেকে শেখার যা কিছু ছিল, তার কিছুমাত্রও শিখলাম না আমরা। শিখলাম যেগুলো দোষ ; শুধু

সেগুলোই।

মানুবাবুকে আজ বোধহয় কথাতে পেয়েছে।

এত বছরের যত কথা, তার রক্তের শরিক, তার বংশধর শুভেনকে কাছে পেয়ে খুলে ফেলা সোডার বোতলের মুখ থেকে যেন আপনা থেকেই কথা বেরিয়ে আসছে।

শুভেন উইণ্ডস্ক্রীন দিয়ে চেয়ে ছিল সামনে। বাঁ দিকে। সন্ধে হয়ে গেছে অনেকক্ষণ। নির্মেঘ চৈত্রশেষের তারা-ভরা আকাশ। হাওয়া নেই। নিস্কম্প, নিবাত। এখনও বেশ ঠাণ্ডা ঠাণ্ডা ভাব একটা। একমাত্র হাজারীবাগেই বোধহয় এরকম আবহাওয়া। নাজিম মিঞা বোধহয় ঠিকই বলতেন। এপ্রিলের শেষ থেকে জুনের শেষ পর্যন্ত যা একটু গরম থাকে। বাকি সময়ের সবটুকুই চমৎকার। ডান দিকে, পেছন থেকে জাস্টিস মল্লিকের বাড়ির কম্পাউণ্ডের মধ্যে পেঁচা ডাকছে। গা ছমছম করে ওঠে। নাসাতে চাকরীই করুক, আর বিদেশেই থাকুক! বুকের মধ্যে ছমছমানি ত থেকেই গেছে। ছোট্টবেলায় শোনা ঠাকুরমার ঝুলির সব গল্প, ব্যঙ্গমা-ব্যাঙ্গমী, নীলকমল লালকমল, কুঁচবরণ রাজকন্যার মেঘবরণ চুল। সেই মনটা কমপ্যুটার আর সাহেবী পোশাকের আড়ালে চাপা পড়ে থাকলেও, থাকেই লুকিয়ে। ডরম্যাণ্ট অবস্থাতে। এমন এমন মুহূর্তে বুকের মধ্যে থেকে হঠাৎ লাফিয়ে আসে বাইরে।

মানুবাবু বললেন, দ্যাখ্ ত ছোট। ড্যাশবোর্ডের পকেটের মধ্যে ছোটু পানের ডিবে রেখেছিল।

আবারও পান খাবে তুমি, বাবা? নানকু পানওয়ালার দোকানে ত খেলে।

ড্যাশবোর্ডের পকেট খুলে বাটাটা বের করে দিল শুভেন।

শুভেন আলো জ্বালছিল।

উনি বললেন, না, না থাক। কী চমৎকার লাগছে, না রে? কী শান্তি চারদিকে। স্বর্গও কি এইরকমই হবে? কে জানে?

বাবা!

কী যেন বলতে গিয়েও থেমে গেল শুভেন।

তার ছোটখোকার এই "বাবা" ডাকটা মানুবাবুর মনটাকে সত্যি সত্যিই একেবারে দ্রবীভূত করে দিচ্ছে, বিয়ের পর পর মৃণালিনীর শরীর স্পর্শ করলেই যেমন শরীর গলে যেত। মনের এই খুশির সঙ্গে শরীরের কোনো খুশিই অবশ্য তুলনীয় নয়! আনন্দের চোটে একমুঠো জর্দা ফেললেন মুখে। বুকটা ধ্বক্ করে উঠল। তারপর হঠাৎ গীয়ার-ফেঁসে যাওয়া গাড়ির মত ধ্বক্ ধ্বক্ করল। আরও দুবার!

বাবা! কী করছ তুমি?

উৎকণ্ঠিত শুভেন বলল।

ঠিক আছে। ঠিক আছে। বড় ভাল লাগছে রে আমার! তুই এসে, এই গাড়ি চড়িয়ে আমাকে নতুন জীবন দিয়ে গেলি। পান খাবি না কি একটা?

না বাবা।

পাইপ খাস ত তুই। খাচ্ছিস না কেন? নেশার জিনিষ! না খেলে মাথা ধরে যাবে ত। যার যা নেশা।

শুভেন চুপ করেই রইল। পাইপ খেতে অনেকক্ষণ ধরেই যদিও ইচ্ছে করছিল।

কী রে! খা! তোর মা ত তোদের বন্ধু ছিল। মা'র সামনে ত খেতিস। আমি জানি, মৃণালিনী আমাকে বলেছে। তবে? তোর মৃত্যু-পথযাত্রী বাবাকে কি এখনও বন্ধু করার সময় হয়নি রে? এর পরও সময় ত আর থাকবে না রে ছোট! আমাকে তোর বন্ধু করে নে না রে। অনেক লোককেই আমি জানি, চিনি। তারা আমায় বন্ধু বলে ডাকে, ভাবে। আসলে আমি চিরদিনই একা। নির্বান্ধব। মৃণালিনীও আমার বন্ধু ছিল না। কোনো স্ত্রীলোক কোনো পুরুষের যথার্থ বন্ধু হতে কখনই পারে না। তুই আমার; ছোট, আমার ছেলে! তুই কিন্তু পারিস হতে। বাবা-ছেলের মধ্যে যেমন বন্ধুত্ব হতে পারে তেমন বড় একটা হয় না।

তারপর কিছুক্ষণ চুপ করে রইলেন মানুবাবু অন্ধকারে চেয়ে। বললেন, কেন জানি না, এই বয়সে পৌঁছে মনে হয়, প্রত্যেক মানুষই আসলে নির্বান্ধব। মানুষের জীবন বড়ই কষ্টের রে। এটা মনে হয়, জীবন প্রায় শেষ করে নিয়ে আসার পর। অথচ, এই একলা সত্তাতেই একজন মানুষ হয়ত সবচেয়ে বেশি মানুষ। জানি না, তোকে বোঝাতে পারলাম কী না।

হ্যাঁ বাবা।

আমি জানি যে তুই বুঝবি। তুই ত আমার মূর্খ ছেলে নোস্। আই রিয়্যালি অ্যাম প্রাউড অফ ইউ।

বলেই, ডান হাতটা বাড়িয়ে শুভেনের চুল এলোমেলো করে দিয়ে ঘাড়ে একটা হাত রাখলেন মানুবাবু।

শুভেনের ঘাড়ে একটা অদ্ভুত অনুভূতি হতে থাকল। বৈদ্যুতিক তরঙ্গর মত। ওর মনে হল, যুগযুগান্তরের পিতৃপুরুষের সমস্ত আশীর্বাদ যেন নীরবে এই নক্ষত্রখচিত রাতে তার বাবার স্নেহের হাতের আঙুলগুলি বেয়ে তার সমস্ত

শরীরের মধ্যে দিয়ে বয়ে গিয়ে এই পাহাড়তলির বনপথের মাটিতেই মিশে যাচ্ছে।

শুভেন বলল, আমাদের দেশটা কিন্তু খুব সুন্দর, নয় বাবা ?

ওর গলাটা হঠাৎই বায়ুরুদ্ধ হয়ে এল।

শুভেন ভাবছিল, জ্যাকি এখন সঙ্গে থাকলে হাসত। বলত, ইউ সিলি ইণ্ডিয়ান। জ্যাকিরা বুঝবে না। অনেক কথাই, নিজের দেশের লোক ছাড়া, নিজের রক্তর লোক ছাড়া অন্যকে বোঝানো যায় না ; ভাষা যতই সমৃদ্ধ হোক না কেন। বা দুজনের যতই বুদ্ধি বা মনের মিল থাকুক না কেন। নিজের দেশ, নিজের ভাষা, নিজের জন এর কোনোই বিকল্প নেই।

মানুবাবু বললেন, সুন্দর ? নিশ্চয়ই ! ডি এল রায়ের সেই গানটা তোর মনে নেই ?

নাঃ। মৃণালিনী তোকে ছোটবেলায় শিখিয়েছিল যে রে ! "ধন ধান্যে পুষ্পে ভরা আমাদেরই বসুন্ধরা তাহার মাঝে আছে দেশ এক সকল দেশের সেরা, সে যে স্বপ্ন দিয়ে তৈরী সে যে, স্মৃতি দিয়ে ঘেরা।"

বাঃ।

শুধু আমাদের দেশই যে সুন্দর তাইই নয়। এই দেশের সাধারণ, গরীব মানুষরাও বড় ভাল। শুধু, যারা দেশের মালিক রাজনৈতিক সব দলের নেতারা যদি ভাল হতেন, তবে এই দেশকে নিয়ে আমরা কী না করতে পারতাম রে। তোরা যদি দেশে ফিরে আসিস এই দেশকে ভালবাসিস, তোরা হয়ত অনেকই ভাল করতে পারবি, দেখতে পারবি। আমাদের দিন ত এখন হাতে গোনা। তবুও আমার কোনোই খেদ নেই। এই দেশে জন্মেছি এবং মরবও যে এই দেশেই এই ত মস্ত বড় কথা।

এবার যাবে ? বাবা ?

হ্যাঁ। হ্যাঁ। গাড়ি ঘুরিয়ে নে, সামনে গিয়ে। তার আগে তোর পাইপটা ধরা ছোট। তুই ত আর ছোট নোস আসলে। আমি তোর বন্ধুই রে। তোর বুড়ো-হাবড়া বন্ধু।

শুভেন, মানুবাবুর গলার স্বরে হঠাৎই এমন কিছু লক্ষ্য করল যে, ও বুঝল, ওঁর সামনে শুভেনের পাইপ না-খাওয়াটা একটা মস্ত বড় ইস্যু হিসেবে নিয়েছেন বাবা।

ড্যাশবোর্ডটার ডান দিকের ড্রয়ার খুলে খুলে, পাইপটা বের করল ও। ফিল্ করাই ছিল। লাইটার দিয়ে আগুন ধরাল।

আঃ। কী টোব্যাকো রে ? গোল্ড ব্লক ? নিশ্চয়ই গোল্ড ব্লক। আমি যখন

ইংল্যাণ্ডে ছিলাম, আমিও এই টোব্যাকো খেতাম। কী সুন্দর মিষ্টি গন্ধটা।

ঠিকই বলেছো বাবা। তবে গোল্ড ব্লক ত ইংলিশ টোব্যাকো। হ্যুস্টনে তেমন পাওয়া যায় না। একই ব্রাণ্ড না খেলে গলা অ্যাফেক্ট করে। তাইই, যা পাই তার মধ্যেই একটা খাই নিয়মিত। আসার সময় লানডান্ এয়ার পোর্ট থেকে এক কার্টন কিনে এনেছিলাম। আমারও খুব ভাল লাগে গোল্ড-ব্লক্।

বেশ করেছিস্।

গাড়ি ঘুরিয়ে বাড়ির দিকে এগিয়ে চলল শুভেন। কিছুক্ষণ চলার পরই গ্রীনভ্যালী লজ-এর গেট-এর আলো দেখা গেল। গাড়ির স্পিড কমিয়ে দিল ও।

সেই সময়, হঠাৎই মানুবাবু বললেন, কুঁড়ি মেয়েটাকে তোর কেমন লাগল রে ? ছোট ?

আমার ?

শুভেন সাবধান হয়ে গেল। বাবাও যে মানুষখেকো বাঘের মত সাবধানে এগোচ্ছেন আর বুদ্ধিতেও এখনও শুভেন তাঁর কাছে শিশুই!

হ্যাঁ। তোর।

মানুবাবু বললেন। দুটি চোখ শুভেনের চোখের উপর রেখে।

ভালই ত! কুঁড়ি ত মেয়ে হিসেবে চমৎকারই।

শুধুই চমৎকার ? আমি যদি যুবক হতাম, ছোট, মানে, তোর মত অ্যাকমপ্লিশড্, ওয়েল-সেটলড্ ব্যাচেলার পুরুষ মানুষ ; যেমন আমি আমার নিজের যৌবনে ছিলাম, তাহলে আমি কুঁড়িকেই বিয়ে করতাম।

গাড়িটা গেটের সামনে দাঁড় করিয়ে হর্ন দিল শুভেন।

তিনবার হর্ন দিল।

এ বাড়িতে আজকাল গাড়ি কেউ আর ব্যবহার করে না বলেই বোধহয় মালি অথবা রামু কারোই খেয়াল ছিলো না। আরো দুবার হর্ন দেবার পর রামু দৌড়ে এসে গেট খুলল শব্দ করে।

গাড়িটা পোর্টিকোতে এনে দাঁড় করিয়ে শুভেন বলল, ঠিকই বলেছ বাবা। বিয়ে করার মত মেয়েই বটে। মানে, যারা বিয়ে করতে চায়। অথবা, পারে।

কয়েকপলক ঘাড় ঘুরিয়ে চকিতে দেখলেন মানুবাবু আবারও শুভেনকে। পরক্ষণেই পাগলের মতই প্রচণ্ড চিৎকার করে উঠলেন : ছোটু! এই ছোটু!

শুভেন চমকে উঠল।

বলল বাবা, আস্তে। তোমার হার্ট খারাপ।

মানুবাবু বাড়ির ভিতরে চেয়ে বললেন, ডোণ্ট ওয়ারী বাউট মী মাই সান্।

লুক আফটার ইওরসেল্ফ।

শুভেন নেমে দরজা খুলল। নিচু হয়ে চটিটা পায়ে ঢুকিয়ে দিতে গেল।

কিন্তু মানুবাবু বললেন, তুমি রেস্ট করো। ছোটুই আসবে। বুড়ো বাবার জন্যে যথেষ্টই করেছো তুমি আজ বিকেল থেকে। থ্যাঙ্ক ইউ ভেরী মাচ্।

ছোটবেলাতেও, রেগে গেলে, বাবা সবসময় "তুমি" বলে সম্বোধন করতেন। মা বলতেন, তোর বাবার মত এমন মুডি, ডিফিকাল্ট লোক আর আমি দেখিনি। তার মন পাওয়া দেবীরও অসাধ্য।

অথচ কুঁড়ি নামক মেয়েটি এই বুড়ো খিটখিটে ডিফিকাল্ট বাবাকেও পুরোপুরিই কব্জা করে রেখেছে। কী মন্ত্র আছে তার কাছে সেইই জানে। শুভেনের খুবই রাগ হল বাবার উপরে। কিন্তু এই মানুবাবুই যে একমাত্র পূর্বপুরুষ তার। একমাত্র যোগসূত্র, বর্তমানের সঙ্গে অতীতের। তাছাড়া, কুঁড়ি যে এই দুদিনেই রীতিমত আচ্ছন্ন করে ফেলেছে শুভেনকেও, একথাটা বুড়ো মানুষটাকে বলতেই বা তার অসুবিধে কিসের ? যদি, তিনি খুশি হন তাতে। কোন্ মুহূর্তে যে চলে যাবেন কেউই তা জানে না।

তবু....।

শুভেন আত্মপক্ষ সমর্থন করে, নিজেকেই বলল, মনে মনে, বাবা এত মুডি, ডিফিকাল্ট হলে ছেলেও ত একটু হবেই! ইট রানস্ ইন্ দ্যা ব্লাড। "বাপ্‌কো বেটা সিপাহিকা ঘোড়া, কুছ নেহী ত থোড়া থোড়া।"

বাবাকে প্রায় উপেক্ষা করেই ও সিঁড়িতে দাঁড়িয়ে জোরে ডাকল ছোটুদা!

সে ইডিয়টটা করছে কি ? কোথায় গেছে সে ?

মানুবাবু ফেটে পড়ে বললেন।

ছোটুদা ভেতর থেকে দৌড়ে এসে বলল, আরে। হলটা কি ? কুঁড়ি দিদিমণি....

কে ?

কুঁড়ি দিদিমণি....

সে এসেছে না কি ?

গলার স্বর সঙ্গে সঙ্গে বদলে গেল একেবারে মানুবাবুর। মিষ্টি হয়ে গেল।

আসেনি। ছোট দাদাবাবুর জন্যে ভুনি খিচুড়ি পাঠাবে। খেতে মানা করেছে। ফোনেই কথা বলছিলাম ত একই সময় সে আপনার বিকট চিৎকার শুনে বলল, দৌড়ে গিয়ে দ্যাখো ছোটুদা, কী হল কাকাবাবুর। সবসময় এত চিন্তা হয় না আমার!

মুখ নিচু করে নরম গলায় মানুবাবু বললেন, তা ঠিক! চিন্তা যত, সব ত

তারই ! তারই একার । আর কার চিন্তা আছে আমার জন্যে ? এখন দয়া করে একটু ধরো । বিশ্বজয় করে এলাম । ছেলে, গাড়ি চালিয়ে বেড়িয়ে নিয়ে এল অথর্ব আমাকে । এত সুখ সইলে হয় । আজই হয়ত টেঁশে যাব ।

আপনি আর একটু বসুন ।

মানে ? ইয়ার্কি মারছিস তুই আমার সঙ্গে ? হারামজাদা !

আঃ ! চেঁচাবেন না বাবু । কুঁড়ি দিদিমণি যে ফোনে রয়েছেন !

অ্যাঁ ? ছাড়েনি ফোন ? কেন ? রয়েছে কেন ফোনে ?

আহা ! বললাম না, আপনার কি হয়েছে তা জেনে তাকে জানাতে বলল যে !

মানুবাবুর গলা আবার চড়ে গেল । বললেন, ইডিয়ট্ ! এতক্ষণে সে কথা বলতে পারোনি ? গিয়ে তাকে বল যে, অক্কা পেয়েছি । পরের মেয়ের, এই বুড়োর জন্যে অত আমি আদিখ্যাতা না দেখালেও চলবে ।

তাইই বলছি গিয়ে ।

ছোটুদা রাগ করে বলল ।

এই । এই ! ইডিয়ট্ । তুই মার খাবি আজ আমার কাছে ।

বলেই, লাঠিটা গাড়িতে বসেই, তুলতে গেলেন । ড্যাশবোর্ডে ঠুকে গেল লাঠিটা জোরে ।

দিলে ত ! বিচ্ছিরি দাগ করে ! তোমার এত সাধের গাড়ি !

শুভেন বলল । বিরক্তির গলায় !

বে—শ করেছি । আমার গাড়ি, আমি জ্বালিয়ে দেব । তোমার তাতে কি ? বাড়ি ঘর, মারহান ফার্ম, সব জ্বালিয়ে দেব আমি ।

ছোটুদা ফিরে এল ।

মানুবাবু বললেন, কি বলেছিস ? কুঁড়িকে ?

আমি আর কী বলব ? যা আপনি বলেছেন তাত ফিস্‌ফিস্ করে বলেননি । সে নিজ কানেই শুনেছে ।

কি শুনেছে ?

যা বললেন সবই । ফোনটা তো এখান থেকে মাত্র দশ হাত দূরে ।

তা কি বলল সে শুনে ?

গলার স্বর নার্ভাস শোনাল মানুবাবুর ।

বলল যে, আর কোনোদিনও আসবে না ।

না এলো ত না এলো । আসবে না ! আমার কাউকেই দরকার নেই । তোরা সকলে শুনে রাখ্ সে কথা ।

গলা আরো চড়িয়ে বললেন, আমি একা। একা। একা! কেউই নেই আমার।

সেই হঠাৎ চিৎকারে মালির দিশি কুকুরগুলো ভয় পেয়ে কঁকিয়ে উঠল। এ বাড়িতে বহুদিন জোরে কথা শোনেনি কেউ। মৃণালিনীর মৃত্যুর পর মানুবাবু আর ছোটুদাদের ছায়ারাই ফিসফিস করে কথা বলেছে শুধু।

শুভেন চাপা গলায় বলল, বাবা।

ছোটুদা বলল, কুঁড়ি দিদ্দিমণি বললেন, আপনাকে রাতে আর কিছু খেতে না দিতে। ওঁদের ওখানে নাকি যা আপনার খাবার নয়, তেমন অখাদ্য কুখাদ্য খেয়েছেন। একটা ক্যাম্পোজ দিয়ে, আপনাকে শুইয়ে দিতে বললেন। কাল সকালেই উনি আসবেন।

আসবেন? হারামজাদা! তুই এতক্ষণ ইয়ার্কি মারছিলি আমার সঙ্গে তাহলে। তোকে এবার তাড়াব আমি।

আমি নিজেই এবার চলে যাব।

ছোটুদা বলল।

॥ ৪ ॥

সকালে উঠে হাঁটতে বেরিয়েছিল শুভেন জগিং-স্যুট পরে।

ক্যানারীর দিকে না গিয়ে উল্টোদিকে এগোল এবার। পথঘাট অলিগলি মনে নেই ওর। কারণ হাজারীবাগ সেন্ট জেভিয়ার্স স্কুলে শেষের কয়েকটা বছর পড়েছিল শুধু। তারপরই বম্বে চলে গেছিল কলেজে। বিদেশ যাওয়ার আগে তিন মাস এসে থেকেছিল এখানে বম্বে থেকে। তার পর চার বছর পরে আজ থেকে দশ বছর আগে মায়ের কাজে এসেছিল। তখন প্রায় পুরো সময়টাই বাড়িতেই কেটে গেছিল।

ও ভাবছিল, একদিন বাবাকে নিয়ে রাজডেরোয়া ন্যাশনাল পার্কে যাবে। আর যাবে একদিন মারহান্-এর ফার্মে। একসময় মারহান্-এর ফার্মে ট্রাক্টরও ছিল। ক্রিয়াকাণ্ড এমনই চলত, যেন মনে হত দক্ষযজ্ঞ চলছে। প্রতি রবিবারে পিকনিক হত। চাকরি ছাড়ার পর হাজারীবাগে বাবার টিম্বার কোম্পানিও খুবই ভাল চলছিল। গোটা কুড়ি ট্রাক, দুটি গাড়ি, একটি জিপ। মারহান্ ফার্ম এ বাজরা, জোয়ার, ধান, সর্ষে, সরগুজা এবং গম হত। গিন্নাও হত। আখ। ফলের গাছের

মধ্যে ছিল পেঁপে, আম, লিচু, সফেদা, চেরী, প্লাম। সবশুদ্ধ প্রায় একশ একর মত জমি। ম্যাকলাস্কিগঞ্জ-এর বুথস ফার্ম থেকে জন ফিট্‌জেরাল্ড বলে একটি অ্যাংলো ইণ্ডিয়ান ছেলে এসেছিল চাকরি নিয়ে। ট্রাক্টর চালাত। দিনে তিরিশজন ঠিকা লেবার কাজ করত। পার্মানেন্ট লোক ছিল দশ জন মত। থাকার বাংলোবাড়ি, জিপ টিউবওয়েল ; মস্ত বড় তালাও। সেই তালাও-এ আউটবোর্ড এঞ্জিন লাগানো নৌকোও ছিল দুটো।

বাবার বন্ধু দুর্গাকাকা বলতেন, জোরে বোট চালালে অক্সিজেন পায় মাছেরা। তাড়াতাড়ি বাড়ে। দুর্গাকাকার অনেক বিষয়েই জ্ঞান ছিল। উর্দু, নেপালী, হিন্দী, ওড়িয়া, বাংলা এবং ইংরিজিতে চমৎকার দখল ছিল তাঁর। শিক্ষিত অশিক্ষিত যেকোনো লোককেই তিনি নিমেষে বন্ধু করে নিতেন। বাবার খাদ্যরসিকতা দেখে হাসতেন আর বলতেন, কলকাতায় ভটচার্যি সাহেবের বাড়িতে গেলেই দেখি সে বাড়ির গৃহস্বামী মস্ত ফরাসের উপর তাকিয়াতে আধ শোয়া হয়ে আছেন। যাকেই ঢুকতে দেখতেন উনি, তার দিকেই দুধ-সাদা ওয়াড় পরানো তাকিয়া ছুঁড়ে দিয়ে বলতেন "এই যে মশায়। শুয়ে পড়ুন।" আর এই হাজারীবাগের চাট্যার্জী সাহেবের বাড়ি এলেই দেখি দ্যা হোল ফ্যামিলী ইজ ওলওয়েজ অ্যাট দ্যা ডাইনীং টেবল। ঢুকলেই শুনতে হবে, "এই যে মশায়। চেয়ার টেনে বসে পড়ুন।" তার পর সে কী খাওয়া। যাকে বলে, ফাঁসীর খাওয়া।

মারহান্-এর খামারে, পাছে, অত অতিথিদের বসে খাওয়ার অসুবিধে হয়, তাই লম্বা লম্বা বেঞ্চ ও টেবলও বানিয়ে ছিলেন বাবা। ডেকরেটরদের যেমন থাকে। একসঙ্গে একশ জন লোক বসে খেতে পারতেন। রহিম ছাড়াও ক্লাব থেকে বাবুর্চি নিয়ে যাওয়া হত। মা নিজে দাঁড়িয়ে থেকে খাওয়ার তদারকি করতেন। কত খাওয়া হাসি, গান, গল্প। মা একটা গান গাইতেন, পিয়ানো বাজিয়ে ; রবীন্দ্রনাথের গান, ও গান আর গাসনে যে দিন গিয়েছে চলে সে আর ফিরিবে না, তবে ও গান গাসনে।"

সেই সব দিনের কথা মনে হলে ঐ গানের কথাই মনে পড়ে যায়। সে সব দিন চলে গেছে।

তালাও-এর পাশে মস্ত শেড ছিল একটা অ্যাসবেস্টস-এর। তিনদিক খোলা। তাতে অতিকায় সব টেবল-এর উপর ফরাস পাতা থাকত। তাকিয়া। তার উপর বসে কেউ তাস খেলতেন ; কেউ দাবা। হারমনিয়াম, তবলা নিয়ে গানের ম্যয়ফিলও বসত কোনোদিন। গরম এবং শরতের রাতে মুনলাইট পিকনিক। সে সব দিনে, বাবার বন্ধুবান্ধবরা একটি বিশেষ বেডরুমে ঢুকতেন এবং বেরুতেন। খুব খুশি খুশি লাগত তাঁদের তখন। খুব হাসতেন তাঁরা

একটুতেই। কেউ কেউ আবার বেশি কথা বলতেন। কেউ বা চুপ করে যেতেন। কেউ বা গান গাইতেন। মিষ্টি-মিষ্টি একটা গন্ধ বেরুত তাঁদের মুখ দিয়ে।

শুভেন একদিন জিগগেস করেছিল দুর্গাকাকাকে, কি খাচ্ছেন?

উনি চোখঘুরিয়ে বলেছিলেন, সারিবাদি সালসা বাবা। বলর্বদ্ধক। রক্ত শোধনকারী।

বাবার মুখের কোনোদিনই কোনো রাখ-ঢাক ছিলো না। একবার মারহান্-এ মালির মেয়ের বিয়ে হয়েছে। মেয়ে-জামাই শুয়ে আছে ওদের বাংলোতেই। পাশের ঘরে। জমাদার, মালি, নাপিত, সকলকেই কোনোরকম ছোট চোখে দেখতেন না বাবা। সব মানুষই যে সমান এই শিক্ষা ছোটবেলাতে শুভেন বাবার কাছেই পেয়েছিল।

শুভেন বাবার পা টিপছিল। শীতকাল। বৃষ্টি হওয়ায় খুবই শীত পড়েছিল সেবার। মা ডাকলেন, মালির মেয়ে ইতোয়ারিন-এর নাম ধরে, বললেন, কীরে। আরেকটা কম্বল দেব নাকি তোদের? শীত করছে?

বাবা বললেন, তুমিও মৃণালিনী। নতুন বউকে জড়িয়ে ধরে শুয়ে আছে, কম্বল কোন্ কাজে লাগবে?

শুভেনের সামনে খুবই লজ্জা পেয়েছিলেন মা। ভর্ৎসনার স্বরে বলেছিলেন বাবাকে, কী যে কর।

দুর্গাকাকাও খুব রসিক মানুষ ছিলেন। বহু বছর দেখা হয় না। জানে না, শুভেন, বাবার সঙ্গে এখনও যোগাযোগ আছে কী না। ওঁরা না হয় দূরেই থাকেন। কিন্তু ছোটদার মুখে যা শোনে এবং চিঠিতে যা পড়ে, তাতে মনে হয় যে, একদিন যাঁরা কাছের লোক ছিলেন তাঁরা এখন সকলেই দূরে চলে গেছেন। স্থানীয় লোকরাও কেউই খোঁজ নিতে আসেন না বাবার। অবশ্য সমসাময়িক কজনই বা এখন বেঁচে আছেন? ছোটুদা বলে, এখন ত মারহান্ ফার্মের সবটাই প্রায় বিক্রি হয়ে গেছে। ব্যবসা নেই। রবরবা নেই। তোমরা কেউই থাকো না এখানে। বাবুর কাছে আর কেই বা আসে? পঙ্গু ঘোড়ার দাম কি? কত আত্মীয়স্বজন, বন্ধুবান্ধব, কত খাওয়া, কত খুশি, কত মজা এখন মনে করলে মনে হয় সবই স্বপ্ন বুঝি।

মানুবাবুর নিজের কোনো অভিযোগ নেই কারো বিরুদ্ধেই। শুভেনের খুবই গর্ব হয় বাবাকে দেখে। আ গ্রেট ম্যান। বিদেশেও এমন প্রকৃতার্থে আধুনিক, সাহসী, রসিক মানুষ বেশি দেখা যায় না।

ঘণ্টা দেড়েক হাঁটলো শুভেন। প্রায়-ঘুমন্ত শহরের পথে পথে। এখন প্রায়

সাতটা বাজে। অনেকেই নতুন দোকানপাট হয়েছে। জনসংখ্যাও বেড়েছে। নোংরা হয়েছে শহর। একটা হোটেল হয়েছে দেখলো, পুলিশ ট্রেনিং কলেজের পাশে। প্রিন্স হোটেল। কেমন, তা কে জানে ?

মোড়ের দোকানটাতে গরম গরম জিলিপি সিঙ্গাড়া ভাজছে। খুবই খেতে ইচ্ছে হল। কতদিন খায় না। নানারকম ভেজাল-টেজাল নাকি মেশায় এই সব কুকিং মীডিয়ামে। বিদেশে বসেই শোনে ; দিশী লোকদের মুখে। ভেজাল খাওয়ার অভ্যেস চলে গেছে ওর। যদিও যতদিন হাজারীবাগে ছিল ছোটবেলায় ততদিন ভেজাল কাকে বলে জানেনি।

লোভ লাগছে তবু, খুবই! কী করবে ভাবছিল দাঁড়িয়ে দাঁড়িয়ে দোকানটার সামনে। এমন সময় একটি ছেলে এসে ওকে বলল, দিদিমণি ডাকছেন।

কে ?

অবাক হয়ে ছেলেটির দৃষ্টি অনুসরণ করে তাকালো।

কিছুই বুঝতে পারল না।

কে, দিদিমণি ?

কুঁড়ি দিদিমণি।

কোথায় ?

ঐ ত।

ঘাড় ঘুরিয়ে দেখল, একটা বাড়ির দোতলার বারান্দার রেলিং-এ ভর দিয়ে লাল আর কালো ডুরে একটি তাঁতের শাড়ি আর কালো ব্লাউজ পরে, খোলা চুলে দাঁড়িয়ে আছে কুঁড়ি। চান হয়ে গেছে ওর। হাতছানি দিয়ে ডাকছে তাকে। দোকানের সামনের গোলমালে, সাইকেল রিক্সার প্যাঁকপ্যাকানিতে ওর কথাগুলি ডুবে যাচ্ছে, উড়ে যাচ্ছে প্রভাতী চৈতী হাওয়ায়, শুধু ওর সুন্দর হাতের হাতছানিটি কাঁপছে শুধু।

এদিকটা নিশ্চয়ই ওদের বাড়ির পেছন দিকটা হবে। এদিক থেকে দেখলে মনে হয়, অচেনা কোনো বাড়ি।

ছেলেটির সঙ্গে চলল শুভেন।

বলল, ঘর কাঁহা রে তোহর ?

টুটিলাওয়া।

টুটিলাওয়া, সীমারীয়া, লাওয়ালঙ এই নামগুলো এখনও শুনলে ছোটবেলার কত স্মৃতিই মনে পড়ে যায় এক ঝলকে। নামগুলো অনেকদিন পরে শুনেও ভাল লাগল খুব শুভেনের।

শাদী কিয়া রে ?

লজ্জা পেয়ে ছেলেটি বলল, নেহীঁ। কামাই জাদা নেহী হ্যায়। ছোটা বহীন ভি হ্যায়।

বহীনকা শাদী দে লি ক্যা ?

নেহী হো বাবু।

তারপর বলল, এই বছরই দেবার কথা ছিল, কিন্তু এমনই খরা গেল যে, এক বুঁদ পানি হলো না। মকাই বাজরা হলো না এক্কো দানা। দেখি, এর পরের বছর ফসল ভাল হলে…

শুভেনের বাবা মানুবাবুর কাছ থেকেই এই অভ্যেসটা পেয়েছে শুভেন। পাঁচ মিনিটেই সাধারণ মানুষের একেবারে বুকের মধ্যে ঢুকে যেতে পারতেন বাবা। এবং শুধু ঢোকার জন্যেই নয় ; তাদের অনেক দুঃখ কষ্ট, অসুবিধা এবং সামান্য খুশিও নিজের বুকে টেনে আনার জন্যে। মানুবাবু এক বিশেষ চরিত্রর মানুষই ছিলেন। অমন মানুষ খুব বেশি, সত্যিই দেখেনি শুভেন।

কাল বিকেলে ক্যানারী হিল-এর কাছে, গাড়িতে বসে যখন মানুবাবু শুভেনকে বলছিলেন "আমাদের দেশটাই শুধু সুন্দর নয়, এই দেশের সাধারণ, গরীব সব মানুষরাও বড় ভাল তখন তা যে শুধু বলবার জন্যেই বলা কোনো কথা, তা মনে হয়নি ওর। একজন তিরাশি বছরের মানুষের সমস্ত জীবনের অভিজ্ঞতা ও দরদ-সমৃদ্ধ বেদনার অভিব্যক্তিও ছিল তা। মানুবাবুদের প্রজন্মের সব মানুষ তাঁরই মত হলে হয়ত এই দেশের চেহারাই আজ অন্যরকম হত।

কত টাকা খরচ হবে তোর বোনের বিয়ে দিতে ?

জিগগেস করল শুভেন।

খরচ ? একটু অবাক হয়েই শুধোল ও।

হ্যাঁ।

সে অনেকই টাকা বাবু। সারা জীবনে জমিয়েই উঠতে পারে না একজন সাধারণ মানুষ। তবে আমরা ত সাধারণ নই, জমিজমা আছে। আমরা ত বড়লোকই।

তবু, বল না, কত টাকা ?

তা, পাঁচশ ছশো ত হবেই।

তাই-ই।

হ্যাঁ বাবু। আমরা ত দোসাদ। নিচু জাত।

ভাগ। সব মানুষই সমান। কেউই উঁচু নিচু নয়।

তবে ? কিসে উঁচু-নিচু হয় তবে ? পয়সায় আর জাতেই ত ছোট বড় হয় বাবু।

তোরা ভুল জানিস। বললামই ত। সব মানুষ সমান। মানুষের শুধু দুটি মাত্র জাত।

অজীব বাত।

বলেই, অবিশ্বাসের হাসি হাসল ছেলেটা।

হাসছিস যে? ভাল মানুষ আর খারাপ মানুষ। শুধু এই দুটো জাত হয় মানুষের।

হা। সে কোন্ দেশের কথা বলছ তুমি? টুটিলাওয়াতে, তা নয়।

টুটিলাওয়া নামের পাহাড়-জঙ্গল ঘেরা ছোট্ট একটি গ্রামকেই ও পৃথিবী বলে জানে। দোষ নেই কোনো। সারা দেশেই ত এখন অনেক জাত। যারা অমানুষ তারাই জাত-পাত নিয়ে গর্ব করতে পারে এখনও।

তোর নাম কি রে?

বুধাই।

নিশ্চয়ই বুধবারে জন্ম তোর?

কওন্ জানে বাবু?

ততক্ষণে ওরা দুজনে পথটা ঘুরে মাধবীলতার তোরণ পেরিয়ে কুঁড়িদের বাড়ির হাতায় ঢুকে পড়েছে। কুঁড়ি নিচে নেমে এসেছে। দারুণ এক সুন্দর গন্ধ বেরুচ্ছে ওর সুস্নাতা শরীর থেকে। সাবানের গন্ধ, তেলের গন্ধ, হয়ত ওর শরীরেরও গন্ধ, কোনো সুগন্ধি গাছেরই মত।

কলেরা অথবা জণ্ডিস্ কী না-বাধালেই চলছে না আপনার?

কুঁড়ি হাসতে হাসতে বলল।

বাঃ। অতলোক যে খাচ্ছে। সকলেরই কি কলেরা বা জণ্ডিস হবে?

তা খাচ্ছে। আমিও ইচ্ছে করলে খেতে পারি। কিন্তু আপনি পারবেন না। আমাদের যে ইম্যুনিটি আছে! আমেরিকানদের মত জল নিয়ে ত আমরা ফাস্‌স্ করিনা। মিনারাল ওয়াটার ছাড়া খাবো না, ইণ্ডিয়াতে জল খেলে পেটে কুমীর বাচ্চা দেবে, নয়ত জোঁক জন্মাবে এমন ত সব ধারণা নেই আমাদের! আমরা দিশি মানুষ, দেশের জল মাটি খাবার সবই সয়।

এত ভারী মুশকিলেই পড়লাম।

আমাদের এই গরীব দেশে থাকুন কিছুদিন। তখন পেটে সবই সইবে। পেটে ক্ষিদে থাকলে, সবই হজম হয়।

গরম গরম জিলিপি-সিঙাড়া খেতে চাওয়ার অপরাধে সাত সকালে এত বক্তৃতার শাস্তি আমি মাথা পেতে নিতে রাজী নই।

হেসে বলল, শুভেম।

জিলিপি সিঙাড়া এই ভাবে খেতে নেই। বাড়িতে করে একদিন খাওয়াব এখন। ও কি আপনার দুগালে সবুজ রঙ লাগল কী করে?

সবুজ রঙ?

চমকে উঠে বলল শুভেন।

হ্যাঁ।

দুগালে, দু হাত ঘষল শুভেন। হাসল। বলল, রঙ কোথায় দেখলে? দাড়ি। কামানো হয়নি ত? কাল দাড়ি কামাতে ভুলে গেছিলাম।

দাড়ি?

অবাক বিস্ময় ও মুগ্ধতার চোখে অনেকক্ষণ চেয়ে রইল কুঁড়ি শুভেনের মুখে।

কী হল?

হবে আবার কি? আপনি বড্ড বেশি ফর্সা। একটা ওয়েস্টার্ন ছবি দেখেছিলাম মেট্রোতে, মর্নিং শোতে। নাম মনে নেই, রবার্ট টেইলর এইরকম সকালবেলার একটা সিনে ছিল। টেক্‌নিকালার ছবি। সবুজ আভা দেখা যাচ্ছিল তাঁরও দুই গালে, ঠিক এইরকম। সাহেবদের অমন হতেও পারে। তাবলে....

হাসল শুভেন।

বলল, আমি ত সাহেবই!

কুঁড়িও হাসল।

চা খাবেন ত? চলুন, ভিতরে চলুন।

না। না। বাড়ি যাব। তারপর তিনকাপ চা পরপর খেয়ে চান করতে ঢুকব।

তাহলে, তাইই চলুন। আমি কাকীমাকে বলে আসছি এক দৌড়ে। কাকাবাবুর কাছেই যাব, মানে আপনার বাবার কাছে।

তাইই? এসো তাহলে।

কুঁড়ি ফিরে এলে শুভেন বলল, তুমি আমাকে দেখলে কখন? আমি ত দেখতে পাইনি। বুধাই এসে ডাকতে, চমকেই গেছিলাম।

সে আর নতুন কথা কি? দশবছর আগে যখন এসেছিলেন তখনও ত দেখতে পাননি আমাকে। আমি ঠিকই দেখেছিলাম, দেখি।

তা ঠিক।

আমি চান করছিলাম। আমার বাথরুমের জানালা দিয়ে দেখলাম, দূর থেকে।

কি দেখলে?

আপনি আসছেন।

তাইই?

হুঁ।

বলেই, চুপ করে গেল কুঁড়ি।

আপনি আসছেন কথাটা এমন ভাবেই বলল কুঁড়ি, যেন রাজা মহারাজাই কেউ আসছেন। ভাল লাগল শুভেনের।

শুভেন ভাবছিল, নগ্না, সিক্তা কুঁড়ি বাথরুমের প্রায়ান্ধকার থেকে তাকে চোখ দিয়ে অনুসরণ করছিল লাল কাঁকর ঢালা পথে এই শেষ-চৈত্রর প্রথম সকালে। হঠাৎ গা ছমছম করে উঠল ওর। কাল সন্ধেবেলা জাস্টিস্ মল্লিকের বাড়ির কম্পাউণ্ডের পেঁচার ডাক শুনে যেমন করেছিল। গা, ভয়ে যেমন ছম্‌ছম্ করে, আনন্দেও তেমনই করে। কখনও কখনও।

কী ভাবছেন?

হাঁটতে হাঁটতে কুঁড়ি বলল।

আঃ। কী সুন্দর গন্ধ, হাওয়াতে।

নাকে হাওয়া টেনে বলল, শুভেন।

মহুয়ার। সবে ফুটতে আরম্ভ হয়েছে। এদিকটা নির্জন ত। এদিকের টাঁড়ে টাঁড়ে অনেকেই মহুয়া। যতদিন থাকবেন: গন্ধ পাবেন।

নেশা লেগে যায়, না?

এখনও ত কুঁড়িই। যখন ফুল ফুটবে রসে টস্‌টস্ করবে, টুপ-টাপ্ করে ঝরে পড়বে মাটিতে; গরু ছাগল, ঘোড়া মানুষ সকলেরই নেশা লাগবে তখন?

কুঁড়ির দিকে তাকিয়ে শুভেন বলল, যখন কুঁড়ি ফুল হয়ে ফুটবে?

কুঁড়ি ওর কথাটার মানে ঠিকই বুঝল। কিন্তু না-বোঝার ভান করে বলল, হ্যাঁ।

কাল কাকাবাবু ঐরকম চিৎকার করছিলেন কেন?

কথা ঘুরিয়ে বলল, কুঁড়ি।

আমার উপর রেগে গেছিলেন ভীষণই।

কেন? হঠাৎ?

তোমাদের এখান থেকে বেরিয়ে সারা শহর ঘুরে, নান্‌কু পানওয়ালার দোকানে আবারও জর্দা পান খেয়ে, নাজিম মিঞার দোকানের সামনে দিয়ে বড়া মসজিদের পেছন দিয়ে গিয়ে কান্‌হারীর নিচে অনেকক্ষণ বসেছিলাম। বাবারই ইচ্ছায়। বাবাকে এত খুশি হতে বহুদিন দেখিনি। জানো, আমাকে আদরও করেছিলেন। কত সব পুরোনো কথা বলতে লাগলেন, নিজের মনে। জোর করেই ওঁর সামনে পাইপ খেতেও আমাকে বাধ্য করালেন।

তাইই?

খিল্‌খিল্ করে হেসে উঠল কুঁড়ি।

সত্যিই পাগল আছেন উনি।

হ্যাঁ। তাইই।

আমার ছবি কাকা আর কাকাবাবুর মধ্যে তফাৎ বিশেষ নেই।

একটু চুপ করে থেকে ও বলল, তারপর?

তারপর, বাড়ির ভিতরে যখন ঢুকল গাড়ি, তখন হঠাৎ আমাকে জিগগেস করলেন কুঁড়ি মেয়েটাকে তোর কেমন লাগল?"

মুখরা সপ্রতিভ কুঁড়ি তাড়াতাড়ি মুখ নামিয়ে নিল পথের দিকে। চলতে চলতে গলার সরু চেনটা ডান হাতের তর্জনিতে নিয়ে জড়াতে লাগল অস্বস্তির সঙ্গে।

শুভেন তীক্ষ্ণ দৃষ্টিতে ওর মুখে চেয়ে আছে দেখেই মাথা তুলে স্বাভাবিক গলায় বললো, আপনি কি বললেন? উত্তরে?

কী বললাম, তা কি তোমার শুনতেই হবে?

বলুনই না।

অন্যদিকে মুখ ঘুরিয়ে বলল ও।

বললাম, চমৎকার মেয়ে।

তাই বুঝি?

তাইই ত!

কাকাবাবু আর কি বললেন?

বাবা আমাকে বিদ্রূপ করে বললেন, শুধুই চমৎকার? আমি যদি যুবক হতাম ছোট, মানে তোর মত ওয়েল-সেটলড্ ব্যাচেলার পুরুষমানুষ; মানে, যেমন আমি আমার নিজের যৌবনে ছিলাম, তাহলে আমি কুঁড়িকে বিয়ে করতাম। মূর্খ না হলে তাইই করতাম!

শুভেন বুঝতে পারল কুঁড়ির দুকান ও মুখ লজ্জায় লাল হয়ে উঠল। জোরে জোরে নিঃশ্বাস পড়তে লাগল। কুঁড়ি মুখ নামিয়ে নিল।

অস্ফুটে বলল, মাথাটা গেছে।

অনেকক্ষণ পর বলল, উত্তরে আপনি আর কিছু বললেন?

না। বলিনি কিছু। এবং বলিনি বলেই ঐ হঠাৎ-রাগ। লাঠি বের করতে গিয়ে গাড়ির ড্যাশবোর্ড-এ দাগ করে দিলেন। ছোটুদাকে এই মারেন কী সেই মারেন। সে কী চিৎকার! একটু হলে হার্ট ফেল করতেন। ছোটুদা ত এতই রেগে গেছে বাবার উপরে যে, বলছে, চলে যাবে চাকরি ছেড়ে দিয়ে।

কী বিচ্ছিরী।

কুঁড়ি বলল।

তারপরই বলল শুভেনদা, ঐ বহেড়া গাছটার ছায়ায় ঐ কাল্‌ভার্টটাতে এক মিনিট বসবেন ? আপনাকে দুটি কথা বলতাম। আপনাদের বাড়িতে পৌঁছে গেলে বোধহয় সুযোগ পাবো না বলবার।

নিশ্চয়ই।

কয়েকপা এগিয়ে গিয়েই বসল ওরা কালভার্টের উপর।

একটা কালো অ্যাম্বাসাডর গাড়ি, কেরিয়ারে অনেক মাল-পত্র চাপিয়ে মোটা সোটা পাঁচজন আরোহী ও ভীষণ রোগা ড্রাইভার সমেত খুব জোরে চলে গেল অকারণে হর্ন দিতে দিতে বগোদরের পথে। গাড়িটার শব্দ মিলিয়ে যেতেই সকালের নরম নিস্তব্ধতা বেড়ে গেল। জল বইছিল পাহাড়ী নালাটা দিয়ে কুলকুল করে। একরাশ গাঢ় কমলা-রঙা প্রজাপতি তিরতিরে ডানায় উড়তে উড়তে একবার করে ভিজে বালিতে মুখ ছুঁইয়ে আবার উড়ে গিয়ে জল খাচ্ছিল। নিঃশব্দে। একটা সবুজ কাঁচপোঁকা খুঁই-ই-ই-ই—বুঁ-বুঁ-বুঁইইই আওয়াজ করে উড়তে উড়তে এসে পুট্‌ শব্দ করে পাশের একটা চাঁপা গাছের গুঁড়িতে ঠোক্কর খেয়েই বালিতে পড়ে গেল। পরমুহূর্তেই আবার উঠে বুঁ-উ-উ-উবুঁ বুঁ-বুঁইই করে ঘুরে ঘুরে উড়তে লাগল ওদের সামনে। কোথা থেকে একটা হলুদ প্রজাপতি এসে কুঁড়ির মাথার হাতখানেক উপর দু-দুবার উড়ে আর নেমে ঠিক সিঁথির উপর বসে পড়ল নিথর হয়ে।

শুভেন দেখল ব্যাপারটা। প্রজাপতির আলতো করে বসাটা টের পেল না বোধহয় কুঁড়ি।

শুভেন হেসে বলল, কী আর বলবে ? যা হবার তা ত হয়ে গেল তোমার এ জন্মের মত।

কি ?

বলেই, চোখ তুলে চাইল ও। তারপর শুভেনের চোখের দৃষ্টি অনুসরণ করে ডানহাতটি নিজের মাথার কাছে আসতেই হলুদ প্রজাপতিটি উড়ল। তখন দেখল কুঁড়ি। হঠাৎই লজ্জা এবং ভালোলাগায় ওর মুখটি ভরে গেল। এবং পরক্ষণেই মুখ নামিয়ে নিল। নালার বয়ে-যাওয়া জলের দিকে চেয়ে রইল মনোযোগের সঙ্গে।

কিছুক্ষণ পর শুভেন বলল, কিছু বলবে বলেই না বসলে তুমি এখানে ? কিছুই না বলে, চেয়ে আছ যে শুধু ? বল ?

দ্বিধার সঙ্গে ও বলল, ঠিক কেমন করে বলব জানি না, মানে, কাকাবাবু যে কেন এমন বললেন আপনাকে, আমি তা সত্যিই বুঝিনা। কিন্তু উনিও ত যথেষ্টই

বুদ্ধি রাখেন। ওঁর ত বোঝা উচিত যে, এমন করলে আমাকেই কতখানি অপমান করা হয়।

অপমান ?

শুভেন বলল, এতে তোমার অপমানের কি ?

নয় ? ভেবে দেখুন আপনি। আমার জায়গায় আপনাকে বসিয়ে দেখুন।

বাবার প্রশ্নের মধ্যে ত কোনো অপমান থাকার কথা নয় কুঁড়ি। বরং বাবা তোমাকে যে কোন্ চোখে দেখেন, তাইই প্রকাশিত হয়েছে তাতে। অপমানিত, তুমি বোধ করতে পারতে ; যদি বাবার কথার উত্তরে আমি কিছু বলতাম।

কিছুই বলেননি ত ?

নাঃ।

কেন ? কিছুই না কেন ? কাকাবাবুর সঙ্গে আপনি যে একেবারেই একমত নন সে কথা বেশ জোরের সঙ্গেই বলা ত উচিত ছিল আপনার !

কি করে বলব ? আর কিছু বলার যে ছিলো না সত্যিই বাবাকে ! তোমার মত মেয়ে যে হয় না, সে বিষয়ে বাবার সঙ্গে আমি সম্পূর্ণই একমত।

শুনুন শুনুন শুভেনদা। আপনি কি ভাবছেন কাকাবাবু আমার সঙ্গে আপনার....

আমার ত তাইই মনে হয়। কেন ? তোমার হয় না ?

কুঁড়ি উঠে দাঁড়িয়ে বলল, না। কী অসম্ভব প্রস্তাব ! কাকাবাবু কি জানেন না যে, জ্যাকিকে আপনি বিয়ে করবেন ?

বাবা আমার সম্বন্ধে কতটুকুই বা জানেন ? আমি কাকে বিয়ে করব এবং আদৌ কাউকেই করব কী না তা ত বাবার জানার কথা নয় ! হয়ত, তোমারও নয়।

তবে তাঁকে জানিয়ে ত দেওয়া উচিত। জানলে এইরকম উল্টো পাল্টা ভেবে এবং বলে নিজেকে অযথা উত্তেজিত এবং আমাকেও অপদস্থ আর করবেন না উনি।

দাঁড়াও। দাঁড়াও। এক মিনিট, কুঁড়ি। এক মিনিট। যদি জ্যাকি এবং জ্যাকির মত হয়ত আরও অনেকেই এর আগে আমার জীবনে না থাকত, তবে কি তুমি ?

ইমপ্সিবল্। আপনাকে বিয়ের কথা আমি ভাবতেও পারি না। কত মেয়ে আপনার সঙ্গে....। না শুভেনদা ! তাছাড়া, আপনি আর একটু বড় হলে, আপনার ত আমার মত মেয়েও থাকতে পারত। আমার চেয়ে কত বছরের বড় আপনি ?

খোঁচাটা, গায়ে আদৌ মাখল না ও। না মেখে, শুভেন একদৃষ্টিতে চেয়ে

কুঁড়ির অভিনয় দেখছিল।

ভারী সুন্দর অভিনয় করে ও। সব মেয়েরাই অবশ্য করে। অভিনয়, ওদের প্রত্যেকের রক্তে আছে। তবে কুঁড়ির এই অভিনয় কোনো ছলনা বা চাতুরির জন্যে নয়, নেহাৎ নিজের সম্মান রক্ষার্থেই। এই অভিনয় না করে যে ও নিরুপায়। অভিনয় করলেও ওর মুখে চোখে ও যে একজন পিওর, সিম্পল্, জেনুইন পার্সন্ তা বুঝে নিতে শুভেনের কোনো অসুবিধাই হয়নি। এবার এসে, প্রথমবার ওকে দেখা মাত্রই। কুঁড়ির মত জেনুইন্ একজন মানুষ এই মেকী দুনিয়ার এ প্রান্ত থেকে ও প্রান্ত ঘুরলেও একজন দুজনই হয়ত পাওয়া যাবে।

পথ থেকে একটি পাথর কুড়িয়ে নিয়ে নালার জলে ছুঁড়ে মারল শুভেন। জল, ছিট্‌কে উঠল। একটি মেছো বক বসেছিল নালার পাশের মরা ডালে। আঁক্ আওয়াজ করে উড়ে গেল সে। দূরের টাঁড় থেকে কালিতিতিরের ডাক ভেসে আসতে লাগল। ঝিরিঝিরি হাওয়াতে পথপাশের গাঢ় কমলা-রঙা পুটুস্ ঝোপের উগ্র অসভ্য গন্ধ ভাসছিল।

শুভেন বলল, বাবা তোমাকে সত্যিই খুব ভালবাসেন। এমন ভালোবাসা সত্যিই দেখা যায় না।

বলেই বলল, তুমি চার্লিচ্যাপলিনের লাইমলাইট ছবিটা দেখেছ?

না। কেন?

ইউ হ্যাভ মিসড্ সামথিং ইন ইওর লাইফ্। না দেখলে, তোমাকে বোঝাতে পারব না। বাবার কাছে তুমিই হচ্ছো সব, যৌবনের সীম্বল্। বাবার জীবনেরও সীম্বল্।

মুখ নামিয়ে চুপ করে বসে ছিল কুঁড়ি।

তারপর কুঁড়িকে ভীষণরকম চটিয়ে দেবার জন্যেই বলল, তুমি বরং এক কাজ করো। তুমি বাবাকেই বিয়ে কর। মাই মাদার ওজ আ ক্লীন নাইস ওম্যান। বাবাকে তুমি সত্যিই ভালবাসলে, তাইই করা উচিত। তোমাকে আমি মা বলে ডাকব। জ্যাকি কেনেডী ওনাসিস্‌কে, গ্রীক টাইফুন ওনাসিস্-এর ছেলে যেমন ডাকত। দেখো, আমি কী ভাল ছেলে হই তোমার। ইউ উইল নেভার রিগ্রেট ইট!

এবার উঠে দাঁড়াল কুঁড়ি। ওর মুখ চোখ কালো হয়ে গেল। কিন্তু রাগল না ও। রাগ বোধহয় কুঁড়ির চরিত্রেই নেই।

বলল, আমি বাড়ি ফিরে যাচ্ছি।

যদি তাইই যাও, আমিও এক্ষুনি কোতোয়ালিতে গিয়ে এফ-আই-আর করছি

যে, তুমি আমার বাবাকে খুন করতেই যাচ্ছো। ইন্-নো-টাইম।

খুন ?

হ্যাঁ। তোমার নিষ্ঠুরতা দিয়ে। যে মানুষটার ধ্যানজ্ঞান বলতে সবই হচ্ছ তুমিই, তুমিময় যার জগৎ ; তাকে ত্যাগ করা মানে, তাকে মেরেই ফেলা। তুমি বোধহয় জানো না, কুঁড়ি, বাবার ডাবল্ ব্যারেল শট্-গান এবং ফোর-নট-ফাইভ রিভলভারটা এখনও তাঁর ঘরের আলমারিতেই রাখা আছে। তাঁর এই কুপুত্রর কারণে তাঁকে ত্যাগ করা তোমার মানেই, হয় বাবার এমনিতেই মৃত্যু, নয়ত হী উইল শুট্ হিমসেল্ফ।

না—আ—আ।

বলে, কুঁড়ি দুহাতে মুখ ঢেকে ফেলল।

আমার বাবা, আফটার অল আমারই বাবা। বাবাকে আমি যতটা চিনি তুমি ততটা কিছুতেই চিনতে পারো না। মানু চাটুজ্যে এমনই এক চরিত্রর মানুষ যে, নিজের টার্মস্ এ ছাড়া তিনি বাঁচতে আদৌ জানেন না। হয় পুরোপুরিই বাঁচবেন, নিজের শর্তে ; নইলে হী উইল পুট আ বুলেট ইনটু হিজ টেম্পেলস্। কুঁড়ি, আমি বাবার এই আনগ্রেটফুল, ওয়ার্থলেস ছেলেমেয়েদের একজন, তোমার কাছে বাবার প্রাণভিক্ষা করছি। ঠাকুরমার ঝুলির সেই জীবনকাঠির মতই তুমি এখন, আমার বাবার। চলো, আমরা বাড়ি যাই এবারে।

কাকাবাবুকে আমি ভালবাসি। খুউব ভালবাসি। কিন্তু তাবলে আপনি আমাকে অপমান করতে পারেন না।

অপমান কোথায় করলাম। বাঃ রে :।

আপনি বলবেন ওঁকে জ্যাকির কথা। নিজেই।

ওরে বাবাঃ। লাঠি পড়বে পিঠে। মুখে, যাইই বলুন। দাদা সুসানকে বিয়ে করার পরে ছবি পাঠিয়েছিল। বাবা-মায়ের মতও নেয়নি সে বিয়ের আগে। বাবা তখন পাইপ খেতেন। ডান্‌হিল টোব্যাকোর সঙ্গে সেই ছবিটা কুচি কুচি করে কেটে, পাইপে ফেলে ফুঁকে দিয়েছিলেন। ফুঁকে দিয়ে, মাকে বলেছিলেন, নিস্তারণবাবুকে খবর দিতে।

নিস্তারণবাবু কে ?

কুঁড়ি শুধোল।

আরে, নিস্তারণ ভট্টাচার্য। আমাদের বাড়ির পুরুত। সারিয়া রোডে বাড়ি।

তিনি কী করতেন এসে ?

দাদার শ্রাদ্ধ। আবার কী ? মাকে বললেন, মৃণাল, সুমন্ত মরে গেছে। ওর জন্যে শ্রাদ্ধ এবং শান্তি স্বস্ত্যয়ন এর বন্দোবস্ত করো। মা কাঁদলেন খুব।

সে কী ! কাকাবাবু ত খুবই মডার্ন !

মডার্ন ? ভাবছ তাই । ও বুড়োকে তুমি চেনো না বাছা, আমি চিনি । উনি নিশ্চয়ই মডার্ন কিন্তু হোয়েন হী চুজেজ্ টু বি । আর অ্যান্টিকুয়ারিয়ান্ । হোয়েন হী চুজেজ্ নট্ টু বী মডার্ন । ! বাবা আমার বহুরূপী ।

নিজের বাবা সম্বন্ধে এমন কথা কেউ বলে ?

তা কী করব ? আমার কি শ্বশুরমশায় আছেন যে, পরের বাবা সম্বন্ধে বলব আরাম করে ? চলো, চলো কুঁড়ি, বলেই কুঁড়ির হাত ধরল শুভেন ।

চলো ।

কুঁড়ি যেন এক ঘোরের মধ্যে হাঁটছিল । সেই ঘোরটা মানুবাবু তাকে কী গভীর ভালবাসেন এই ভাবনাটার জন্যে কতটা আর কতটা শুভেন ঘন হয়ে, তার হাতে-হাত জড়িয়ে ধীরে হাঁটছে বলে, তা ও নিজেই জানে না । একজন বৃদ্ধ মানুষের প্রাণ যে তার এই অল্পবয়সী সুন্দর চাঁপার কলির মত আঙুলগুলোর মধ্যেই ধরা আছে, এ কথা ভেবেও ওর পুলক লাগছিল । ওর মনে হল, ওর আঙুলগুলোর মধ্যে যদি কোনো যুবকের প্রাণও থাকত সেই সঙ্গে বেশ হতো তবে । সেই প্রাণ নিয়ে নাড়াচাড়া করত, "গেল গেল" বলে ভয় দেখাত, লুকিয়ে রেখে, কাঁদিয়ে দিত সেই প্রাণের ম্যালিককে ।

দেখা যাক । ধৈর্যে কী না হয় । লাইফ ইজ ভেরী ইয়াং । তাড়াতাড়ির কি ? মনে মনে বলল, কুঁড়ি ।

একটা বাঁক ঘুরেই গ্রীনভ্যালী লজ । মোড়টা ঘুরেই ওরা দুজনে একই সঙ্গে আতঙ্কিত হয়ে উঠে দেখল, মানুবাবু দ্বারোয়ানের টুলে খালি-গায়ে, কসাইদের মত গাঢ় সবুজ একটা লুঙি পরে লাঠির উপরে দুটিহাত রেখে, তার উপরে মুখটিকে শুকিয়ে-যাওয়া সাঁতরাগাছির ওলের মত ফুটিয়ে বসে আছেন । এবং তাঁর পেছনেই ছোটুদা । ছোটুদা মানুবাবুর পেছন থেকে নিজের মাথার দুপাশে দুটি হাতকে শিঙের মত পাকিয়ে সাবধান করে দিচ্ছিল ওদের দুজনকেই যে, হেড-অফিসের বড়বাবুর মাথার গণ্ডগোল হয়েছে ।

কুঁড়ি তাড়াতাড়ি শুভেনের হাত থেকে হাত ছাড়িয়ে নিল ।

শুভেনও অ্যাটেন্‌শানে দাঁড়িয়ে পড়ল ।

মানুবাবুর গলা ও মুখের প্রত্যন্ত প্রদেশ থেকে রাগী বুল টেরিয়ারের গলা থেকে যেমন বেরোয় তেমন চাপা গর-র-র-র্- একটা শব্দ হতে লাগল ।

কাছাকাছি হতেই, মানুবাবু কুঁড়িকে বললেন হোয়াটস্ দ্যা ডিলে ফর ? দেরী হল কেন ? মাডাম ?

আজ্ঞে ?

চমকে গেল কুঁড়ি। ওর সঙ্গে মানুবাবু কখনও এমন ভাবে কথা বলেননি।

আজ্ঞে ? কি ?

ফোন করে জানা গেল যে, তোমরা দুজনে বেরিয়েছ প্রায় ঘণ্টাখানেক আগে। হৈম কুটির থেকে দশ মিনিটের পথ আসতে এতক্ষণ লাগে ?

কুঁড়ি কাঁচুমাঁচু মুখ করে বলল, গল্প করছিলাম কাকাবাবু।

গল্প ? কার সঙ্গে ? আমার ঐ অকাল-কুষ্মাণ্ড পুত্রের সঙ্গে গল্প ? খর্বদার। আমি ছাড়া তুমি এ বাড়ির কারো সঙ্গেই গল্প করবে না। এই আমার অর্ডার।

খুব ভয় পেয়ে কুঁড়ি মাথা হেলিয়ে বলল, আচ্ছা।

আচ্ছা ? আচ্ছা মানে কি ? খু-উ-ব খারাপ হয়ে যাবে।

কুঁড়ি প্রায় দৌড়ে ভিতরে চলে গেল। ছোটুদা তার পেছন পেছন।

শুভেনকে বলে গেল, যাওয়ার সময় বাবুকে ধরে ধরে আনো ছোটদাদা।

মানুবাবু দাঁড়িয়ে উঠলেন টুল ছেড়ে। পঁচিশ বছরের যুবকেরই মত বুকটান করে।

শুভেন তাঁকে ধরতে যেতেই লাঠিটা বেদম জোরে গ্র্যাভেল্এ ঠুকে দিলেন।

বললেন, মানু চাটুজ্যে ডাজনট্ নীড ইওর হেল্প। হেল্প্ অফ—এনি—কাইণ্ড। নো স্যার! নট ইন দিস লাইফ্!

পরক্ষণেই ঘুরে দাঁড়িয়ে বললেন, ব্যাড-ম্যানার্ড পিগ্। তুমি কোন্ সাহসে আমার বন্ধু-কন্যার হাতের সঙ্গে হাত জড়িয়ে এই নির্জন পথে হেঁটে আসছিলে ? যদি কেউ দেখে ফেলত ? এটা কি আমেরিকা পেয়েছ ? একজনও কেউ দেখে ফেললে এমন ফুলের মত মেয়েটার আর বিয়েই হবে না। লোকে বলবে, তুমিই খতম্ করে দিয়েছ।

খতম্ ?

হতভম্বের মত শুভেন বলল।

হ্যাঁ। হ্যাঁ খতম্। কুঁড়িকে ফুল করে দিলে তার আর খতম্ হবার বাকি থাকল কি ?

শুভেন ভাবল মানুবাবু, তার বাবা, একজন অত্যন্ত গ্রস, বাজে মানুষ! কী ভাষা। ছিঃ ছিঃ।

একা একাই দিব্যি হাঁটছেন। মালির বউ, ওদের একজোড়া দিশি কুকুর, রামু, ঝারি এমন কি পার্ট-টাইম জমাদার ছেদীলাল পর্যন্ত বাবুর এই হঠাৎ-ফেরা যৌবনে হাঁ হয়ে গেছে।

পোর্টিকোর দিকে এগোতে-থাকা মানুবাবু থেমে পড়ে, দাঁড়িয়ে বললেন, লিস্‌সিন্ মিস্টার শুভেন চ্যাটার্জী! কীপ্ ইওর হ্যাণ্ডস্ অফফ্ কুঁড়ি।

আদারওয়াইস্.....

আদারওয়াইস তোমার মুণ্ডু আমি গুলি করে গুঁড়িয়ে দেব। টেক মাই ওয়ার্ডস্। কোয়াইট লিটারালী ! লিটারালী। এই বয়সে, আই হ্যাড নাথিং টু লুজ একসেপ্ট আ লাউজী সান্। তাইই ভেবো না, যে, আমি তোমার ইয়ার ! ইয়ার্কি করছি তোমার সঙ্গে।

মানুবাবু ভিতরে চলে গেলেন।

শুভেন নিজের ঘরে যেতে না যেতেই ছোটুদা ট্রেতে করে সাজিয়ে চা নিয়ে এল। সঙ্গে চীজ স্ট্র

বলল, রহিম বানিয়েছে তুমি খেতে ভালবাসো বলে।

ট্রেটা নামিয়ে রেখেই ছোটুদা দুহাত জোড় করে কপালে ঠেকিয়ে বলল, পাগল ভালো করো, জয় বাবা বজরঙ্গবলী।

একটু জিরিয়ে নিয়ে বলল, সেই যে তুমি সাতসকালে কোথায় না-বলে কেটে পড়লে ! তার পর থেকেই বাড়িতে হুলুস্থুলু কাণ্ড চলেছে। আমার পক্ষে আর সামলানো সম্ভব হচ্ছে না। নিজের বুড়ো বাবাটাকে যদি সত্যিই খুন করতে না চাও তাহলে এখানেই বিয়ে-থা করে, থেকে যাও বাকি জীবন, ছোটদাদা। কিসসু না-করলেও, অভাব ত নেই কোনো কিছুরই। মারহান্ এ এখনও যা জমি পড়ে আছে, তাতে কোনো ফ্যাকটরী—ট্যকটরী করেও অনেকই জমি বাকি থাকবে।

এমন সময় হাতে একটি প্রকাণ্ড দেখতে রামদা নিয়ে মালকোঁচা মারা, গামছাপরা একজন ডাকাতের মত দেখতে লোক দরজায় এসে দাঁড়াল।

শুভেন ভয় পেয়ে গেল খুব। চা চল্‌কে গেল কাপ থেকে। জগিং-স্যুটের উপর পড়ে দাগই হয়ে গেল সেটায়।

ও তুত্‌লে বলল, এ কী, কি ? এ কে.... ?

আরে তুম হিঁয়া ক্যা করনে কা লিয়ে আয়া ? হামলোগোকো কাটেগা কা ? ছোটুদা পর্যন্ত নার্ভাস হয়ে শুধোলো।

বাবু বোলিন্ ছোটদাদাকে। আভভি পিছলাওয়ালা বাগিচামে লে যানেকা লিয়ে।

কেন ? কেন ? বাবা কি আমাকে পেছনের বাগানে নিয়ে গিয়ে বলি দেবেন না কি ?

ভীষণ ঘাবড়ে গিয়ে শুভেন বলল।

কিছুই বিচিত্র নয় ! তবে, আমি যতদূর জানি, তোমাকে নয়, তোমার জন্যে যে পাঁঠা এসেছে তাকেই বলি দেওয়া হবে।

আমার জন্যে পাঁঠা ? কেন ?

পাঁঠা বলি দেবে, তা আমি সেখানে কি করব ?

তোমার নামে কী সব মানত করেছেন বাবু। তাইই পাঁঠা কাটা হবে। বাবুর বন্ধু নগেনবাবু, তাঁর স্ত্রী, ছবিবাবু এবং তাঁর স্ত্রী মানে, কুঁড়ির কাকা-কাকীমারা সকলেই খাবেন আজ দুপুরে। আমার যেতে হবে বীয়ার আর জিন্ আনতে। ফ্রিজে বীয়ার ঠাণ্ডা করতে দিতে হবে। তুমি খাবে ত গোটা দুয়েক ? বীয়ার ?

আর বীয়ার ! মায়ের আলমারিতে মকরধ্বজ আছে কি ছোটুদা ? থাকে, ত তাইই মধু দিয়ে খল্-নোড়াতে মেরে একটু দাও দেখি। নইলে, বাবার কাছে কোরামিন ট্যাবলেট্ থাকলে তাতেও কাজ হবে। কাণ্ডমাণ্ড দেখে আমার যে নাড়ি ছেড়ে যাবার যোগাড়।

চায়ের কাপটা ট্রেতে নামিয়ে রেখে বলল, বাবাকে একজন সাইকিয়াট্রিস্ট দেখানো দরকার। পুরোপুরিই মেন্টাল কেস হয়ে গেছেন। আমি থাকতে থাকতেই বন্দোবস্ত করছি।

ফুঃ। তাও কি আর চেষ্টা করিনি ? কলকাতা থেকে আনিয়েছিলাম বড় ডাক্তার। ডাঃ প্রসাদ নাম ঠিকানা দিয়েছিলেন। ওঁর জানা ডাক্তার। মানে বন্ধুস্থানীয়। স্বামী স্ত্রী দুজনেই। ডাক্তার প্রসাদের খুবই বন্ধু।

কী বললেন তিনি ? দেখে ?

বলবেন আবার কি ? হাজারীবাগ রোড থেকে নামিয়ে নিয়ে এলাম ট্যাক্সি ভাড়া করে। হি-হি শীতের এক সকালে বম্বে মেলে এসেছিলেন। ডাক্তার এসে, এক কাপ চাও মুখে দেননি, ইতিমধ্যেই তাঁর নামে টেলিগ্রাম।

টেলিগ্রাম ? কিসের ?

পরে জেনেছিলাম। করিয়েছিলেন বাবু নিজেই। কলকাতায় দীপুবাবুকে ফোন করে।

কি লেখা ছিল তাতে ? টেলিগ্রামে ?

সাংঘাতিক কথা। "আই হ্যাভ কন্‌সীভড্। কাম ব্যাক ইমীডিয়েটলী।" ডাক্তারবাবুর স্ত্রীর নাম লেখা টেলিগ্রামে।

শুভেন হো হো করে হেসে ফেলল।

বলল, ফারসট্ প্রেগন্যান্সী ?

দূর দূর ! সেই ডাক্তারবাবুর স্ত্রীর তখনই ছিল আট ছেলেমেয়ে।

তারপর ?

তারপর আর কি ? চায়ের কাপ নামিয়ে রেখে আবারও জুতো জোড়া পায়ে গলিয়ে সঙ্গে সঙ্গেই ডাক্তারবাবুর বললেন কোন্ ট্রেন ?

আর কোন্ ট্রেন ? তাকে আবারও ঘাড়ে করে নিয়ে গিয়ে ছোটো, হাজারীবাগ

রোড স্টেশান। কম মাইলের পথ! এক কাপ চাও কি ছাই খাওয়ার সময় পেলাম। ডাক্তার যখন "গ্রীনভ্যালী লজ" থেকে ট্যাক্সিতে উঠছেন তখন আমার বাবু দোতলার বারান্দায় দাঁড়িয়ে মুখ ভ্যাঙালেন তাঁকে। থুথু ছিটোলেন। চটি তুলে মারবেন বলে ভয়ও দেখালেন।

আমি ডাক্তারবাবুকে বললাম, কিছু মনে করবেন না স্যার, উনিই রুগী।

বাবাঃ এত খুবই অ্যাডভান্সড্ কেস। কাঁকেতে পাঠিয়ে দিন।

উনি বললেন।

বাবা কি ওরকম প্রায়ই করতেন নাকি? মুখ ভ্যাঙানো, চটি দেখানো, থুথু ছিটোনো?

কোনো দিনও নয়। সবই পোজ। কী ডেঞ্জারাস্ ব্যাপার বলো দেখি! ওদিকে সেই ডাক্তার কলকাতায় ফিরে যাবার পর ডাঃ প্রসাদ সেই ছমাস বাবুকে দেখতেই আসতেন না। ডি এম ও কে বলে শেষে মিটমাট্ করাই।

হো হো করে হাসছিল শুভেন তখনও।

তোমারই ত বাবা! এই ছোটুমিঞা বলেই এখন পর্যন্ত সামলে এল। নইলে, ইচ্ছামত পাগল, ইচ্ছামত ছাগল, ইচ্ছেমত বোবা মানুষের বুদ্ধির সঙ্গে এঁটে ওঠা অন্য কারোই কম্ম ছিলো না। আমার বাবুর তুলনা, শুধু আমার বাবুই!

শুভেনের চা শেষ হতে না হতে আবারও ফতোয়া এল। রামু এল এবারে।

এক্ষুণি যেতে হবে?

অসহায়ের গলায় শুভেন বলল।

হ্যাঁ ছোটদাদা। এবারে চলো। আর দেরি করলে, পাঁঠার বদলে কোপ পড়বে সত্যিই তোমারই ঘাড়ে। আমার ঘাড়ও আস্ত থাকবে না।

বাগানের পেছন দিকে হাড়িকাঠ পোঁতা হয়েছে। পেছনের বারান্দায় বাবার পাশে এ বাড়ির মালকিন্ কুঁড়ি, ঘন হয়ে বসে আছে সাদা বেতের চেয়ারে।

মানুবাবু বললেন, এই ইডিয়ট্, তুই পাঁঠার লেজের দিকটা ধরে থাকবি, যখন হাঁড়িকাঠে ঢোকাবে মাথা।

শুভেন ফিস্ফিস্ করে ছোটুদাকে বলল, যদি চাঁট মারে?

আররে, কচি পাঁঠা! মারলে মারবে। মাথাটা শুধু বাঁচিও।

হাড়িকাঠে মাথা ঢুকোনো হল পাঁঠার। জগিং-স্যুট পরে পাঁঠার লেজ ধরে হাঁটু গেড়ে বসল শুভেন। কালী মাই কী জয় বলেই ঘ্যাঁচাক্ করে কোপ্ লাগাল লোকটা! মুণ্ডুটা ছিট্কে গেল ওপাশে। ফিন্‌কি দিয়ে রক্ত ছুটল। আর পাঁঠাটা ক্রমান্বয়ে লাথি মারতে লাগল শুভেনের পেটে।

ওরে বাবা।

বলে শুভেন মাটিতে শুয়ে পড়ল।

কুঁড়ি দৌড়ে নেমে এল। এসেই তুলল তাকে। মানুবাবুর দিকে পিছন ফিরে নিঃশব্দে হেসেও নিল খানিকটা।

মানুবাবু বললেন, এই ছোটু। কোথায় গেলি রে ইডিয়ট্!

বাবু।

বলেই, ছোটুদা অকুস্থল থেকে সরে এল।

বাবা বললেন, ও দুটোর কপালে রক্তর ফোঁটা লাগিয়ে দে। আর একটা বাটি করে আমাকেও রক্ত এনে দে কিছুটা। এখন আমি পুজো করতে ঢুকব ঠাকুর ঘরে। নগেন এলে তবেই আমাকে ডাকবি। তার আগে নয়।

পাঁঠার রক্ত দিয়ে কুঁড়ি আর শুভেনের কপালে ফোঁটা দিয়ে দিল ছোটুদা।

শুভেন ফিস্‌ফিস্ করে বলল, নিজের কপালেও একটু দাও বাঁচতে চাও ত। কিন্তু ঘটনাটা কি ? কেন এসব ? ঘটনা এখনও ঘটেনি, তবে ঘটাবার জন্যেই এসব কাণ্ডমাণ্ড।

মরি আর কী শেযে!

পাঁঠাটার চামড়া ছাড়াতে লেগে গেল কসাই। রহিম ততক্ষণে মাংস-টাংসর জন্যে মশলা পাতি তৈরি করে রেডি।

মানুবাবু উপর থেকে ওদের দুজনের উদ্দেশ্যেই বললেন, এই যে। যতক্ষণ পুজো করছি ততক্ষণ তোমাদের ফ্রি-টাইম্।

বলেই, শুভেনকে বললেন, কী বলেছিলাম মনে আছে ত।

হ্যাঁ বাবা!

শুভেন বলল।

মানুবাবু, ভিতরে অদৃশ্য হয়ে গেলেন।

কুঁড়ি বলল শুভেনকে ফিস্‌ফিস্ করে। যান ! চান করে নিন্। আমি কিছুক্ষণ পরে যাচ্ছি আপনার ঘরে। গল্প করব।

ছোটুদা, রক্তর বাটি নিয়ে এল।

শুভেন উত্তেজিত, কিন্তু চাপা গলায় বলল, তুমি এতদিনে পাগল হয়ে যাওনি যে সেটাই আশ্চর্য!

ধন্য তুমি! বাবা কি তন্ত্রসাধনা করেন নাকি ?

কুঁড়ি হাসল, মুখ টিপে। চান করুন গিয়ে।

ছোটুদা রামুরই হাত দিয়ে রক্তটা পাঠিয়ে দিয়েই বলল, বাবুর এখন একটিই সাধনা। সাধনা নিশ্চয়ই করেন। তবে, সেটা তন্ত্রসাধনা নয়।

॥ ৫ ॥

বলেছিল বটে যে, সে আসবে শুভেনের কাছে, কিন্তু চান করে উঠে আধ ঘণ্টা বসে থাকার পরও কুঁড়ি এলো না। ছোটুদারও কোনো পাত্তা নেই। খোঁজখবর করাতে রামুর কাছ থেকে জানল যে, ছোটুদা ও কুঁড়ি দুজনেই রান্নাঘরে শুভেন যা যা খেতে ভালবাসে সেই সেই পদ রান্নার তদারকিতে ব্যস্ত।

বিরক্ত বোধ করল শুভেন। সকলেই মানুবাবু নন। খাওয়াটাকেই সকলে জীবনের সব বলে মনে করে না। সে এপিক্যুরিয়ান নয়। খেতে সে ভালবাসে, ঠিকই কিন্তু কখনও সখনও। তা ছাড়া, রান্না করার চেয়ে, কুঁড়ি তার কাছে এসে একটু গল্প করত যদি, অনেকই বেশি খুশি হত ও।

ছোটুদা আর কুঁড়ি নিশ্চয়ই ব্রেকফাস্টে ওকে একেবারে তাক লাগিয়ে দেওয়ার আয়োজন করছে। এমন এমন আইটেম, যা হয়ত ওর সাত বছর কি সতেরো বছর বয়সে কখনও কোনোদিন ভালো লাগে বলে অসাবধানে জানিয়ে ছিল ছোটুদার কাছে। এবং বলা বাহুল্য যে, সেই সব পদের একটির কথাও তার আজ আর মনেও নেই।

ব্রেকফাস্ট খাবেই না। বাবার উপরে ছোটুদার উপরে এবং কুঁড়ির উপরে ত বটেই, খুবই অভিমান হল ওর। গাড়ির চাবিটা ড্রয়িংরুমের ফায়ার প্লেসের উপর থেকে নিয়ে, গাড়িটা গারাজ থেকে বার করে, দ্বারোয়ানকে গেট খুলতে বলে, বেরিয়ে পড়ল গাড়ি চালিয়ে।

গাড়ির শব্দ শুনে ছোটুদা বাবুর্চিখানার দিক থেকে দৌড়ে এসেছিল, কিন্তু ততক্ষণে অ্যাকসিলারেটর দাবিয়ে ও অনেক দূরে চলে গেছে। রিয়ার-ভিউ মিরারে দেখে খুশি হল যে, গেটের সামনে দাঁড়িয়ে ছোটুদা হাত নেড়ে দ্বারোয়ানের উপর খুব হম্বি-তম্বি করছে।

মা থাকতে এমনি অভিমান করত। অভিমান বস্তুটির দাম মা বাবা ছোটুদারাই দিতে জানে না জানত। এ ঘরোয়া ব্যাপার। ঘরের বাইরে এর দাম দেয় না কেউই। বোঝেই না আদৌ, দাম দেওয়া ত অনেকই বড় ব্যাপার হল।

বেরিয়ে ত এল। এখন যায়টা কোথায়। ভাবল যে-দোকানে সিঙারা জিলিপি ভাজতে দেখেছিল, সেখানেই গিয়ে ও সবই খায়। পোড়া মবিলেই ভাজা হোক কী যাতেই হোক। তাতে কুঁড়ির কথা না-শোনার একধরনের নতুনরকম

আনন্দও হবে। এবং কুঁড়ি পরে জানতে পেরে বিচলিত হবে যে, একথা ভেবেই ভাল লাগায় গা-শিরশির করে উঠল ওর। কিন্তু দোকান অবধি পৌঁছতে পারল না গিয়ে। কুঁড়িদের বাড়ির কাছাকাছি পৌঁছবার একটু আগেই সামনের বাঁদিকের টায়ারটা হঠাৎ শব্দ করে ফ্ল্যাট হয়ে গেল।

গাড়িটাকে কুঁড়িদের বাড়ির গেটের বাইরে রেখে নেমে, ও দেখতে গেল, কী হল।

একটা পেরেক। একটা সামান্য সস্তা পেরেক তার দামী অভিমানকে অবহেলায় ফুটো করে দিল।

শব্দ শুনে, ছবিকাকা বারান্দায় এসে দাঁড়ালেন। তার পর গাড়িটা চিনতে পেরেই, এগিয়ে এলেন গেটের দিকে।

দেখুন ত। কী কাণ্ড।

শুভেন অপ্রস্তুত হয়ে বলল।

তবু ত ভাল জায়গাতেই এসে হয়েছে। তোমার আর হাতই লাগাতে হবে না। তুমি বরং গাড়িটা গেটের ভিতরে করে দাও। বাইরে না রাখাই ভাল। লরী যায় আজকাল এ রাস্তা দিয়েও খুব ঘন ঘন, রাঁচী রোডে যাবার শর্টকাট ত এটা। মেরে দিতে পারে।

তারপর শুভেনকে কিছু বলার সুযোগ না দিয়েই চেঁচিয়ে ডাকলেন ছবিকাকা, আরে ও বুধাই। বুধাইয়া হো।

সেই ছেলেটি দৌড়ে এল ভিতর থেকে।

শুভেনকে দেখেই বলল, পররনাম বাবু।

চাবিটা দাও তোমার গাড়ির বুট্-এর।

ছবিকাকা বললেন।

গাড়ির চাবিটা তুলে দিল শুভেন। ছবিকাকার হাতে।

তোমার স্টেপনিতে হাওয়া আছে ত? এতদিন গাড়ি পড়েছিল।

হ্যাঁ হ্যাঁ আছে। কালই ত সবকটি টায়ার আনলাম দোকান থেকে। স্টেপনী, আসলে ছিলোই না। কালই একটা সেকেণ্ডহ্যাণ্ড টায়ার কিনলাম বাইকের টায়ার পাওয়াও এক ঝকমারি।

ঠিক আছে। তুমি এবার ভিতরে চলো। বুধাই, তুই চাকাটা চেঞ্জ করে দে। আর পাংচার হওয়া চাকাটা মুঞ্জভাই-এর দোকানে এক্ষুনি গড়াতে গড়াতে নিয়ে যা। বলে দে, আধ ঘণ্টার মধ্যে রেডি করে রাখবে। তুই-ই নিয়ে এসে বুটে ভরে দিবি সেই টায়ারটা।

আমার মনে হয়, স্টেপনিটাকেই বুটে রাখা ভাল। ওটা সারানো হলে।

স্টেপনির অবস্থা বিশেষ ভাল নয়।

ছবিকাকা বললেন।

অবাক হয়ে চেয়েছিল শুভেন ছবিকাকার দিকে। বিদেশি গাড়ির টায়ার এমন ভাবে তৈরি হয় আজকাল যে পাংচার হয়ই না। কিন্তু হলেও এই রকম রাজকীয় ব্যাপার স্যাপারের কথাও আদৌ ভাবা যায় না। সবকিছুই করতে হয় নিজেকেই। সেই জন্যেই বোধহয় টিউবলেস টায়ারের চল হয়েছে ওদিকে। ও দেশে যে, ছবিকাকারা নেই। রামু, মালি, বুধাইরাও নেই। একটু অবস্থাপন্ন হলেই কেন মানুষের ভুঁড়ি হয়ে যায় দেশে, তা যেন বুঝতে পারল শুভেন।

কুঁড়ি তো তোমাদের বাড়িতেই গেছে সেই সকালবেলা।

ছবিকাকা বোধহয় জানেন না যে, শুভেনের সঙ্গেই গেছিল কুঁড়ি।

শুভেন বলল, হ্যাঁ। জানি। আজ ত আপনার আর কাকীমার নেমন্তন্ন আমাদের বাড়ি, দুপুরে। তাই না? নগেনকাকা আর শেফালী কাকীমাও আসবেন।

হ্যাঁ। তাই-ই ত। কটায় যাব? মানুদার বাড়ি খাব বলে ত সকাল থেকেই খুশিতে আছি।

বাঃ। আমি তার কী জানি।

শুভেন বলল।

পরমুহূর্তেই, কথাটা ঠিক ভদ্রজনোচিত হলো না ভেবেই বলল, যত তাড়াতাড়ি যান, ততই ত ভাল। আমার সঙ্গেই যেতে পারেন।

তোমার সঙ্গে? তা মন্দ বলোনি। তা আমার যে বাজারে একটু কাজ ছিল।

চাকাটা ঠিক হয়ে আসুক, আমিই নিয়ে যাব এখন। আমি ত বেকার এখানে। বাজার থেকে ঘরে এসে কাকীমাকে তুলে নিয়ে যাব। খাওয়াটা ত উপলক্ষ্য। আসলে যাওয়াটাই বড় কথা।

তাই-ই? তবে ত বেশ হয়। তা, এখন ভিতরে চলো। নাস্তা টাস্তা করে বেরিয়েছো ত বেটা? এখন ত সাড়ে ন'টা বাজে।

হ্যাঁ। হ্যাঁ। এত বেলাতে নাস্তা না-করে কি আর বেরিয়েছি?

তবু, চলো। চা ত খাবে এক কাপ আমার সঙ্গে।

এই যে শিশির। দ্যাখো কে এসেছে। কোথায় গেলে?

পুরুষের নাম ছবি আর নারীর নাম শিশির। মজারই ব্যাপার।

কাকীমার নাম শিশির নাকি?

আসলে, শিশিরকণা। ঐ ছোট হয়ে, শিশিরই হয়ে গেছে।

আর আপনার নাম ছবিই?

হ্যাঁ। বাবা ছবি বিশ্বাসের খুব ভক্ত ছিলেন। তখন ছবিবাবুর যেমন চেহারা তেমনই অভিনয়। যদিও বাবা গোঁড়া ব্রাহ্ম ছিলেন। আদি সমাজের। সিনেমা টিনেমা নিজে বিশেষ দেখতেনই না। আমাদের ত দেখতে দিতেনই না।

তবে ?

ছবিবাবুর এক কাজিনের সঙ্গে বিয়ে হয়েছিল বাবার এক বন্ধুর। সেই সুবাদে ছবিবাবু সেই বন্ধুর বাড়ি প্রায়ই আসতেন। তখন যুবক উনি। বাবা বলতেন, যেমন চেহারা যেমন অভিনয় ; তেমনই ভদ্রলোক।

কাকীমা এসে বললেন তুমি এসেছো ? এসো এসো। খুব ভাল সময়েই এসেছ বাবা। সবে চিঁড়ের পোলাউটা নামিয়েছি। খেয়ে এসেছ বললে শুনব না কিন্তু। একটু চিঁড়ের পোলাউ আর চা তোমার খেতেই হবে।

খিদে পেয়েছিলও প্রচণ্ড।

শুভেন বলল, আচ্ছা ঠিক আছে। আপনি যখন বলছেন।

চিঁড়ের পোলাউ কখনও খেয়েছে বলে মনে করতে পারল না। কাকীমা ট্রেতে বসিয়ে নিয়ে এলেন।

বললেন, খাও। চা পরে আনছি। ঠাণ্ডা হয়ে যাবে তা না হলে। খাওয়ার টেবলে গিয়ে বসবে? খেতে সুবিধা হত।

চলুন।

খাওয়ার ঘরে যাওয়ার ইচ্ছা আরও একটি কারণে ছিল। খাওয়ার ঘরে ঢুকলেই যে-কোনো বাড়ির বৌ ও মেয়েদের অস্তিত্ব অনুভব করা যায়, জানা যায় তাঁদের রুচি।

এই যে, এইখানে বোসো বাবা। এই চেয়ারটা কুঁড়ির। অন্য কেউ বসলে তা নিয়ে রীতিমত হাঙ্গামা।

বাঃ। দারুন খেতে হয়েছে ত। কী কী দিয়েছেন এতে কাকীমা ?

কাকীমা হাসলেন। বললেন পাগল ছেলে আমার। চিঁড়েরই ত পোলাউ। তার আবার দারুণ।

কি কি দিয়েছেন জানলে ফিরে গিয়ে রাঁধবার চেষ্টা করতাম।

কী আর। গাজর, বীনস একটু, টোম্যাটো, আলু, পটল, কিসমিস, চীনাবাদাম, আর ধনে পাতা। ধনে পাতা ত টাটকা নয়। তোমার কাকা কলকাতা গেছিলেন। সেখান থেকে এনেছেন। কলকাতায় ত কোল্ডস্টোরেজের দৌলতে সারা বছরই সব পাওয়া যায়।

তারপর মুখে বিকৃতি করে বললেন হলে কী হয়। স্বাদ নেই মোটে। গন্ধই নেই। দেওয়া না-দেওয়া সমান।

শুভেন লক্ষ্য করল, কাকীমার মুখের মধ্যে এক গভীর বিষাদ মাখামাখি হয়ে আছে। বীল্ট-ইন। বহু বছরের অশান্তি, অনিদ্রা, চিন্তা নিজের কারণে নয়। অন্যের কারণে জমলে, মুখে বোধহয় এই রকমই ছাপ পড়ে।

বাঁ হাত দিয়ে কপালে এসে-পড়া চুল সরিয়ে বললেন, খাও বাবা।

আপনি?

আমি নেব এখন। তুমি আর তোমার কাকা খাও। তোমাদের খাওয়া হয়ে যাওয়ার পর আমি একা বসে আরাম করে নিরিবিলিতে খাবো। খাওয়া ব্যাপারটা খুবই ব্যক্তিগত ব্যাপার। তাই না? দ্যাখো না, জানোয়ারেরাও খাবার সময় গোলমাল বা ভিড় হলে চটে যায়।

শুভেন হাসল।

বলল, তা হলে অসময়েই এসে পড়েছি বলুন।

ছিঃ ছিঃ কী বললাম, আর তুমি কী মানে করলে।

ছবিকাকা বললেন, তোমাকে দেখে তোমার বাবার চেহারার কথা মনে পড়ে, ওই বয়সের। কাল শিশিরকে সেই কথাই বলছিলাম।

এই বয়সের বাবাকে আপনি দেখলেন কী করে? রিটায়ার করার পরই ত বাবা হাজারীবাগে এসে সেটল করেন। তাও অবশ্য আজ প্রায় তিরিশ বছর হয়ে গেল। হবে না?

বাঃ। আমরা যে দিল্লীতেই থাকতাম। দাদা, মানে কুঁড়ির বাবা আর তোমার বাবা কি আজকের বন্ধু? দাদা অবশ্য তোমার বাবার চেয়ে বয়সে অনেকই ছোট ছিলেন। দিল্লীতে পাশাপাশি বাড়িতে থাকতাম আমরা। কত বড় আর সামনে পিছনে লনওয়ালা কোয়ার্টার ছিল মানুদার। আর দাদারও। মালি, চাকর দ্বারোয়ান আয়া। নবাবের মত কেটেছে সে সব দিন। সেই দিল্লীর সঙ্গে আজকের দিল্লীর কোনো তুলনাই চলে না। আমাকে দেখে, আমার দাদাকেও সাধারণ ভেবো না। দাদা ছিলেন নর্থ ব্লক-এর ফিনান্স মিনিস্ট্রীর মস্ত বড় অফিসার। সেন্ট্রাল বোর্ড অফ রেভেন্যু। তখন ত ডায়রেক্ট ট্যাক্স আর ইনডায়রেক্ট ট্যাক্সের আলাদা আলাদা বোর্ড ছিলো না। আর তখন তোমার বাবা, মানে মানুদার অফিস ছিলো সাউথ ব্লকে। সে সব দিনের কথা ভাবলে সত্যিই মন খারাপ হয়ে যায়।

উপাদেয় লাগছিল শুভেনের চিঁড়ের পোলাউটা।

কাকীমা বললেন, আর একটু দিই?

কাকীমার ভাগে হয়ত থাকবেই না কিছু। না-বলে-কয়ে এসেছে ও, তাই-ই বলল, না, না ব্রেকফাস্ট ত করেই এসেছি।

ডাটকে নাস্তা করেছো ত বেটা ?

একেবারে ডাটকে।

হেসে বলল, শুভেন।

কাকীমা উঠে গেলেন চা আনতে।

ছবিকাকা এদিক ওদিক চেয়ে নিয়ে, প্রায় শুভেনের কানে কানেই বললেন, আরে এ জায়গাতে এসেই ত আমার মাথার গোলমাল হয়ে গেল। বেশ ছিলাম দিল্লীতে।

তাই-ই ?

শুভেন বলল। অবাক হয়ে।

ছোটুদার কাছে শুনেছিল ও অবশ্য সামান্য। তবে, যাদের মাথার গোলমাল আদৌ থাকে, তারা নিজেদের সম্পূর্ণ সুস্থই মনে করে অন্য সবাইকেই পাগল ভাবে।

আসলে, গোলমাল টোলমাল নয়, ট্রানসপোর্ট বিজনেসে আমার যে পার্টনার ছিল না চক্রবর্তী, মুজাঃফরপুরের লোক সেই মীন, লেচারাস লোকটাই আমাকে লুনাটিক ডিক্লেয়ার করে ব্যবসাটা মেরে দেবার তাল করেছিল। ব্যবসা রমরমেই ছিল। আমার গাড়িও ছিল দুটো। একটা কালো ব্যুইক। তোমাদের গাড়িটার মত। জ্যুইক জ্যুইক করে চলত। পেছনের সিটের সঙ্গে বার লাগানো ছিল। রামগড়ের রাজার ফ্যামিলির একজনের কাছ থেকে কিনেছিলাম। আর একটা ছিল বেণ্টলী। সাদা। আহা। কী চাল ছিল সে গাড়ির। ফর্টিফাইভ মডেলের। কনভার্টিবল বডি। হুডটা খোলা যেত আধখানা। তোমার কাকীমাকে নিয়ে চাঁদনী রাতে রাজডেরোয়াতে বেড়াতে যেতাম। প্রতি শনিবার রাতে। উও জমানা চলে গ্যায়ে, যব খলীল খানে ফাকতা উড়হাতেথে।

এখনও ত আপনি ভালই আছেন ?

হেসে বলল শুভেন।

গলা নামিয়ে, ফিসফিস করে ছবিকাকা বললেন, দ্যাখো বাবা। ভাল আমি চিরদিনই ছিলাম। ঐ চক্রবর্তীটা তোমার কাকীমার প্রেমে পড়েছিল। ওকে অবশ্য দোষ দিই না। তখন শিশিরের যা রূপ ছিল। তবে সে ব্যাটার ভালবাসা আর মুসলমানের মুর্গী পোষা একই ব্যাপার। ভালোবাসা ব্যাপারটা বোঝে কটা লোকে ?

কাকীমার রূপ কিন্তু এখনও আছে ছবিকাকা।

তা আছে।

অবশ্য চক্রবর্তীকে দোষও দিই না। আমার মত দিল্লীবাসী স্মার্ট ব্যাচেলর

সেই-ই প্রেমে পড়ে গেলাম। আর ও ত মুজাঃফরপুরের গেঁয়ো ছেলে। কটা সুন্দরী ও দেখেছে ? তোমার কাকীমার দিক থেকেও অবশ্য একটু সাড়া ছিলো। স্ত্রীয়াশ্চরিত্রম বলে কতা। কেসটা শক্ত করবার জন্যে, দিল আমায় ওরা পাগল বানিয়ে। এক ব্যাটা ডাক্তার ছিল তেওয়ারী বলে। তাকে টাকামাকা খাইয়ে বুঝলে না, দিলে রাঁচীতে চালান করে। মানে কাঁকেতে।

তারপর ?

সে কী বলব বাবা। সেইখানে পাগলদের মধ্যে পড়ে আমার মত বালান্সড দিব্যি সুস্থ লোকও সত্যি সত্যিই গেলাম পাগল হয়ে। কী কেলেঙ্কারি।

সত্যি ?

সত্যি নয় ত কি ? আমি কি সত্যি পাগল হয়েছি যে নিজের পাগল হওয়ার কথা অন্যকে বলব ?

এই সময় কাকীমা এলেন চা নিয়ে।

দূর থেকেই ছবিকাকাকে লক্ষ্য করে বললেন, কী সব বলছ তুমি, শুভেনকে ?

কী আর বলব। আমার কথাই বলছিলাম। আমার লাইফ-হিস্ট্রি।

কাকীমার মুখ দেখে মনে হল, উনি খুব নার্ভাস হয়ে পড়েছেন।

বিরক্ত গলায় বললেন, সামান্য সময়ের জন্যে এসেছে শুভেন, ওকে কি তোমার লাইফ-হিস্ট্রি না-শোনালেই নয় ?

না না। আমি তেমন কিছুই বলিনি। মানে, তোমার প্রেস্টিজ পাংচার করার মত কিছুই নয়। আমি কি বলেছি যে, কুঁড়িমা ওকে দিয়ে দেওয়া দাদার সমস্ত সম্পত্তিই তোমাকে আর আমাকে লিখে দিয়েছে ? ওসব আসল কথা কিছুই বলিনি। আমাকে তুমি পাগল পাওনি যে......

কাকীমা স্থির দৃষ্টিতে চাইলেন ছবিকাকার দিকে। তারপর, শুভেনের দিকে। কাপে চা ঢালতে ঢালতে শুভেনের দিকে মুখ ফিরিয়ে বললেন, তুমি যতটুকু শুনেছো, তা সত্যিই শুভেন। তোমাকে আমরা পর মনে করি না। তা ছাড়া, কুঁড়ি তোমার বাবার চোখের মণি। কুঁড়ির মত মেয়ে না থাকলে, আমাদের যে কী হত, জানি না। বল ত ? আজকাল এরকম কেউ করে ? এখানের সমস্ত সম্পত্তি, কোম্পানির কাগজ, কলকাতার বাড়ি, ব্যাঙ্কের ফিক্সড-ডিপোজিট সবই, প্রায় পনেরো হাজার টাকা গিফট ট্যাক্স দিয়ে আমাদের নামে লিখে দিয়েছেও। বল ত বাবা। এমন কেউই কি করে ? কাল যদি আমরা ওকে না দেখি ? ফেলে দিই ?

কি করবে ? ফেলে দেবে ?

ছবিকাকার গলার স্বরে হঠাৎই অপ্রকৃতিস্থতার সুর লাগল। শুভেনের এই-ই

প্রথম মনে হল যে ছবিকাকা সত্যিই প্রকৃতিস্থ নন।

আবারও বললেন, ফেলে দিয়েই দেকোনা একবার। আমার কুঁড়িকে ফেলে দেবে ? আমিও তোমাকে কানহারী পাহাড়ের উপর থেকে ফেলে দেব।

চমকে উঠল এবং দুঃখিত হল শুভেন।

কাকীমা এমন চোখ করে শুভেনের দিকে নীরবে তাকালেন যে শুভেন বুঝল, তিনি বলতে চাইলেন, সবই ত বুঝছ বাবা! নিজের লোকের মত ভেবে ক্ষমা-ঘেন্না করে দিও।

শুভেন, ছবিকাকার চোখে চোখ রেখে চায়ের কাপটা তুলে নিলো।

কাকীমা বললেন, তোমার ওষুধটা নিয়ে আসি।

আমি খাবো না। আমি পাগল নই, তবু এরা আমাকে পাগলের ওষুধ খাওয়াবে। দেখেছো শুভেন। এই সবই ঐ চক্রবর্তীরই চক্রান্ত। আমার ওয়াইফের লাভার।

তিনি কোথায় থাকেন ?

তিনি ? হেঃ হেঃ। হেঃ হেঃ হেঃ। তা বলব কেন ? তুমি যদি নালিশ করে দাও তার কাছে ? নালিশ করে বালিশ পেতে চাও ? বলব—ও না। হিঃ।

কাকীমা এলেন তাড়াতাড়ি একহাতে ওষুধ আর অন্য হাতে জল নিয়ে।

বললেন, নাও, খেয়ে নাও।

দাঁড়াও। দাঁড়াও। কী ভাল রেঁধেছ চিঁড়ের পোলাউটা। খাই আগে। চা-টা খাই। তার পর ত....

কাকীমা দৃঢ়স্বরে বললেন, না। আগে খাও। এক্ষুনি ওষুধটা খেয়ে নাও। না হলে, কুঁড়িকে আমি ফোন করছি এক্ষুনি।

কুঁড়িকে ? কেন ? কেন ? ওকে আবার কেন ? খাচ্ছি। খাচ্ছি এক্ষুনি। এই-ই খেলাম।

ওষুধটা খেয়ে নিতেই কাকীমা যেন নিশ্চিন্ত হলেন।

বললেন, এবার খাও চিঁড়ের পোলাউ।

ছবিকাকা খেতে লাগলেন। প্লেটের মধ্যে মুখ-ঝুঁকিয়ে, বাচ্চা ছেলের মত। পোলাউ পাঞ্জাবির উপর পড়তে লাগল চামচ থেকে। যেন, শিশু ভোলানাথ।

কাকীমা বললেন, তুমি কিন্তু চলে যেও না শুভেন। আমি ওঁর বিছানাটা ঠিক করেই আসছি।

কাকীমা চলে যেতেই ছবিকাকা একবার হাসলেন। অনাবিল, 'শিশুসুলভ হাসি। ক্লাস থেকে মাস্টার মশাই চলে গেলে, দুষ্টু ছেলেরা যেমন করে হাসে, তেমন মুখ করে।

একটু চিঁড়ের পোলাউ আর এক চুমুক চা খেয়ে বললেন, আমাকে যখন ওরা কাঁকের হাসপাতাল থেকে নিয়ে আসতে গেল, আমার দাদা আর শয়তান চক্রবর্তী, তখন দাদা গাড়িতে বললেন কী রে ছবি ! তোর ত কিছুই হয়নি। তোকে এতদিন এখানে এরা আটকে রাখলে কেন রে মিছিমিছি ? তুই ত অ্যাবসল্যুটলী নর্মাল।

তাইই ?

শুভেন বলল।

হ্যাঁ। তাইই। কিন্তু আমি কী বললাম জানো দাদাকে !

কি ?

হেঁঃ হেঁঃ হেঁঃ। হেঁঃ হেঁঃ....

কি বললেন ?

যা ফ্যাক্ট। তাইই।

কী ফ্যাক্ট ?

ছবিকাকা নিজের পেছনে ডান হাত দিয়ে একটি জোর চাপড় মেরে বললেন : দাদাকে বললাম, দাদা। সবই হচ্ছে কপালের দোষ। এই আমার কপালের দোষ !

বলেই, পেছনে আবার এক চাপড়।

প্রচণ্ড হাসি এসেছিল শুভেনের। কোনোরকমে চাপল, কাকীমাকে আসতে দেখে।

পরেই হাসি পেয়েছিল বলে নিজেকে খুব খারাপ বলে মনে হল।

চলো, শোবে এবারে।

কাকীমা বললেন, ছবিকাকাকে

আহা ! কী সুন্দর সকালটা। তাছাড়া, আমার যে বাজারে যেতে হবে একবার শিশির। শুভেন বলেছে ওর গাড়ি করে নিয়ে যাবে, আমাকে। আমার ত নেমন্তন্ন। গাড়িটা, ঠিক আমারটার মত নয় শিশির ? শুধু রংটাই অন্য। তোমার আর আমার নেমন্তন্ন নেই মানুদার বাড়িতে ? কুঁড়ি ত সকালেই চলে গেল সেই জন্যেই। কচি-পাঁঠা, একা খাবে ?

জানি, আছে। তুমি ঘুমিয়ে নাও। তারপর আমরা যাব। খাওয়ার আগেই যাব। এখনও ত অনেক দেরি আছে।

তাহলে শুভেন তুমি এসে নিয়ে যাবে ত আমাদের ? গাড়ি করে ?

নিশ্চয়ই ছবিকাকা। নিশ্চয়ই। শুভেন বলল। কষ্ট হতে লাগল ওর ওঁকে দেখে।

কটায় আসব কাকীমা ?

ছবিকাকাকে শুনিয়ে জোরে জোরে বলল শুভেন।

বলব, তোমাকে বাবা।

ঈসস্ ভী—ষণ ঘুম পাচ্ছে যে! আমি ঘুমাব।

বাচ্চা ছেলের মত বললেন, ছবিকাকা।

চলো। বলে কাকীমা ছবিকাকার হাত ধরলেন। ওষুধটার এফেক্ট হল খাবার সঙ্গে সঙ্গেই।

শুভেন উঠে বসল, ধরব কি ? কাকীমা ?

না না। বাবা। বেডরুম অবধি নিজেই যেতে পারবে।

আমি বাবান্দায় গিয়ে বসছি তাহলে।

আচ্ছা বাবা। আমি আসছি এক্ষুনি।

বারান্দায় গিয়ে বসে শুভেন পাইপটা ধরালো।

এমন সময় কাল যে আয়াটিকে দেখেছিল। কুঁড়ির সঙ্গে সঙ্গে ঘুরতে তাকে দেখতে পেল, হাতে একটি ঠোঙা নিয়ে বাইরে থেকে আসছে।

মেয়েটির সঙ্গে চোখাচোখি হল শুভেনের।

শুভেন শুধোল, তোমার নাম কি ?

মুঙ্গলি।

বলেই, সে হেসে উঠল।

বলল, দিদিমণি ত নেই!

জানি।

তোমাদের বাড়ি গেছে, আর তুমিই এখানে ?

এমনিই।

এমনিই ?

বলেই, সারল্যের হাসি হাসল সে।

তোমার দিদি কোন্ ঘরে থাকে ? দেখাবে আমাকে ? মুঙ্গলি ?

কেন ?

ভয়-পাওয়া গলায় বলল, মুঙ্গলি।

আমি দেখতাম ঘরটা একবার। আর কেন ?

দিদি, না বললে, নিয়ে যেতে পারব না। রাগ করবে দিদি। কোনো মরদ দিদির ঘরে যায় না।

এমন সময় কাকীমা বারান্দাতে এলেন।

ওঁকে দেখেই, পাইপটা লুকিয়ে ফেলল শুভেন।

ঠিক আছে বাবা ! খাও খাও। বড় হয়ে গেছ এখন আর…তোমরা ত বন্ধুরই মতন।

মুঙ্গলি বলল, বাবুটা দিদিমনির ঘর দেখতে চাইছে মা।

হেসে ফেললেন কাকীমা, ওর কথার রকম শুনে।

বললেন, তুইই ঠেকিয়ে রেখেছিস বুঝি ?

হ্যাঁ। দিদি যদি বকে ?

বকবে না। তুই নিয়ে যা বাবুকে।

চলুন তালে বাবু…

শুভেন উঠতেই কাকীমা বললেন ঘর পরিষ্কার করেছিস ত ? দিদি চান করার পর বাথরুম পরিষ্কার করেছিস ?

হ্যাঁ।

শুভেন চলে যেতেই শিশিরকণার মুখে এক দুর্জ্ঞেয় হাসি ফুটে উঠল।

হলঘর দিয়েই গেল শুভেন। কালকের ফুল ও ধূপের গন্ধ এখনও আছে। শুধু গানের গন্ধটাই নেই। গানে কি গন্ধ থাকে ? কে জানে ?

মুঙ্গলির পেছন পেছন শুভেন কুঁড়ির ঘরে গিয়ে পৌঁছল। বাফ্ এর উপর গাঢ় সবুজ বাঁশ পাতার ডিজাইন ছাপা পর্দা, পেলমেট্ এর নিচে, ঐ কাপড়েরই বেড-কভার, সুন্দর করে টাক্-ইন করা রয়েছে। খাটের তিন পাশে গাঢ় সবুজ রঙা কাপড়ের ঝালর। নিচের দিকে ফ্রিল দেওয়া। বইয়ের আলমারি দুটো। লেখার টেবল্। টেবলের উপর কুঁড়ির বাবা ও মায়ের ছবি। অন্য পাশে চুয়া, তার ক্যাবলা-ক্যাবলা ভালমানুষ চেহারার গাব্দা-গোব্দা স্বামী। এবং ওদের ছেলেমেয়ের ছবি। দেওয়ালে, ন্যাড়ামাথা, ফোকলা দাঁতের একটি আট ন বছরের মেয়ের ছবি। হাসছে।

এটা কে ?

শুভেন শুধোলো।

ওমাঃ। দিদি যে গো ! কুঁড়ি দিদি !

তাইই !

অনেকক্ষণ নিচে গিয়ে ফোটোটার দিকে চেয়ে দাঁড়িয়ে দেখল শুভেন।

লেখার টেবলের উপর একটা চিঠি লেখার প্যাড। কলম রাখা তার উপরে। জার্মান মঁ ব্লাঁ কলম একটা। কালো রঙের।

ওখান থেকে সরেই আসছিল, এমন সময় চোখ পড়ল প্যাডটিতে।

চম্‌কে উঠল শুভেন। মুঙ্গলির দিকে একবার চেয়েই চেয়ার টেনে বসে পড়ল টেবলের সামনে।

কি করবে গো তুমি ?

মুঙ্গলি বলল।

কিছু না। বিশ্রাম করছি একটু। শুভেনকেই চিঠি লিখছিল কুঁড়ি কি ? চিঠি ঠিক লেখেনি। প্যাডের প্রথম পাতাময় শুভেনদা। শুভেন। শুভেন চ্যাটার্জি। শুভেন, শুভেন, শুভেন, বহুবার লেখা। প্যাডের নিচের দিকে একজায়গায় লেখা কুঁড়ি চ্যাটার্জি। লিখেই কেটে দিয়েছে। তারও নিচে লিখেছে মিসেস শুভেন চ্যাটার্জি।

শুভেন হিপ্-পকেট থেকে পার্সটা বের করে মুঙ্গলিকে দশটা টাকা দিল।

কেন ? ঈঃ বাবাঃ। এত টাকা ! কেন গো ?

এমনিই দিলাম।

বলেই, প্যাডটা নিয়ে ডানদিকে ড্রয়ারে ঢুকিয়ে রাখতে গিয়েই বলল, এই প্যাড কোথায় থাকে ?

ঐ বাঁ দিকের ড্রয়ারে।

জায়গামত রেখে দাও। হাওয়াতে পাতা উড়ে যায় যদি।

হাওয়াতো নেই।

অবাক হয়ে মুঙ্গলি বলল

আসতে কতক্ষণ ?

মনে মনে বলল, হাওয়ার কথা হাওয়াই জানে। কাল বাবার ট্রানজিস্টরে একটা গান হচ্ছিল খাওয়ার আগে আগে। "পাখি কখন উড়ে যায়, বদ হাওয়া লেগেছে তার গায়।"

শুভেনের কথার মানে না বুঝে প্যাডটা নিয়ে বাঁ দিকের ড্রয়ার খুলে তার মধ্যে রেখে দিল সেটা মুঙ্গলি।

টাকাটা তোমাকে কেন দিলাম, জানো ?

কেন?

দিদিকে বলবে না যে, আমি দিদির ঘরে এসেছিলাম।

হেই বাবা। যদি কাকীমা বলে দেয় ?

কাকীমা বললে, অন্য কথা। তুমি বোলো না। কেমন ?

আচ্ছা !

নিচে নেমে বারান্দায় গিয়ে দেখল শুভেন, মলিন মুখে কাকীমা বসে আছেন। ওকে দেখেই বললেন, এসো, বোসো। দেখা হল ঘর ?

হুঁ।

এমন সময় বুধাই চাকাটা গড়াতে গড়াতে নিয়ে এল।

বুট্ এর চাবিটা দিল শুভেন ওকে।

আপনারা কখন যাবেন ? আমি কি এসে নিয়ে যাব ?

আর যাওয়া ! তোমার কাকা কখন ঘুম থেকে উঠবেন কে জানে ! দেড়টা দুটোর আগে ত নয়ই।

তখনই যাবেন।

তা হয় না। মনটা-ও বড় খারাপ হয়ে গেল শুভেন। অনেকদিন পরেই এমন হল। গত ছ সাত মাস ঠিক ছিলেন। গরমের সময়ই বাড়ে ব্যাপারটা। তবে এইই শুধু উল্টোপাল্টা কথাই বলেন। আর কিছু নয়। তবে, গত সপ্তাহেও অবশ্য একদিন হয়েছিল। কুঁড়ি ত এখন প্রায় সব সময়ই তোমাদের বাড়িতেই থাকে। মানুদাও কুঁড়িকে না দেখলে পাগল হয়ে ওঠেন। কুঁড়ি যখন বাড়ি থাকে, তখন কিন্তু তোমার কাকা ঠিকই থাকেন। কী আছে মেয়েটার মধ্যে কে জানে ? মায়া কাড়তে জানে ও মানুষের। আমাদের ত ছেলেমেয়ে নেই। ওইই আমাদের সব। কোনোই অভাব রাখেনি ও। ছোটবেলা থেকেই ওর এমনই স্বভাব। যে দেখে, সেইই ওকে ভালবাসে। এমন সুন্দর স্বভাবের মেয়ে আমি ত দেখিনি। আমাদের মেয়ে বলে বলছি না।

চুয়া অন্যরকম ছিল। তাইই না ?

চুয়াও ভাল। তবে, আর দশটা মেয়ে যেমন ভাল হয় তেমনই আর কী ! কুঁড়ি পড়াশুনোতে চুয়ার চেয়ে অনেকই ভাল ছিল। বি এ তে অনার্স ছিল ওর ইংরিজিতে। ফারস্ট ক্লাস ফারস্ট হয়েছিল। প্রেসিডেন্সীতে পড়ত। তখন আমি বাড়ি ভাড়া নিয়ে কলকাতাতেই থাকতাম। আর দিদি এখানে থেকে সব সামলাত। আমিও প্রেসিডেন্সীর ছাত্রী ছিলাম। এম এ ও করে ছিলাম ইংরেজিতেই ! দিদির আগে এখানে থাকা দরকার ছিল, কারণ দাদাও ত মানুদার মতই অবুঝ ছিলেন। তোমার ছবিকাকা মাঝে মাঝে যেতেন কলকাতায়। গরমের আর পুজোর ছুটিতে আসতাম। কুঁড়ি আর আমি এখানে। ওর প্রফেসররা, কলেজের মেয়েরা, সকলেই ওকে যেমন ভালবাসতেন তেমন ভালোবাসা খুব কম লোকের কপালেই জোটে। কী বলব, আমাদের বৃদ্ধ বাড়িওয়ালা, হিতেশবাবু, যেদিন আমরা চলে আসি সেদিন কুঁড়ির হাত ধরে কী কান্নাটাই না কাঁদলেন। বললেন, এই বাড়ির লক্ষ্মী চলে গেল। এখনও কুঁড়ি সপ্তাহে একটি করে চিঠি লেখে ওঁকে।

কলকাতায় ত আপনাদের ফ্ল্যাটও ছিল শুনেছি।

আছে ত ! কোম্পানি লীজ্ এ দিয়েছিলেন দাদা। তারা ত ছাড়ছেই না। বছর বছর ভাড়া বাড়িয়ে যাচ্ছে ঠিকই। কিন্তু বলেছে, ফ্ল্যাট ছাড়ার কথা ভুলে যান।

তাও, ভাড়াটা বাড়ায়, এইই যা।

কুঁড়ি তাহলে বেশ আনইন্টারেস্টিং মেয়ে, বলুন কাকীমা।

কেন ? আনইন্টারেস্টিং কেন বলছ ?

যার সবই গুণ কোনো দোষই নেই ; সে আনইন্টারেস্টিং নয় ?

কাকীমা হেসে ফেললেন।

বললেন, দোষ একেবারে নেই যে, তা বলব না। দুটি দোষ আছে।

শুভেন উৎসাহিত হয়ে বলল কি ? কি ?

প্রথম দোষ এইই যে, বড় জেদী মেয়ে ও। ও যা জেদ ধরবে তা ও করেই ছাড়বে।

দ্বিতীয় দোষ ?

নজরটা ভীষণই উঁচু। তুমি বিশ্বাস করবে না, বিয়ে পাশ করেছে তিন বছর হল। কত ভাল ভাল সম্বন্ধ এলো। সে মেয়ের কাউকেই পছন্দ নয়। মাস দুয়েক আগে একটি ফোটো পাঠিয়েছিল আমার ছোট বোন। ছেলে ন্যুইয়র্কে থাকে। এম বি এ। জেনারাল মোটরের মস্ত বড় অফিসার। লোকে বলছে, ডিরেক্টর হয়ে যাবে নাকি তিন চার বছরের মধ্যে। তা সে পাত্রও মেয়ের পছন্দই হল না। ঠোঁট বেঁকিয়ে বলল, দুসস্। কে থাকবে বিদেশে ? তোমাদের আর কাকাবাবুকে, মানে তোমার বাবাকে কে দেখবে ? বয়স ত পড়ে আছে। তোমরা যখন আছ, বিয়ে-ফিয়ে করতে চাইনা আমি। একটু চুপ করে থেকে বললেন, ছেলেটির চেহারা যদি তুমি দেখতে শুভেন। সে নিজেও এসেছিল আমার বোনের সঙ্গে, গতমাসে, কুঁড়িকে দেখতে। প্রথম দেখাতেই ভীষণ পছন্দ। তোমার চেয়েও লম্বা, ওয়েল-বীলট। বাবার মস্ত ব্যবসা এক্সপোর্টের, কলকাতায়। একমাত্র ছেলে। কলকাতাতেই মার্সিডিজ গাড়ি চড়েন। বাবার ইচ্ছে, চাকরি ছেড়ে দিয়ে ফিরে এসে ছেলে এখানে ব্যবসা দেখুক। বম্বে দিল্লি ব্যাঙ্গালোর সব জায়গাতে বিষণ্ণতা। কুঁড়ি বিয়ে করতে রাজী হলে হয়ত থেকেও যেত এদেশে।

তারপর ?

তারপর আর কি ? কুঁড়িকে দেখার পর তারও কোনো মেয়েই আর পছন্দ হলো না। ফিরে গেল ন্যুইয়র্কে। তার বাবা মা এখন আমার বোনকেই দায়ী করেন। বলেন, কুঁড়িকে না দেখলে, হয়ত অন্য মেয়ে ওর চোখে ধরত।

তাইই ?

শুভেন বলল।

কাকীমা বললেন, ওর মনে কী আছে সে, ওইই জানে। শেষের কবিতার

লাইন আওড়ায়। হাসে, আর বলে, "মোর তরে যদি কেহ কেহ প্রতীক্ষিয়া থাকে, সেই ধন্য করিবে আমাকে।"

তাইই।

আবারও শুভেন হেসে বলল।

তোমাকে একটা কথা বলব বাবা। কাউকে বোলো না। কুঁড়িকে ত নয়ই। আমার সঙ্গে জীবনে তাহলে কথা বলবে না আর।

কি ?

তুমি গতবারে যখন এসেছিলে, বৌদির শ্রাদ্ধের সময়, তখন তোমার একটি একলা ছবি তুলেছিল চুয়া ? কানহারী উপরের বাংলোর সামনে ?

হ্যাঁ। কেন বলুন ত ?

সেই ছবিটা চুয়া বসবার ঘরে অর্গানের উপর বাঁধিয়ে রেখেছিল। তুমি ত আমাদের সকলেরই সমান প্রিয়। সকলেই দেখতাম ছবিটা। কিন্তু তুমি চলে যাওয়ার পনেরো দিনের মধ্যে ছবিটা চুরি গেল। চুয়া ত তুলকালাম কাণ্ড বাঁধিয়ে দিল। কিন্তু ছবি যে কোথায় গেল, আর কে যে তা চুরি করল তার কোনো হদিসই হোলো না। আমি, চাকর বাকর আয়া সকলকে মা দিদিমাদের মত চাল-পোড়াও খাওয়ালাম। পুলিশের ভয় দেখালাম। তবু পাওয়া গেল না। জানা গেল না কিছুই।

তারপর ?

মাস তিনেক আগে কুঁড়ির প্যারা-টাইফয়েডের মত হয়। এখনও পুরো সেরে ওঠেনি। তাকে দেখে অবশ্য বুঝবে না তা। তখন ওর ঘরেই থাকতে হত আমাকে দিন রাত। মানুদা আসতেন না বটে, কিন্তু দিনে বার কুড়ি ফোন করতেন। তুমি কিন্তু গাড়িটা ঠিক করে মানুদাকে বাইরে বের করে এনে একটা কাজের মত কাজ করেছো। শুভেন। এখন অনেকদিন আয়ু বেড়ে যাবে ওঁর। একটা ড্রাইভার রেখে দাও এবারে।

তারপরে ? আপনি অন্য কথায় চলে এলেন কিন্তু কাকীমা।

হ্যাঁ। তারপর, ওর শাড়ি বের করতে গিয়ে একদিন চেষ্ট অফ ড্রয়ার্সের থাক থাক শাড়ির গভীর থেকে তোমার সেই ছবিটা বেরিয়ে পড়ল। মেয়ে তখন জ্বরে বেঁহুশ। যেখানে ছিল, সেখানেই রেখে দিলাম ভয়ে ভয়ে। ও জানে না যে, আমি দেখেছি। বলবার সাহসও হয়নি। ওর বয়সের কোনো মেয়েরেই আমি এমন ব্যক্তিত্ব দেখিনি শুভেন। পলিটিকস্ এ গেলে ও ইন্দিরা গান্ধী হতে পারত। আমাদের বাড়িতে ওই একমাত্র পুরুষ। দাদা যখন বেঁচেও ছিলেন, তখনও তাইই

ছিল। আমাদের ভালবাসার জন বলে এতকথা বলছি না। তোমার বাবাকেও দ্যাখো। তিনিও কম রাশভারী আর গম্ভীর সাহেব ছিলেন না। কিন্তু কুঁড়ি যে তাকে নিয়ে কী করে, কী বলব। মনে হয় তিনি যেন ছ'মাসের একটি শিশু। কুঁড়ি কিন্তু মানুদা সম্বন্ধে একটা কথা বলে। বলে এমন বয়সের এমন ইন্টারেস্টিং আধুনিক মানুষ ও আর দেখেনি।

বাবা এখন সত্যিই আনম্যানেজেবল্ হয়ে গেছেন। ছোটুদাও তাইই বলে। কুঁড়ি না থাকলে, ছোটুদাও চাকরি ছেড়ে দিয়ে চলে যেত। আমাদের বাড়ির পুরো ব্যালান্সই এখন কুঁড়িরই হাতে। ওইই ত দেখি মালকিন্। সর্বার্থে।

আঁচলে চাবি না বাঁধলে কেউ কি মালকিন হয় বাবা? যতই সে করে মরুক, দাসী; বড়জোর গভর্নেসের বেশি সম্মান ত তার প্রাপ্য নয়। চাবির গোছা এমনি দিলেও যে তুলে নেবে, সে চরিত্রের মেয়ে ত সে নয়। তাছাড়া, মেয়েও ত আমাদের ফ্যালনা নয়, কারো উপরে কোনো ব্যাপারেই নির্ভর করার কোনো প্রয়োজনই্ নেই তার। বাঁধা তাকে, বড়ই মুশকিল। একমাত্র ভালোবাসার বাঁধন ছাড়া। মালকিন্ কথাটা কখনও উচ্চারণও কোরো না। কুঁড়ি শুনতে পেলে দুঃখ পাবে।

বলব না আর।

বলল, শুভেন। স্বগতোক্তির মত।

গাড়িটার গায়ে লাল্ ধুলোর পরত পরেছিল। পালক দিয়ে তা অনেকক্ষণ ধরে ঝেড়ে বুধাই বুট বন্ধ করে চাবিটা এনে বারান্দার বেতের টেবলে রাখল।

কাকীমা বললেন, ঈসস্ ঐ নোংরা চাবিটা দিলি! যা, যা সাবান দিয়ে পরিষ্কার করে নিয়ে আয় চাবিটা। বাবুর হাত নোংরা হয়ে যাবে যে।

ঠিক আছে। ঠিক আছে।

বলল, শুভেন।

না। ঠিক নেই।

কাকীমা বললেন।

শুভেন ভাবছিল, বিদেশে ইটালিয়ানরাও এমন ট্রিট্মেন্ট পায় না।

বলল, আপনারা যদি যেতে নাইই পারেন কাকীমা, তাহলে আমিই খাবার সব নিয়ে আসব হট-কেস্ এ করে। ছোটুদা সব গুছিয়ে দেবে।

কী দরকার। তোমাদের বাড়িতে ত নেমন্তন্ন কম খাইনি আমরা। কোনো ফর্মালিটি ত নেই। তোমার কাকাবাবুর যদি আবার বাড়াবাড়ি হয়? তার চেয়ে এক কাজ কোরো। দুটো নাগাদ উনি যখন উঠবেন ঘুম থেকে; তুমি কুঁড়িকে যদি একবার আধঘন্টার জন্যেও পাঠিয়ে দিতে পারো, জানি তোমাদের অসুবিধা

হবে তবু, কুঁড়ি এলেই উনি ঠিক হয়ে যাবেন।

সত্যি! বাবার এই অবিবেচনা আমার বিচ্ছিরি লাগে। নিজের বাড়ি ফেলে কি করে উনি এক্সপেক্ট করেন যে পরের বাড়ির মেয়ে সবসময় ওঁরই সেবা করবে? হাইট্ অফ ইন্‌কনসিডারেশন্। ছিঃ!

শুভেন উঠে দাঁড়াল বুধাই এর আনা পরিষ্কার করা চাবিটা তুলে নিয়ে।

কাকীমা বিষণ্ণ গলায় বললেন, তুমি পর বলে ভাবো হয়ত, কিন্তু মানুদা হয়ত ওঁকে পর বলে মনে করেন না, বরং মনে করেন কোনো বিশেষ দাবী আছে ওঁর কুঁড়ির উপর।

শুভেন মুখ নামিয়ে নিল।

বলল, কুঁড়ির এবং আপনাদের খাবারও দুটোর সময় পৌঁছে দিয়ে যাব। আমি নিজেই।

মানুদার সঙ্গে ঝগড়া কোরো না কিন্তু কুঁড়ির ব্যাপার নিয়ে, শুভেন। প্লীজ।

ঠিক আছে।

ছবিকাকা ভাল হয়ে গেছেন দু'দিনের মধ্যেই। কুঁড়ি তাকে সঙ্গে করে 'গ্রীনভ্যালী লজ্'-এ বেড়াতেও এসেছিল কাল বিকেলে।

কালই পয়লা বৈশাখ গেল। মানুবাবুরই উৎসাহে ওদের বাড়ির বাগানের মধ্যে চাঁদের আলোয় নববর্ষ-উপলক্ষ্যে ছোটোখাটো একটি ঘরোয়া অনুষ্ঠানও হল। ব্রাহ্মসমাজ কম্পাউন্ডের দেবুবাবু আর অমলবাবুই একজন গাইয়ে এবং একজন বাজিয়েকে সঙ্গে করে নিয়ে এসেছিলেন। স্থানীয় একজন সাহিত্যিকও এসেছিলেন। হিন্দী তাঁর মাতৃভাষা কিন্তু বাংলা চমৎকার বলেন। এবং নাকি লেখেনও। সুমীরবাবু।

অঘোরবাবু অতুলপ্রসাদের গান গাইলেন। বড় ভাল লাগল শুভেনের। বিশেষ করে, একটি গান : "আমার বাগানে এত ফুল, কেন যায়, ঝরে যায় রে।" সঙ্গে, রমেশবাবু এস্রাজ বাজালেন। মোটা-সোটা, সর্বদা পান-খাওয়া ভদ্রলোক। দেখলেই মনে হয় ভাল মানুষ। দেখেই, ভালমানুষ মনে হয়; এরকম লোকের সংখ্যা বড়ই কমে যাচ্ছে বোধহয় পৃথিবীতে।

সাহিত্যিক সুমীরবাবু, সুমীর শর্মা, কিছু বললেন। বিষণ্ণতা, যেন মাখামাখি হয়ে আছে ভদ্রলোকের মুখটিতে।

শুভেন কুঁড়ির কানে কানে ফিস্‌ফিস্ করে সে কথা বলতেই কুঁড়ি বলল, দুঃখ থেকেই ত সৃষ্টির বেশিটাই আসে। যার দুঃখবোধ নেই, দুঃখ নেই, তার কাছ থেকে আর যাই-ই আশা করা যাক, সাহিত্যসৃষ্টি কখনই আশা করা যায় না।

শুভেন বাংলা সাহিত্যের কোনো খোঁজই রাখে না। ওখানে বাংলা পত্র-পত্রিকা

ত পায়ই না বলতে গেলে। পূজো-সংখ্যা যদিও বা দু'একটা আসে, তা-ও কাড়াকাড়ি করেই পড়তে হয়। বাংলা পত্র-পত্রিকাই পায় না। অথচ তামিল, তেলেগু, মালয়ালম্, গুজরাটি, মারাঠী ভাষার পত্র-পত্রিকাই দেখে তাদের অবাঙালী বন্ধু-বান্ধবদের বাড়িতে। দোষটা বোধহয়, প্রবাসী বাঙালীদেরই।

কালই কুঁড়ি বলছিল, প্রবাস ; তা সে যত দূর প্রবাসই হোক না কেন, প্রবাসী মাত্ররই নিজের ভাষা, সাহিত্য, সংগীত এবং শিল্প সম্বন্ধে ঔৎসুক্য থাকা উচিত। যাদের নেই, সে জাতকে মরে-যাওয়া জাত বলেই ধরে নেওয়া ভাল।

ছবিকাকীমা যে এত ভাল গান গাইতে পারেন, তা কারো কাছেই শোনেনি আগে শুভেন। ওঁর গান শুনে অবাক হয়ে গেল ও। কুঁড়ি গাইবার জন্যে তৈরি হতেই মানুবাবু বললেন, ওরে রামু! মালি, তোরা সব কোথায় গেলি? পিয়ানোটা বয়ে নিয়ে আয় এখানে।

ছবিকাকা বললেন, সে কী মানুদা! ঐ গন্ধমাদন পর্বত?

এই-ই মানুবাবুর দোষ! গান-বাজনার মধ্যে এমন হাঁক-ডাক করেন যে, পুরো রেশই কেটে যায় একেবারে। সুরের ব্যাপারে মানুবাবু একটু খাটো আছেন। ওঁর কানে সুর পৌঁছয় না, শব্দ পৌঁছয় শুধু।

কুঁড়ি না। না। না। করে উঠল।

বলল টিউনিং খারাপ হয়ে যায় পিয়ানো অমন নাড়াচাড়া করলে।

আর টিউনিং!

মানুবাবু বললেন।

মৃণাল চলে যাবার পর আর কেউ-ই কি হাত দিয়েছে এতে? তোমাকেই এটা দিয়ে দেব। এক্ষুনি নিয়ে যাও।

এ বাড়িতে এটা থাকলেও ত আমারই হতে পারে!

গলা নামিয়ে উত্তেজিত মানুবাবুকে শান্ত করার জন্যে কুঁড়ি বলল।

হঠাৎ খুশি হয়ে, কী ভেবে, মানুবাবু বললেন, তা পারে, তা পারে। তাই-ই ভাল কুঁড়ি-মা। কুঁড়ি গাইল তারপর। হারমনিয়ম্ বা তব্‌লা নিলো না। শুধু মাত্র এস্রাজের সঙ্গে গাইল একটি রবীন্দ্রসঙ্গীত। "তুমি কিছু দিয়ে যাও মোর প্রাণে গোপনে গো—/ফুলের গন্ধে বাঁশির তানে মর্মরমুখরিত পবনে/তুমি কিছু নিয়ে যাও বেদনা হতে বেদনে—/যে মোর অশ্রু হাসিতে লীন, যে বাণী নীরব নয়নে।...

গানের সুব্যক্ত বাণীতে, সুরের স্নিগ্ধ শুদ্ধতায় এবং ভাবের প্রসন্ন পরিমিতিতে সকলেই যেন সহসা বিদ্ধ হয়ে গেলেন। স্তব্ধ করে রাখল প্রত্যেককেই কুঁড়ির সেই গানের রেশ। অনেকক্ষণ। বিদ্ধ ; সবচেয়ে বেশি হল শুভেনই।

কুঁড়ি ত জানে না যে, কুঁড়ির ঘনবদ্ধ ফিন্‌ফিনে সুগন্ধি পাঁপড়ি-ঢাকা মনকে অনেকখানিই জেনে ফেলেছে শুভেন ইতিমধ্যেই। গানের মধ্যে দিয়ে অনেক কিছুই বলা যায়। গানে গানে; না-বলেও বলাবলি করতে পারেন গভীর মানুষেরা। না-বলার মধ্য দিয়ে কিছু বলার যে সৌন্দর্য, তার কথা শুধু গান-ভালবাসা মানুষেরাই জানে। এই সৌন্দর্যর কোনো তুলনা হয় না। এই গানটি ত সকলের জন্যেই গাইল কুঁড়ি! কিন্তু গায়িকা এবং একজন মাত্র শ্রোতাই জানল যে। এ গান শুধুমাত্র তাদেরই দু'জনের

যা, কুঁড়ি জানল না, তা হল এই-ই যে, তার গান দিয়ে শুভেনকে ছোঁবার আগেই শুভেনের গায়ে তার পরশ লেগেছে। জানলে, হয়ত লজ্জাই পেত। এমন করে, না-ফুটেও ক্রমশ ফুটে-উঠতে পারত না প্রতিটি মুহূর্ত।

॥ ৬ ॥

শুভেনের একটু জ্বরভাব হয়েছে কাল শেষ রাত থেকেই। কাউকেই জানায়নি তা যদিও। সঙ্গে ডিস্‌পিরিন্‌ ছিল। ডিস্‌পিরিন্‌ আর ক্রসিন খেয়ে নিয়েছে এক কাপ গরম দুধ দিয়ে।

কুঁড়ি, আনন্দবাজার পত্রিকার একটি বিশেষ সংখ্যা দিয়েছিল পড়তে, শুভেনকে। বার বার করে বলেছিল যে, বিভূতিভূষণ বন্দ্যোপাধ্যায়ের এ-যাবৎ অপ্রকাশিত একটি লেখা, "হলুদ পাতা"টি যেন অবশ্যই পড়ে ও।

এইমাত্র লেখাটি পড়া শেষ করে উঠল ও। মনটা বড়ই খারাপ হয়ে গেল। যা-কিছুই বড় বেশি ভাল, তাই-ই বুঝি মন খারাপ করায়!

বিভূতিভূষণ লিখছেন: "দেবকন্যারা অনন্তশূন্য থেকে নেমে এসে মন্দার ফুলের মালা হাতে নক্ষত্র জোৎস্নায় পরিয়ে দেবে...বিশ্বের পুণ্যলোকের অনাহত, নীরব সঙ্গীতে বসন্ত দিনের বীণারবে ছড়িয়ে অনন্ত দিন ধরে—চির, চিরযুগ ধরে।"

বঞ্চিত, নিপীড়িত, বুভুক্ষুদের উদ্দেশে এক স্মৃতি-স্তম্ভর কথা লিখে, তারপর এই লিখেছেন।

সাহিত্য-টাহিত্য বোঝে না শুভেন। সে বিজ্ঞানের ছাত্র। তবে, এটুকু বোঝে যে, বিভূতিভূষণ বন্দ্যোপাধ্যায় এক অন্য জাতের সাহিত্যিক ছিলেন। মাত্র দুটি বই-ই ও পড়েছে তাঁর। একটি 'দেবযান' অন্যটি 'আরণ্যক'। একজন লেখকের

মান বুঝতে তাঁর দুটি বই-ই যথেষ্ট। "দ্যা স্ট্রেন্থ্ অফ্ আ চেইন্ ইজ ইটস্ উইকেস্ট লিংক্" কথাটা একজন সাহিত্যিকের সমগ্র সৃষ্টির বেলাতেও বোধহয় খাটে।

ভাবল, এই বই নিয়ে কুঁড়ির সঙ্গে আলোচনা করতে হবে।লেখাটিতে এমন এক বিষণ্ণতা প্রচ্ছন্ন হয়ে রয়েছে; শ্রাবণের মেঘলা আকাশের মত, সেই বিষণ্ণতাই পটভূমির কাজ করেছে। কাজ করেছে অনুষঙ্গর।

কুঁড়ি ত সাহিত্যরই ছাত্রী। সাহিত্য ভালবাসে, বোঝে। ও এলে, অনেক কিছু আলোচনা করবে ওর সঙ্গে। কুঁড়ি তাকে 'পথের কবি' বইটিও পড়তে দিয়েছে। বিভূতিভূষণ বন্দ্যোপাধ্যায়ের জীবনী। পড়বে নিশ্চয়ই সময় করে।

বইটা টেবিলে রেখে এসে শুল আবার। পুবের জানলা দিয়ে দেখা যাচ্ছে অমলতাস গাছে বাসন্তীরঙা ফুল নড়ছে হাওয়ায়। দুলে দুলে কী যেন বলছে ওকে। জানালার মাথা ছাড়িয়ে অনেক দূর উঠেছে গাছটা। শুভেন ভাবছিল, এক একজন মানুষের ভালবাসার প্রকাশ কী বিভিন্ন। একজনের অনুপস্থিতিকে যে এমন একটি ফুলের গাছ দিয়ে ভরিয়ে রাখা যায়, তা বুঝি কুঁড়িদের মত মেয়েরাই বোঝে। দেশের মেয়েরা কত সুন্দর। কত সুন্দর তাদের রুচি, কত গোপন তাদের ভালোবাসার প্রকাশ। বিদেশে আগে শরীর তার অনেক পর ভালোবাসা। এবং সে ভালোবাসাও কেমন ম্যাটার অফ ফ্যাক্ট-এর। এমিলী ব্রন্টির একটি বই পড়েছিল 'উইদারিং হাইটস', ছেলেবেলায়। বিদেশে, ভি সি আর-এ তার ছবিও দেখেছে। সে রকম ভালোবাসা সে যুগের ইংলিশ মেয়েরাই জানত। এখনকার ভালোবাসা বড় ন্যাংটো। কুঁড়ি একদিন বলেছিল, ভালবাসা কি প্রকাশ করার জিনিস? ভালোবাসা লুকিয়ে রাখার জিনিস। এই হচ্ছে এই দেশের মেয়েদের ভালোবাসার ধরন। কী সুন্দর। আত্মমর্যাদায় গভীর, কমনীয়তায় ভরপুর।

কি হচ্ছে?

পর্দা সরিয়ে কুঁড়ি ঢুকল ঘরে।

শুভেন উঠে বসল।

বলল, বোসো, বোসো, এসো।

আপনি উঠলেন কেন? কাকাবাবুই ত ফোন করলেন। বললেন, আপনার জ্বর হয়েছে। পাগলাটাকে দেখে যাও এসে। মা-মরা ছেলে, বাবাকে ত দেখতে পারে না দু চোখে। তুমি একটু এসো।

হাসল শুভেন। বলল,বাবা রীতিমত স্পাইং করছেন আমার উপর। কাউকেই ত বলিনি আমি!

তারপর বলল, দুষ্টর ছলের অভাব হয় না। আসলে; তোমাকে একবেলা না

দেখে থাকতে পারেন না যে! ছেলের দোহাই দিয়ে আনা হল তোমাকে। ছবিকাকা কেমন আছেন? কাকীমা সেদিন অনেক কথা বললেন। ছবিকাকাও নাকি কোনো গোলমাল করেন না, তুমি থাকলে? তোমার মধ্যে কি আছে বলো তো? সবাইকে এমন করে বশ করে রেখেছ কি করে? ছবিকাকা, আমার বাবা, ছোটুদা, সকলেই তোমার কাছে জব্দ।

কাউকেই জব্দ করে রাখতে ত চাইনি আমি। 'জব্দ' কথাটাই খারাপ।

সেটা মাপ করে দাও। আমার স্টক অফ ওয়ার্ডস বাংলায় খুবই সীমিত।

পড়লেন বইটা? ভাল না?

দারুণ। মন খারাপ হয়ে যায়।

সুইটেস্ট টেলস্ আর দোজ হুইচ্ টেল্ অফ স্যাডেসট থিংঙ্গস।

শেক্সপীয়ার?

বোধহয়।

কাকাবাবু বায়না ধরেছেন, আজই সকলে মিলে রাজডেরোয়াতে মুনলাইট পিকনিক-এ যেতে হবে।

তাইই?

আমি বলেছি, আজ নয়। আজকালের মধ্যেই এক পশলা ঝড়বৃষ্টি হবে। এবং বৃষ্টির পরই গাছে গাছে নতুন পাতা গজাবে। গ্রীষ্ম আসবে দিকে দিকে পলাশ আর শিমুলের ধ্বজা উড়িয়ে। তখন করৌঞ্জ ফুটবে বনে বনে। মহুয়া আর করৌঞ্জের গন্ধে মাতাল হবে হাওয়া। তখন গেলেই কি ভাল না?

তুমি যেখানে থাকো সেখানেই ত মাতাল হয় হাওয়া।

থাক। আর কাব্যি করতে হবে না।

সেদিন যে গানটি গাইলে তুমি, কানে লেগে আছে। ঘুমে, জাগরণে, চান কয়ার সময় একা পথ হাঁটতে হাঁটতে ভ্রমরের মত গুঞ্জরণ করছে সে গান, আমার কানে কানে, মনে মনে। কার গান এ?

ওমা! রবীন্দ্রনাথের।

তোমার মত ভাল আর কেউই বোধহয় এই গান গাইতে পারে না।

আহা! তোমার সঙ্গে যিনি এস্রাজ বাজালেন তিনিও কিন্তু দারুণ বাজান।

রমেশবাবু? হ্যাঁ। বাজনার চেয়েও বেশি ভাললাগে আমার মানুষটিকে।

বলেই বলল, আপনি অশেষদার এস্রাজ শুনেছেন?

কে অশেষদা? আমি আর কাকে চিনি?

আহা! ছড় যেন কথা বলে। কান্না পেয়ে যায় আমার অশেষদার বাজনা শুনলে।

তা এঁরা সব ইণ্ডিয়া ফেস্টিভ্যালে বা লান্ডানের বেঙ্গলী ফেস্টিভালে নিমন্ত্রিত হননি ?

মাথা খারাপ ! গুণের সঙ্গে নিমন্ত্রণ আর পুরস্কারের কোনো সাযুজ্যই নেই এদেশে। গান-বাজনা, লেখা নিয়ে এখন ব্যবসা চলেছে, মেডিয়া যাকে বাঘ বানাচ্ছে সেইই বাঘ। কাগুজে বাঘে ছেয়ে গেছে দেশ। অবশ্য শীগগিরই এদের রঙ যাবে চটে, কাগজ যাবে ছিঁড়ে, পথের ধুলোয় বৃষ্টির জলে, কাটা ঘুড়ির মত পড়ে থাকবেন যে অনেকেই, তা তাঁরা নিজেরা জানেন না। গুণীর যদি অভিমান না থাকে, তিনি যদি অন্তর্মুখীই না হন, তাহলে ইনস্যুরেন্সের দালালী করাই ত ভাল ছিল এঁদের। এইসব দুর্গম, নিঃসঙ্গ গভীর এলাকাতে আসা কেন ?

আমাদের দেশের লেখকদেরও কি লক্ষ লক্ষ টাকা রোজগার ?

অনেকের আছে। তবে, বেস্ট-সেলার দিয়ে এখনও এদেশে সাহিত্যের বিচার হয় না। এইটেই একমাত্র আশার কথা। অবশ্য তার মানে এই নয় যে, বেস্ট-সেলার হওয়া বইমাত্রই মাইনর সাহিত্য-কর্ম। একসেপ্শনস্ প্রুভ দ্যা রুল। তবে, বেশিরভাগ বেস্ট-সেলারের লেখকই সাহিত্যের পরীক্ষায় আল্টিমেটলি ফেল করেন বলে দেখা যায়।

তারপরই কথা ঘুরিয়ে কুঁড়ি বলল, কথাবার্তা বেশি সীরিয়াস হয়ে যাচ্ছে। তাছাড়া আমার যোগ্যতাও নেই এসব নিয়ে আলোচনা করার। দুপুরে কি খাবেন তাই বলুন।

কি আবার ? যা দেবে ছোটুদা আর রহিম।

সুজির খিচুড়ি খাবেন ? দেখি, জ্বর আছে কি না।

বলেই, এগিয়ে এসে শুভেনের কপালে হাত রাখল কুঁড়ি।

শুভেনের মনে হল মরেই যাবে ভালো লাগায়। কুঁড়ির গায়ের গন্ধ কাছে থেকে পেল, কোনো সুগন্ধি গাছের গায়ের গন্ধর মত। ভালোলাগায় চোখ বুজে এল ওর। মায়ের হাতের পরশের কথা মনে পড়ল।

একী ! জ্বরত আছে দেখছি এখনও সামান্য। আমি যাই। আপনার জন্যে সুজির খিচুড়ি রান্না করে দেব। আশাকরি, ভাল লাগবে।

না-গিয়ে, আমার সঙ্গে গল্প করলেই ত় আরও বেশি ভাল লাগত। আমার কাছ থেকে চলে গেলেই সেই জেলাস্ বুড়োর খপ্পরে গিয়ে পড়বে। তখন তোমার কাছে যায় কার সাধ্যি।

এমন অসভ্য না ! নিজের বাবাকে এই সব বলে ! ভারী খারাপ আপনি ! আসছি আমি। হলে, খবর পাঠাব। খাওয়ার টেবলে আসবেন।

অলস অবসরে আরেকবার ঘুমিয়ে নেবার চেষ্টা করল ওপ ওই আবহাওয়া,

ঝরাপাতার মর্মরধ্বনি, এই আরাম, আদর যত্ন, আবেশ এই সবই এখানের মানুষকে কুঁড়ে করে দেয়। মেটেরিয়ালিস্টিক অ্যামবিশান নষ্ট করে দেয়। সমস্ত পশ্চিমী পৃথিবী তাই দাপাদাপি করে যখন এগিয়ে যাচ্ছে, তখন আমরা কোলবালিশ কোলে নিয়ে ঘুমিয়েই আছি।

ভাবল, শুভেন।

এ কথাই বাবাকে একদিন বলেছিল শুভেন খেতে বসে।

বাবা বললেন, এগিয়ে ত যাচ্ছে বটেই, কিন্তু যাচ্ছেটা কোথায় ? তা ভাবারও অবকাশ যে তাদের নেই। যারা মানুষ, তারা দিনের মধ্যে, মাসের মধ্যে, বছরের মধ্যে অনেকখানি সময়ই একা থাকে, টু কারেক্ট দেয়ার বেয়ারিংস। তোমাদের কম্প্যুটারে গার্বেজ ফীড করলে যেমন গার্বেজই বোরোয়, মানুষের জীবনীশক্তিকেও গার্বেজ চালিত করলে, জীবনের নীট-ফল হয় গার্বেজ। তোমরা যেমন হচ্ছ। এতে কোন ভুল নেই, ছোট। আমি যেমন লাউঞ্জ স্যুট ছেড়ে লুঙি ধরেছি, ওরাও একদিন সব ভুল বলে আমাদের দিকে তাকাবে হতাশায়, অনুশোচনায়। সে দিন এল বলে ! দেরি নেই। ভাল থাকা, ভাল খাওয়া, অঢেল টাকার চেয়েও জীবনে চাইবার মত আরও ঢের ঢের বড় জিনিস আছে। বারট্রান্ড রাসেলের "কনকোয়েস্ট অফ হ্যাপীনেস্" বলে একটা বই আছে। পড়ে দেখো। যে মানুষ সুখকেই পায় না, সুখ বলতে আমি আরাম বলছি না, বলছি গভীর আত্মিক আনন্দ ; সে মানুষের আর সমস্ত প্রাপ্তিই বৃথা। এখন হয়ত বুঝবে না। পরে বুঝবে। আমি চেয়েছিলাম যে, আমার বয়সে এসে আমি যেমন বুঝেছি তেমন করে না-বোঝার চেয়ে, তোমার দিন থাকতে থাকতে বোঝো তুমি। "মেক হে, হোয়াইল্ দ্যা সান্ সাইনস্।" ইয়াং ম্যান।

শুভেন লক্ষ্য করছে যে, এ'কদিনে অনবধানেই তার মন ক্রমশই দুর্বল হয়ে যাচ্ছে। কুঁড়ির আশ্চর্য ব্যক্তিত্ব তাঁকে ক্রমশ বিদেশ-বিমুখ করে তুলছে। বাবাও ক্রমান্বয়েই চেষ্টা করছেন তার সেন্টিমেন্ট ত বটেই, তার বিবেচনাও ঘোলা করে দিতে। সে হ্যুস্টনে যে বিশাল কর্মযজ্ঞের মধ্যে আছে, মহাবিশ্ব আবিষ্কারের যে তীব্র উন্মাদনা, বিশ্বের আধুনিকতম ক্রিয়াকাণ্ডর মধ্যে নিজেকে জড়িয়ে রাখাটা যে কত বড় ব্যাপার, তা এরা কেউই বুঝছে না। নিজেরা না বুঝে, ক্রমশ শুভেনের মনকে দুর্বল করে দিয়ে চলেছে।

যে মরুবিজ্ঞানী অ্যান্টার্টিকাতে তাঁবুর নিচে বছরের পর বছর থাকেন, যে মানুষ, একা পালতোলা নৌকো ভাসিয়ে কম্পাস পর্যন্ত না-নিয়ে এখনকার দিনেও মহাসমুদ্র পার হবার তাগিদে ভেসে যান, তাঁরা যে কেন যান তা এরা কেউই বুঝতে চেষ্টাও করছেন না।

কুঁড়ির মত মেয়েকে কে না চায় স্ত্রী হিসেবে ? কোন পাষণ্ড, কোন্ ঋষি তাকে 'না' করতে পারে। মৃত্যুপথযাত্রী অশীতিপর বাবার হাত-জড়ানো আন্তরিক অনুরোধ কোন্ হৃদয়হীন ছেলেরই বা ফেলতে ইচ্ছে করে ? সেই দুর্বল, শিরা-বেরকরা হাত দুখানি ছাড়িয়ে তাকে মৃত্যুর পথে অনিবার্যভাবে ঠেলে দিয়ে কোনও ছেলে চায় দিগ্বিজয়ে বেরুতে ? টাকা নয়, আরাম নয়, বিলিয়নীয়র হবার স্বপ্নও নয়, তার চেয়ে অনেক অনেক বড়, সম্পূর্ণ নৈর্ব্যক্তিক এক দুর্বার স্বপ্নকে রূপ দেবার চেষ্টা করছে পৃথিবীর প্রায় সব দেশের বিজ্ঞানীরা একত্রিত হয়ে হ্যুস্টনে। কেউ যদি বলেন যে, এ সব "স্টার ওয়ারের" প্রস্তুতি, অ্যামেরিকার মহাকাশকে জয়ের, স্বার্থপর উচ্চাকাঙ্ক্ষা, সেখানে একচেটিয়া একাধিপত্য করার হীন প্রয়াস, তাহলে তা সর্বাংশেই ভুল। চাঁদ সদাগরের মত, রবার্ট ব্রুস্ এর মত, লিভিংস্টোনের মত, বার্টলান্ডো ডায়াসের মত, ক্যাপ্টেন কুক-এর মত আবিষ্কারের, জানার, জয় করার তীব্র নৈর্ব্যক্তিক বাসনাতে ভর করেই বিভিন্ন দেশ থেকে আসা বিজ্ঞানীরা যে একীভূত চেষ্টা চালাচ্ছেন, তাকে যদি বাবা অগ্রগতি না বলে মানেন, তাহলে ও কী করবে ?

মা একটা গান গাইতেন রবীন্দ্রনাথের, পিয়ানো বাজিয়ে,

মহাবিশ্বে মহাকাশে মহাকাল-মাঝে।
আমি মানব একাকী ভ্রমি বিস্ময়ে, ভ্রমি বিস্ময়ে ॥
তুমি আছ, বিশ্বনাথ, অসীম রহস্যমাঝে
নীরবে একাকী আপন মহিমালয়ে।
অনন্ত এ দেশকালে, অগণ্য এ দীপ্তলোকে,
তুমি আছ মোরে চাহি—আমি চাহি তোমা-পানে।
স্তব্ধ সর্ব-কোলাহল, শান্তিমগ্ন চরাচর—
এক তুমি, তোমা-মাঝে আমি একা নির্ভয়ে ॥"

তোমার ছোটখোকাই সেই একা মানব বাবা ! তুমি আমার কাজে গর্বিত না হয়ে, আমাকে তিরস্কারই করছ সবসময়। আমি ত সত্যি সত্যিই একা নই। আমারই মত অনেক আদরের ছোট-খোকারা হাতে হাত ধরে নির্নিমেষে চেয়ে আছে এই মহাকাশের অসীম রহস্যমাঝে। আমরা যা করছি, তা আমার একার জন্যে নয়, আমাদের জন্যে নয়, অ্যামেরিকা বলে কোনো একটি বিশেষ দেশের জন্যে নয়, আমরা মানুষের সবচেয়ে গৌরবময় এক যূথবদ্ধ চেষ্টাতে নিয়োজিত আছি, বাবা-মা ছেড়ে, নিজের নিজের দেশের-ঘরের আরাম, নিজের দেশের ফলের গন্ধ এবং নিজের নিজের দেশের কুঁড়িদেরও ছেড়ে। অনেক দেশের অনেক কুঁড়িকে শুকিয়ে ফেলেই এক দারুণ আন্তর্জাতিক ফুল ফুটাব আমরা।

তোমরা কোথায় বুকে জড়িয়ে চুমু খেয়ে আবার ঠেলে দেবে, বীর সব জাতের মায়েরা তাদের ছেলেদের যেমন করে যুদ্ধে পাঠাতেন, তা না, জড়িয়ে-মড়িয়ে এক-কাঁথার নিচে বসে বাবা-মা, বউ-ছেলে নিয়ে বর্ষার দিনে মুড়ি তেলে ভাজা খেতে বলছ তুমি ! তুমি ! আমার মডার্ণ, অ্যাগনস্টিক্, বিজ্ঞান-বিশ্বাসী বাবা ! তোমার কাছ থেকেই ত এই বিশ্বজয়ের মন্ত্র পেয়েছিলাম একদিন, আজ মহাবিশ্বজয়ের দরজায় দাঁড়ানো আমি-কে তুমি এমনি করে পেছনে টানছ ! ছিঃ বাবা। ছিঃ যার যত বড় প্রার্থনা, তত বড় মূল্য তাকে দিতে হয়। বিনামূল্যে কিছুই কি মেলে ?

চলো।

বলে, ছোটুদা ঘরে ঢুকল।

জ্বর কত ?

প্রায় নেইই বলতে গেলে।

বাবু খেতে এসে গেছেন। তোমাকে ডাকছে কুঁড়ি দিদিমণি। সুজির খিচুড়িটা যা রেঁধেছে না ! একটু চেখেছিলাম আমি। আঃ।

চোখ বড় বড় করে বলল শুভেন। চমৎকার ? সুজির পায়েসের কথা জানতাম, খিচুড়ি খাইনি কখনও।

ছোটুদা বলল, মধ্যে আলু, পটল, নারকোল কুঁচি, কিস্‌মিস্ বাদাম সব দিয়েছে আর দরাজ হাতে ঘি। মারহান্ থেকে টিন টিন গাওয়া-ঘি তৈরী হয়ে আসে। এমন একজন গিন্নী বাড়িতে থাকলে না, খেয়ে-দেয়ে আমাদেরও একটু সুখ হয় বুড়োবয়সে। বাবুর জন্যে রহিম যা রেঁধেছিলো, বাবু সব সরিয়ে দিলেন। বললেন, নেহি চালেগা। হাম কুঁড়ি মাকো বনা-হুয়া খিচ্ড়ি খায়গা।

খুশি হলেই কি বাবা হিন্দী বলেন না কি ?

হ্যাঁ ত ! বহুদিনের অভ্যেস। খুশি হলেই হিন্দী। আর রেগে গেলেই ইংরিজি। ভুলে গেছ তুমি ?

সবই ভুলে গেছি। আমি ত আর তোমাদের কেউই নই।

তোমাকে আমাদের সবই করে নেবার চেষ্টা ত চালাচ্ছি সবসময়ই। তুমিই ত বাগড়া দিচ্ছ।

আজ কুঁড়ি একটি ফলসা-রঙা শাড়ি পরেছে সাদা ব্লাউজের সঙ্গে। খোঁপা করেছে ; এলানো। কানে, শাড়ির সঙ্গে মানিয়ে-পরা এক জোড়া অ্যামিথিস্ট্ পাথরের দুল। অ্যামিথিস্ট-এরই হার একটি। অ্যামিথিস্ট-এর আংটি। হাল্‌কা ফলসা-রঙা লিপস্টিক দিয়েছে ঠোঁটে। গরম পড়ছে। রুখুরুখু ভাব হাওয়ায়।

ঠোঁট চড়চড় করে। শুভেনও পেট্রোলিয়াম জেলী মেখেছে চান করে উঠে, ঠোঁটে।

এই যে! কেমন আছিস?

ভালই।

দ্যাখ্ আজ কী রান্না হয়েছে তোর জন্যে!

বলেই, নিজে চামচে করে তুলে নিজের প্লেট থেকে এক চামচ মুখে দিয়েই গাঁ গাঁ করে উঠলেন মানুবাবু।

কুঁড়ির চোখেমুখে আতঙ্ক ফুটে উঠল।

একটি সাইড-প্লেট দৌড়ে পাশে নিয়ে গিয়ে বলল, ফেলে দিন কাকাবাবু! ফেলে দিন। ভীষণ গরম আছে ত!

বাবা চোখমুখ কপালে তুলে উগরে দিলেন গরম সুজির খিচুড়ি, সাইড প্লেটে।

কী যে করো বাবা! এগুলো খাবে তুমি? ঘিতে সাঁতার কাটা যায় যে!

এ'ত আমার জন্যে বানানো হয়নি। অসীম যত্নে যিনি বানিয়েছেন তিনি তোমার মুখরোচক করেই বানিয়েছেন।

এই দশ দিনেই আমার বেল্টের তিনঘর এগিয়ে গেছে ভুঁড়ি।

স্বাস্থ্যের লক্ষণ। ভালই ত। না এগোলেই বলতাম, তুই নিমকহারাম।

কোথা থেকে একটা হাতপাখা এনে হাওয়া করতে লাগল কুঁড়ি মানুবাবুকে আর তাঁর প্লেটের সুজির খিচুড়িকেও।

ঠাণ্ডা হয়ে, বাবা বললেন, ছোটু। পেঁয়াজ আর কাঁচা লঙ্কা।

আজকেও?

শুভেন আতঙ্কিত গলায় বলল।

রোজই। এই পেঁয়াজ কাঁচা লঙ্কার জোরেই ত এই তিরাশি বছরেও কেমন ব্যাটিং করছি। রোজ খাবি। আমাদের দেশের গরীবদের এইই ত' আসল এনার্জিগিভার। পোর্ট-এর ওয়ার্কার, রিকশা-পুলার, ট্যাকসি ও ট্রাক ড্রাইভার। সবাই খুব করে কাঁচা পেঁয়াজ আর কাঁচা লঙ্কা খায়। আর কিছু খাক আর নাইই খাক।

শুভেন চামচে করে একটু খিচুড়ি তুলল মুখে। উপাদেয়।

মানুবাবু বললেন, হাত দিয়ে খা ব্যাটা। ব্যাটা আমার সাহেব হয়েছেন! দুদিনের বৈরাগী; ভাতকে বলে অন্ন!

কুঁড়ি আর ছোটুদা হেসে উঠল।

চামচ রেখে হাত দিয়েই খেতে যাচ্ছিল শুভেন।

কুঁড়ি বলল হাত ধুয়ে নিন, এই যে। চলুন বেসিনে। ছোটুদা, তোয়ালে ও সাবান নেই।

ছোটু। সাবান! ইডিয়ট্। জায়গার জিনিস জায়গায় থাকে না কে বলে, চেঁচিয়ে উঠলেন মানুবাবু।

শুভেন এসে আবার বসল।

তুমি বসবে না?

কুঁড়িকে শুধাল শুভেন।

বসব। আপনারা খেয়ে নিন।

হাতপাখা দিয়ে দুজনকেই হাওয়া করতে লাগল কুঁড়ি, পাশে দাঁড়ি

ফ্যান কি হল?

লোডশেডিং।

ছোটুদা বলল।

জেনারেটর কি হল? ছোট। ইডিয়ট। মানুবাবু বললেন। আমার (গরমে ঘামবে আর তোমাদের হাওয়া খাওয়ার জন্যে জেনারেটর কিনেছি আ

তেল নেই। আনতে পাঠিয়েছি রামুকে।

নেই কেন? ছেলে খেতে বসে কষ্ট পাচ্ছে। স্টুপিডের দল।

অনেকদিন ত লোডশেডিং হয়নি।

ছোটুদা বলল।

মানুবাবু খাওয়া থামিয়ে বললেন, নো একসপ্লানেশান্স। আই বিলিভ ও ইন রেজাল্টস্। স্টপ ইট্। আর কখনও যেন এরকম না হয়।

তুমি বসে পড়ো। এ কী প্রি-হিস্টরিক সব সিসটেমস্? মেয়েরা পরে খা

আবার বলল শুভেন।

ছোটুদাকে কম্পানি দেব আমি। একা ত আর খাবো না।

মানুবাবু বললেন, তোমার অ্যামেরিকান কায়দা এখানে চালিও না। এ মেয়েরা পরেই খায়। এবং খাবে। তাদের আমরা ছোট করে দেখি না। নিজেদের বড় করে দেখে এবং পরে খেয়েই আনন্দ পায়। যে দেশের যে রী সিস্টেম্টাকে পল্যুট্ করে দেওয়ার চেষ্টা কোরো না, ছোট।

কুঁড়ি মানুবাবুর দিকে পাশ ফিরিয়ে চোখ মিচ্কে হাসল শুভেনের চেয়ে।

শুভেন কিছু বলল না।

বুঝলি মা! তুই যেমন রান্না করিস, তোর অন্য কোনো গুণ এবং রূপ আদৌ নাও থাকত, তাহলেও শুধু হাতের রান্না খেয়েই যে-কোনো পুরুষ (

প্রেমে পড়ে যেত।

একটা লংকার আধখানা কামড়ে খেয়ে বললেন, অবশ্য সে যদি নেহাৎ পাষণ্ড বা হাফ-উইট্ না হয়। মানুষের চেহারা ধরলেই ত আর মানুষ হয় না।

নিশ্চয়ই।

শুভেন বলল।

কি নিশ্চয়ই ?

খাওয়া থামিয়ে মানুবাবু শুভেনের দিকে চেয়ে বললেন।

তারপর পেঁয়াজ কামড়ে বললেন, কোনটা নিশ্চয়ই ? তুমি পাষণ্ড না হাফ-উইট্ ? কোন্‌টা তুমি ?

আমার কথা ত হচ্ছে না।

নিচু গলায় মুখ নামিয়ে বলল শুভেন।

তবে কার কথা হচ্ছে ? এখানে দ্বিতীয় কোন্ পুরুষ আছে যে প্রেমে পড়তে পারে ?

প্রেমে সবাই পড়তে পারে। তার আবার সময় অসময় কি ? বয়স কি ?

ইউ শাট্-আপ্। পাষণ্ড। হাফ্-উইট্। প্রেমের অথরিটি এলেন। কী বোঝো তুমি প্রেমের ?

যদি বুঝতে, ত!

কুঁড়ি বলল, কাকাবাবু। বাইরের লোক, আমাকে ডেকে যদি আপনি সবসময় শুভেনদার সঙ্গে ঝগড়াই করেন, আমি তাহলে চলে যাচ্ছি এক্ষুনি। আমার অশান্তি একদমই ভালো লাগে না। তাছাড়া, শুভেনদা কি বাচ্চা ছেলে যে, সবসময় আপনি এমন করে পেছনে লাগেন ?

তোমার কাছে সে লায়েক হতে পারে। বিরাট লোক। আমার ছোটখোকা আমার কাছে চিরদিনই ছোটখোকা।

এমন করলে, আপনারা আড়ালেই করবেন। বাইরের মানুষের সামনে এমন কেউ করে ?

কে এখানে বাইরের মানুষ ?

আমি বাইরের মানুষ।

কুঁড়ি বলল।

তুমি বললেই ত আর তা হচ্ছে না। তুমি একশবার এই বাড়ির মানুষ। এ কথা কি ছোটখোকার কনফার্মেশানের অপেক্ষায় আছে ? সে পর হলেও হতে পারে। তুমি নও। সার্টেনলি! নট্ ইউ।

শুভেনের বিরক্তি এবং অস্বস্তি দুইই লাগছিল। সবই বোঝে ও। তবু, করার

ত কিছু নেই।

শুভেন হাওয়া ঘুরোবার জন্যে বলল, বাবা, রাজডেরোয়া ন্যাশনাল পার্ক-এ কবে যাওয়া হচ্ছে?

মানুবাবু অন্যদিকে মুখ ঘুরিয়ে বললেন, গেলেই হয়। কুঁড়ি যা ঠিক করবে। তাইই হবে। আমি এ বাড়ির কন্ট্রোলস্ অনেক দিন আগে ওর হাতেই দিয়ে দিয়েছি। হার ডিসিশান্ উইল প্রিভেইল ওভার আদারস্।

ভালই করেছো।

এর পর শুভেন খেতে খেতে আর কোনো কথাই বলল না। শরীরটাও ভাল ছিলো না।

কুঁড়ি খুবই অপ্রস্তুত এবং এমবারাসড্ ফীল্ করছিল।

বলল, রান্না খারাপ হয়েছে বলে কি সেকেণ্ড হেল্পিংও নিলেন না?

মুখ নিচু করেই শুভেন বলল, না, না। রান্না ত খুবই ভাল হয়েছে।

কেন জানে না, শুভেনের ভীষণ কান্না কান্না পাচ্ছিল। মায়ের মৃত্যুর খবর পাওয়ার পর সে বিদেশে বসে কেঁদেছিল, কিন্তু গোপনে, নিজের ঘরে। কেউই জানতে পায়নি। কিন্তু এখন মনে হচ্ছে ও কান্না সামলাতে পারবে না। ডঃ শুভেন চ্যাটার্জী ডুকরে কেঁদে উঠবে যেন। বাবাটা তার এক অদ্ভুত একগুঁয়ে ইনকনসিডারেট, ওয়ান-ট্রাক্ট মাইণ্ডের লোক। চিরদিন। তিনি যা চাইবেন যেন তেন প্রকারেন তা ঘটিয়েই ছাড়বেন।

কোনোরকমে চেয়ারটা পেছনে ঠেলেই, বেসিনে মুখ ধুয়ে ও নিচে নেমে গেল।

কাউকে 'যাই' পর্যন্ত না বলে। মানুবাবুকেও না।

স্তম্ভিত হয়ে দাঁড়িয়ে রইল কুঁড়ি ও ছোটু।

মানুবাবু গুম্ হয়ে বসে বাঁধানো দাঁতই, টুথ্-পিক্ দিয়ে খোঁচাচ্ছিলেন।

কুঁড়ি বলল, বাষ্পরুদ্ধকণ্ঠে, কাকাবাবু! আমি আর কোনোদিনও আপনাদের বাড়িতে আসবো না।

মানুবাবু অন্যদিকে চেয়ে ছিলেন। বললেন, ঠিক আছে। তুমিও ত আগের ছেলেরই মত বড় হয়েছ। তোমারও ইচ্ছা অনিচ্ছা নিশ্চয়ই আছে। যা ভাল মনে করো, করবে! তাইই হবে। এসো না আর।

কথাটা কুঁড়ির যত হেনস্থাই হোক না কেন, মানুবাবুকে ভয় দেখাবার জন্যেই বলেছিল। উনি যে "ঠিক আছে"! বলে ফেলবেন তা ও একবারও ভাবেনি।

কুঁড়ি আর ছোটুদা খাবার ঘর থেকে বেরিয়ে গেল আস্তে আস্তে।

চলো, আমরা খাই গিয়ে এবারে।

ছোটুদা, কুঁড়ির কনুই ধরে বলল।

কুঁড়ি, ছোটুদার দু চোখে দু চোখ রেখে বলল, না ছোটুদা। আমি খাবো না আর আজ। ইচ্ছে নেই। ক্ষিদেও নেই।

বলেই, নেমে যেতে লাগল সিঁড়ি দিয়ে। নামতে নামতে, মুখ না ফিরিয়ে পরিষ্কার গলায় বলল, ছোটুদা, কাকাবাবুকে দেখো। আর তোমার ছোটদাদাকেও। যতদিন তিনি ওখানে থাকেন।

ছোটু বলল, ছোটদাদার সঙ্গে একবার দেখাও করে যাবে না?

না!

কুঁড়িকে গেট অবধি পৌঁছে দিয়ে ছোটুদা বলল, সঙ্গে যাব কি?

কেন? নাঃ। এখন ত দিনের বেলা।

শ্লথ পায়ে, সিঁড়ি চড়ে চড়ে ছোটুদা আস্তে আস্তে উপরে উঠে এল। খাবার ঘরে।

রামু বাসন সব পরিষ্কার করে নিয়ে গেছে। টেবল আবার কভার দিয়ে ঢাকা হয়েছে। মধ্যে রোজেনথাল্-এর ফুলদানিটি। মায়ের বড় প্রিয় ছিল। ফুলের বোল্।

কারেণ্ট এসে গেল হঠাৎ। পাখাটা ঘুরছে এক পয়েণ্টে। পুরোনো দিনের পাখা। আস্তে ঘুরলে চিড়িক্ চিড়িক্ করে শব্দ করে একটা। জোরে ঘুরলে ঝড়ের মত আওয়াজ হয়।

মানুবাবু খাওয়ার টেবল্ ছেড়ে উঠে বসলেন ইজিচেয়ারটাতে।

কথা না বলে, ছোটুদা পানের ডিবে, জর্দার কোটো সব এনে ইজিচেয়ারের পাশের তেপায়াতে রাখল।

তারপর বলল, বাবু।

মানুবাবু পেছনের উপত্যকার দিকে উদাস চোখে চেয়ে আছেন। দেখছেন, আবার দেখছেনও না। শালবনে ফুল এসেছে। নীল মেঘ জমছে পরতের পর পরত পশ্চিমে ঘন সবুজ বনের মাথায়, পাহাড়ের পায়ের কাছে। তাঁর দৃষ্টি অনেকই দূরে মেলা। কাছের কিছুই তাঁর চোখে পড়ছে না। কাছের কোনো ব্যাপারই যেন আর দামী বা বড় নয় তাঁর কাছে। সবই যেন আউট অফ-ফোকাস্।

ছোটুদা আবারও ডাকল, বাবু।

মানুবাবু মুখ ঘোরালেন ছোটুদার মুখে।

অনেক দূরে জুম্-করা ক্যামেরা যেন ফিরে এল ক্লোজ-আপ্-এর শট্ নিতে। খুউব কাছে।

ছোটুদা দেখল, বড় বড় জলের ফোঁটার ধারা নেমেছে মানুবাবুর চোখ দিয়ে।

ছোটুদা হতভম্ব হয়ে বাবুর পায়ের কাছে হাঁটু গেড়ে বসে পড়ল। মায়ের মৃত্যুতেও বাবুর চোখে জল দেখেনি ও। কোনোদিনও দেখেনি।

মানুবাবু তোয়ালে দিয়ে নিজেই জল মুছলেন। চোখের।

বললেন, বোস্ ছোটু। ঐ সামনের চেয়ারটাতে বোস্।

ইতস্তত করে ছোটুদা শেষে বসেই পড়ল চেয়ারটাতে। কখনই বাবুর সামনে চেয়ারে বসেনি।

মানুবাবু স্বগতোক্তির মত বললেন, সারাটা জীবনই ; যা বলতে চাইলাম, ঠিক তার উল্টোটাই বলে এলাম রে সবাইকে। মৃণালিনীকে, তোকে, ছেলেমেয়েদের ; এমন কি আজ কুঁড়িকেও ! অভিশপ্ত। আমি অভিশপ্ত। দীর্ঘ জীবন, সম্পত্তি, ছেলেমেয়ে এ সবই বোধহয় অভিশাপ !

ছোটুদা চুপ করেই রইল।

মানুবাবুও অনেকক্ষণ চুপ করে আবারও বাইরে চেয়ে রইলেন।

অনেকক্ষণ পর আবার ছোটুদার দিকে ফিরে বললেন, তাও, মৃণাল আর তুইই একমাত্র বুঝেছিস আমাকে। মানে, যা আমি বলি, আর যা আমি আসলে বলতে চাই, তা একমাত্র তোরাই বুঝতে পারিস্। আমার স্বভাবটাই···

বলেই থেমে গেলেন।

ভালোবাসা আমার বুকেও কম নেই, শুধু তা ঠিকভাবে প্রকাশ করতেই শিখলাম না। এদিকে···দিনও ত ফুরিয়ে এল। এই পাপের প্রায়শ্চিত্ত নিজেকেই করতে হবে। আমার বাইরেটাই দেখল সকলে। ভিতরটার কথা কেউই শুনল না। মাঝে মাঝে মনে হয়, এই জিভ, যে জিভটা দিয়ে আমি কথা বলি ছোটু ; সেটা ছিঁড়ে ফেলি। একটানে।

বাবু। ওষুধ খেতে হবে। আপনি আধখানা ক্যাম্পোজও খান। এত উত্তেজনা আপনার পক্ষে ঠিক নয়।

আমার পক্ষে কিছুই আর ঠিক নয়। বেঁচে থাকাটাও ঠিক নয়রে ছোটু। জীবনের শেষ যে গন্তব্যটুকু ছিল, শেষ চাওয়াটুকু, সেটাও বুঝি পূর্ণ হলো না। পূর্ণ হবে না।

আচ্ছা ! মানুষ কেন বিয়ে করে, কেন সংসার করে, কেন তাদের ছেলেমেয়ে হয় কেন বুকের রক্ত দিয়ে পাখির ছানার মত তাদের বড় করে তোলে মানুষ ? কেন বল ত ? কেন ? শুধু কি এই জন্যেই ?

আর আমাদের সব সুখই ওদের সুখ, ওদের সাধ, ওদের খুশিরই জন্যে, যে ওদের বড় করে মানুষ করে তুলতে গিয়েই ফুরিয়ে দিলাম ?

শুভেনের জ্বরটা একটু বেড়েছে বোধহয়।

উঠে একটা আস্ত ক্রসিন খেল শুভেন। শারীরিক অস্বস্তির মধ্যে মানসিক অস্বস্তিও কম নয়। তাইই ঘুম আসছিল না। পাখাটা এক পয়েণ্টে দিয়ে কোলবালিশটা জড়িয়ে ও ঘুমিয়ে পড়ল এক গ্লাস জল খেয়ে, পাশ ফিরে। হাজারীবাগের জলটা ভারী মিষ্টি। আর কী খিদেই যে পায় এই জলে!

হাজারীবাগের সব কিছুই মিষ্টি। অতীত, বর্তমান, বাবা, ছোটুদা, কুঁড়ি। ও; শুধু ও নিজেই ওদের কারোই যোগ্য নয়। মাঝে মাঝেই নিজেকে গুলি করে মেরে দিতে ইচ্ছে হচ্ছে ওর কদিন হল। কী যে ও করবে। ও জানে না।

॥ ৭ ॥

গভীর ঘুমে আচ্ছন্ন হয়ে ছিল শুভেন। হুঁশ ছিলো না।

মানুবাবু আস্তে পর্দা ঠেলে ওর ঘরে ঢুকলেন।

এই নিস্তব্ধ দুপুরে একা একা কারো সাহায্য ছাড়াই ক্যাম্পোজ-খাওয়া অবস্থায় সিঁড়ি নামতে গিয়ে নিজেরই লাঠিতে হোঁচট খেয়ে গড়িয়ে গেছিলেন উনি সিঁড়ির নিচে।

চশমার বাঁদিকের কাঁচটা ভেঙে গেছে। ফ্রেমটাও দুমড়ে গেছে। বাঁদিকের বুকে আর ডান পায়ে চোট পেয়েছেন খুব। কপালেও বোধহয় লেগেছিল। লেগেছিল যে, তা বুঝলেন ছোটখোকার নামে লেখা চিঠিখানির উপর কপাল থেকে রক্ত গড়িয়ে পড়াতে।

নিজের জন্যে কোনো চিন্তা নেই আর। সবচিন্তা ছোটখোকা আর কুঁড়িরই জন্যে।

চিঠিটা আস্তে করে ওর রাইটিং-ব্যুরোর উপরে অ্যাশট্রেটা চাপা দিয়ে রেখেই ঘর থেকে আবার নিঃশব্দে বেরিয়ে যেতে গেলেন উনি। বেরোবার আগে কী মনে করে ফিরে গিয়ে ছোটখোকার খাটের পাশে দাঁড়ালেন একবার। সাদা পায়জামা-পাঞ্জাবী পরে শুয়ে আছে ছোট খোকা। কী সুন্দর তার ছেলে। মুখটি দেখলেন একবার, উঁকি মেরে। আল্‌তো করে হাত ছোঁওয়ালেন কপালে। জ্বর আছে। ইসস্। মৃণালই নেই, সেবা কে করবে ওর?

পঞ্চাশ বছর আগে তিনি যেমন দেখতে ছিলেন অবিকল তেমনই দেখতে হয়েছে ছোটখোকা এখন। নিজের এই টুকরোটির দিকে চেয়ে খুবই গর্ব হল

ওঁর। পরমুহূর্তেই বুকের মধ্যে তীব্র এক যন্ত্রণা তাঁকে ছুরির মত বিদ্ধ করল পড়ে যাবেন কি ?

না, না। এখানে নয়। এখানে নয়। ছোটখোকা আর কুঁড়ির জীবনে তিনি কোনো দৈন্য, অশান্তি, অসুবিধেই আনতে চান না। ওরা যৌবনের দূত। আর তিনি মৃত্যুর। ওরা হলুদ-বসন্ত পাখি। উনি শকুন।

খুব ইচ্ছে করল, ছেলের মাথায় আরও একবার তাঁর হাত ছোঁওয়ান। ভদ্র সভ্য, অন্য দশজন শিক্ষিত, নর্ম্যাল বাবার মত। তার বিছানাতে বসে থাকেন। কিন্তু উনি যে, অন্য দশজনের মত নন ; ছিলেনও না কোনোদিন। নিজেকে গুঁড়িয়ে দেওয়া সোজা, মেরে ফেলা সোজা, নিজেকে নোয়ানো যে ভারী কঠিন। নিজেকে হেরে যেতে কখনই দেননি। আর এখন কি হারতে হবে শেষের দিনে ?

ছোটখোকার মুখে আরও অনেকক্ষণ একদৃষ্টে চেয়ে থেকে মানুবাবু আস্তে আস্তে বেরিয়ে সিঁড়ির দিকে এগোলেন।

সারা বাড়ি ঘুমোচ্ছে। তিনি যে একা এলেন, একা গেলেন, তাও কেউই জানলো না। মালীর কুকুরগুলো পর্যন্ত ঘুমোচ্ছে...। এ বাড়িতে ত দিনে দুপুরে ডাকাতিও হতে পারে। মৃণাল বেঁচে থাকতে এমনটি হবার জো ছিলো না। এখন লক্ষ্মী নেই, সব শ্রীহীন হয়ে গেছে।

সিঁড়ির রেলিং এ হাত রেখে মনে মনে নিজেকে বললেন, না, চুরি-ডাকাতি হবে না। আছে কি আর এ বাড়িতে। সব ধনই ত চুরি হয়ে ছড়িয়ে ছিটিয়ে গেছে বিশ্বময়। একটি কঙ্কালের জন্যে কোন্ চোর আসবে আর ?

ছোটখোকা জন্মে ছিল কলকাতায়। নার্সিং হোমে। পার্ক সার্কাসে। দুপুর বারোটা বেজে একত্রিশ মিনিটে। মৃণালের মেজদা শান্তিবাবুও অফিস ছুটি নিয়ে তাঁর সঙ্গে দাঁড়িয়েছিলেন পথে। মৃণালের ভাইয়ের মধ্যে এই মেজভাইকেই সবচেয়ে বেশি পছন্দ করতো মানুবাবু। এমন কর্তব্যজ্ঞান আর আত্মসম্মানজ্ঞান খুব কম মানুষের মধ্যে দেখেছেন। মেজদাও চলে গেছেন দুবছর হল। মেজদা গাড়িতে এসে একবার বসেন, আর একবার নেমে নার্সিং হোমে যান। মৃণালের তিনবারই সিজারিয়ান সেকশান্ করতে হয়েছিল। তখনকার দিনে সিজারিয়ান এমন জল ভাত ছিলো না।

নার্স ডেকে বললেন ওঁদের, মিঃ চ্যাটার্জী। ইউ আর আ প্রাউড ফাদার।

গরম জলের গামলাতে ধব্‌ধবে ফর্সা ছোট খোকাকে পরিষ্কার করে দুটি পা জোড়া করে ধরে মাথা নিচে করে উপরে তুলে তার পেছনে দুটি চাপড় মেরে বলেছিলেন হাঃ। হিয়ার ইজ আ বনী সান্। আ ভেরী হ্যাণ্ডসাম্ সান্ হি উইল গ্রো ইনটু, ইনডিড্।

মাঝ সিঁড়িতে উঠে এসেছেন এবারে মানুবাবু। কপালের রক্তে বুকের সব সাদা চুল লাল হয়ে গেছে। লুঙি ভিজে গেছে। ঝিম্‌ঝিম্ করছে মাথাটা। বেশ লাগছে।

ছোটখোকার একবার হার্ণিয়া হয়েছিল। কতই বা বয়স তখন ওর। তিন কি চার হবে। তখন দেশে বাচ্চাদের জন্যে ভাল ব্রিফ্ পাওয়া যেত না। বিলেতে এক বন্ধুকে সাইজ জানিয়ে চিঠি দিয়ে পাঠাতে বলে, একদিন সারা রাত বসে কাপড় কিনে এনে ছুঁচ-সুতো দিয়ে উনি নিজে হাতে ছোটখোকার জন্যে জাঙিয়া সেলাই করে দিয়েছিলেন। হালকা নীল রঙের কাপড় ছিল। এখনও সেই জাঙ্গীয়াটা দেখতে পান যেন, চোখের সামনে।

পরের দিন অফিসের মীটিং ছিল ইস্টার্ন জোনের কমিশনারদের সঙ্গে। ঘুমিয়ে পড়ে ছিলেন মীটিং করতে করতে। কেন্ জনসন্ বলেছিল, হে বয়! ইজ মিসেস চ্যাটার্জী গেটিং ইয়াংগার?

হাঃ।

কেন্‌ও এখন বুড়ো হয়ে গেছে। ব্যাঙ্গালোরের কাছে হুইট্‌ফিল্ড এ সেটল্ করেছে। ওর ছেলে ইয়ান্ আর মেয়ে মার্গারেটও অ্যামেরিকাতে। এই অ্যামেরিকা দেশটা কি হাঙ্গরের মত এ দেশের যা কিছু ভাল সব কিছুই গিলে খেয়ে নেবে?

ছোটখোকা!

ভাল থাকিসরে। কুঁড়ি! ভাল থাকিস মা তুই। বড় লক্ষ্মী মেয়ে তুই! মৃণাল তোকে, মানে আজকের তোকে দেখে যেতে পারল না...

ছোটুদা খেয়ে দেয়ে রহিমের সঙ্গে বাবুর্চিখানার পাশেই লিচু গাছতলায় পাতা চৌপাইতে লম্বা হয়ে শুয়ে পড়েছিল। শারীরিক ক্লান্তিতে মানুষ যতখানি ক্লান্ত না হয়, মানসিক ক্লান্তিতে হয় তার চেয়ে অনেকই বেশি। কতক্ষণ ঘুমিয়ে ছিল হুঁস নেই।

চোখ তাকিয়ে দেখে, বেলা পড়ে গেছে। চা করার সময় পেরিয়ে গেছে। আজ রামুটা ছুটি চেয়েছিল বারিয়াতুতে যাবে বলে। কালই ফিরে আসবে। রামু যে নেই, খেয়ালই ছিলো না।

চৌপাই ছেড়ে উঠে, চায়ের জল চাপিয়ে বাবুর ঘরে গিয়ে ছোটুদা দেখে, বাবু নেই। লেখা-পড়ার টেবলটাতে প্যাড্ খোলা। কলম রাখা তার উপর।

কোথায় গেলেন?

বাথরুমে ধাক্কা দিতেই দরজা খুলে গেল হাঁ করে। দৌড়ে, ছোটখোকার ঘরের দিকে যাওয়ার কথা ভাবল একবার। তক্ষুনি বাবুর ঘরের টেলিফোনটার

এক্সটেনসান্‌টা চোখে পড়ল।

তাড়াতাড়ি ডায়াল ঘুরিয়ে কুঁড়িদের বাড়িতে ফোন করল ছোটুদা।

ছবিবাবুই ধরলেন।

বাবু, আমি ছোটু।

কি ছোটু ?

দিদিমণি আছে ?

কে ? কুঁড়ি ?

হ্যাঁ। হ্যাঁ বাবু। একটু দিন না।

একটু পরে ছবিবাবু এসে বললেন, ওর শরীর খারাপ। শুয়ে রয়েছে। ফোন ধরতে পারবে না।

আচ্ছা ! আমাদের বাবু কি গেছেন আপনাদের ওখানে ?

কে ? মানুদা ? না ত ! কেন ? কি হয়েছে ? মানুদা আসবেন কি করে ? গাড়ি ছাড়া ?

তাই-ই ত। না। জিগগেস করলাম। বাবুকে পাচ্ছি না। খুঁজে পাচ্ছি না।

পাচ্ছো না ? সে কি ? এ কী ইঁদুর না কি যে, ছ্যাঁদা দিয়ে গলে হাওয়া হবে। কী যে বল না !

আপনার শরীর বুঝি আবার খারাপ হয়েছে ?

আমার শরীরের কিছুই হয়নি। ভাই। সবই আমার কপালের দোষ হাঃ। হাঃ।

বলেই, নিজের পেছনে নিজেই বাঁ-হাত দিয়ে চাপড় মারলেন।

ছোটুদা শুনতে পেল শব্দটা।

টেলিফোন নামিয়ে, নিচে দৌড়তেই সিঁড়ির চার পাঁচ ধাপ নিচে রক্তাক্ত অবস্থায় পড়ে থাকতে দেখল অজ্ঞানাবস্থায় মানুবাবুকে। দেখেই চিৎকার করে উঠল ছোটুদা ভীষণই ভয় পেয়ে। সেই চিৎকারে রহিম এবং ঝারিও দৌড়ে এল। মালির কুকুরগুলো ভুকে উঠল। ছোটখোকাও তার ঘর থেকে বেরিয়ে সিঁড়ির নিচে দাঁড়িয়ে ভয় পেয়ে জিগগেস করল এ কী ! কী হল বাবার ?

বলেই দুড়-দাড় করে সিঁড়ি বেয়ে দৌড়ে গেল।

তোমরা ঘরে নিয়ে যাও। আমি ডাক্তার প্রসাদকে ফোন করছি।

ছোটুদা বলল।

শুভেন আর রহিম আর ঝারি ধরাধরি করে মানুবাবুকে এনে বিছানায় শুইয়ে দিল। জ্ঞান নেই। কপালের রক্তে সারা শরীর ভেসে যাচ্ছে। রক্ত বয়ে চলেছে তখনও।

ছোটুদা ফোন করে ফিরে এসে প্রথমেই কাটা জায়গাতে ডেটল আর মার্কিওক্রম লাগালো তারপর চায়ের জন্যে যে গরম জল চাপানো ছিল তাই-ই নিয়ে এসে তুলো দিয়ে রক্ত পরিষ্কার করতে লাগল।

ছোটুদা বলল, ডাক্তার প্রসাদ বাড়ি নেই। কল্-এ বিষুনপুর গেছেন। ছোটদাদা। তুমি গাড়ি নিয়ে যাও এক্ষুনি বাজারে। যে ডাক্তার পারো, ধরে নিয়ে এসো।

ডাঃ প্রসাদ ত হার্ট স্পেশালিস্ট।

শুভেন বলল।

এই পড়ে যাওয়ার ব্যাপারটারই চিকিৎসার দরকার আগে। আর জ্ঞান ফেরানোরও দরকার। যাও তুমি সময় নষ্ট কোরো না।

শুভেন এক দৌড়ে বসবার ঘরের ফায়ারপ্লেসের উপরে রাখা গাড়ির চাবিটা তুলে নিয়ে বেরিয়ে গেল গারাজের দিকে। গাড়ি নিয়ে ও যখন খুব জোরে বাজারের দিকে যাচ্ছে তখন রিয়ার-ভিউ মিরারে দেখতে পেল খুব জোরে সাইকেলরিক্সা চালিয়ে একজন রিক্সাওয়ালা আসছে "গ্রীন ভ্যালী লজ"-এর দিকে আর দু'হাতে রিক্সার ছাউনির দু'দিকে ধরে সেই ফলসা-রঙা শাড়ি পরে বসে নয়, যেন লাফাতে লাফাতেই আসছে কুঁড়ি।

এখন দাঁড়াবার সময় নেই। বাজারের দিকে গাড়ি ছোটাল শুভেন জোরে।

এখানের ডাক্তাররাও সব যেন কোলবালিস জড়িয়ে ঘুমিয়ে থাকেন দুপুরে। জীবন এখানে বড় শ্লথপায়ে চলে। কাজ আর ছুটির মধ্যের সীমারেখা যে আছে তা বোঝাই যায় না। অনেক তেল-খড় পুড়িয়ে একজন ডাক্তারকে ত গাড়িতে তুলল। রওয়ানা হওয়ার আগে তাঁর ফীস্ কত, ওয়েটিং চার্জ কত, ওষুধ ইন্জেক্শনের দাম দিতে হবে আলাদা করে, এবং তিনি যা তা ডাক্তার নন মোটেই এই সব জিগগেস করতে এবং বলতেই পনেরো মিনিট কাটিয়ে দিলেন। আরও পাঁচ মিনিট গেল তার জল আর পান খেতে। ভাল করে কুলকুচি করলেন মুখ। তারপর পান মুখে দিলেন।

শুভেন যখন পোর্টিকোতে গাড়ি ঢোকাতে গেল, দেখল, ডাঃ প্রসাদের সাদা ফিয়াটও সেখানে দাঁড় করানো রয়েছে।

অন্ধকার হয়ে গেছে অনেকক্ষণ। গেটের মাকরী ভেপার ল্যাম্পটা জ্বালানো হয়েছে। আলোর বন্যা বইছে। ঐ আলোর বন্যার মধ্যে দাঁড়িয়েও চোখে অন্ধকার দেখল শুভেন।

ডাক্তার নেমে অর্ডার করলেন, আমার ব্যাগটা নিন।

ব্যাগটা তুলে নিয়ে ডাক্তারকে সঙ্গে নিয়ে উপরে উঠল ও।

ডাঃ প্রসাদ বললেন, আইয়ে।

ছোটুদা দৌড়ে এল।

বলল, ফিরেছে জ্ঞান। ভাল আছেন। হার্টের কিছু হয়নি।

বাবার মাথার কাছের সেই ডে-লাইট বাল্বটা জ্বলছে। হালকা নীলচে সাদাটে আলোয় বাবার খাট এবং শরীর ছেয়ে আছে। খাটের পাশে, প্রথম দিন যেমন দেখেছিল, কুঁড়িকে, শান্তি আর আত্মবিশ্বাসের প্রতিমূর্তির মত, আজও তেমনি করেই বসে আছে কুঁড়ি শান্তি, সুখ আর আশ্বাসের প্রতিমূর্তি হয়ে।

এখন ওর আর কিছুই করবার নেই। ও গেল রহিমের কাছে চায়ের বন্দোবস্ত করতে বলতে। বলল, বেশি করে চা করো। কুঁড়ি দিদিকে দাও, ডাক্তারদের দাও, বাবাকেও দাও যদি ডাক্তাররা বারণ না করেন। আর পরে, আমাকেও দিও। আমি ঘরে যাচ্ছি।

ঘরে গিয়ে রাইটিং-ব্যুরোর সামনে চেয়ার টেনে বসে পা দুটো তুলে দিল টেবলের উপর। অ্যাশট্রেটা সরাতে গিয়েই হঠাৎ ওর চোখে পড়ল একটি চিঠি। চিঠিটা তুলতেই ওর হাতে জমে যাওয়া চ্যাটচ্যেটে রক্ত লেগে গেল। গা ঘিন্ ঘিন্ করে উঠল। তাড়াতাড়ি বাথরুমে গিয়ে সাবান দিয়ে হাত ধুয়ে এল। তারপর চিঠিটা খুলল, খাম থেকে বের করে রক্তমাখা খামটা ওয়েস্ট-পেপার বাস্কেটে ফেলে দিল।

বাবা ছোট,

তুমি আমাকে ক্ষমা কোরো। কুঁড়িমার কাছে কিভাবে ক্ষমা চাইব জানি না।

আমি সেনাইল হয়ে গেছি। ফসিল্। আমার সঙ্গে তোমার কম্যুনিকেশান গ্যাপ এতই যে, তা বোধহয় আমার জীবদ্দশায় পূরণ হবার নয়।

অপরাধী আমিই। তোমাদের হতভাগ্য বাবা। আমার দোষের কারণে তুমি কুঁড়ি-মাকে দোষী, কোরো না। লক্ষ্মী ও সরস্বতী দুই দেবীই ওর মধ্যে একাধারে জন্মেছেন। ওকে আমি চিনেছি, তুমি চিনলে না, বা চেনার চেষ্টা করলে না যে, সে তোমারই দুর্ভাগ্য। আমার ত বটেই।

তোমাদের জীবন তোমাদের। তোমরা স্বাধীন। প্রকৃত শিক্ষা মানুষকে স্বাধীনই করে। শিক্ষার, তাই-ই গন্তব্য হওয়া উচিত। তা আমি বুঝি, পুরোনো দিনের অকেজো লোক হলেও।

তুমি ফিরে যাবে, আমি জানি। তাই-ই, যে ক'দিন আর আছ, ভাল করে খাও আর আমার চোখের সামনে বসে মজা করো, হাসো, বেড়াও। এই সুখই আমার কাছে যথেষ্ট। নিজেকে রি-কন্‌সাইল্ করে নেবো আমি!

তোমার কাছে আমার একটিমাত্র ভিক্ষাই চাইবার আছে। যতদিন থাকো,

আমার কুঁড়িমায়ের সঙ্গে খারাপ ব্যবহার কোরো না। আর কিছুই না হলে সে তোমার জন্মদাতা বাবার প্রাণদাত্রী, তার শেষদিনের একমাত্র অবলম্বন ; এই কথা ভেবেও তাকে তার যোগ্য সম্মান দিও।

আমাকে তুমি ক্ষমা কোরো ছোট।

—ইতি তোমার

অভিশপ্ত বাবা

শুভেনের চোখদুটো অসম্ভব জ্বালা করতে লাগল।

ফেলে-দেওয়া রক্ত-মাখা খামটা তুলে নিয়ে চিঠিটাকে যত্ন করে তার মধ্যে রেখে আশট্রে থেকে পাইপের ছাই ফেলে পরিষ্কার করে ধুয়ে, মুছে, খামটাকে তার উপরে রাখল, যাতে শুকিয়ে যায়, যেটুকু রক্ত কাঁচা আছে তা, পাখার হাওয়াতে।

খামটা তুলে নিয়ে একবার রক্তর গন্ধটা শুঁকল।

তার রক্ত, তার বাবার রক্ত ; তার পিতৃপুরুষের রক্ত।

গন্ধটা চিনে রাখা দরকার।

পূর্ণিমা আগামী কাল।

মানুবাবুর কপালের কাটা দাগ শুকিয়ে গেছে যদিও, দাগটা থাকবেই এখন বাকি জীবন। বেশ গভীর হয়েই কেটেছিল।

কুঁড়ি ঠিক করেছে সকলে মিলে আজ রাজডেরোয়াতে/ মুনলাইট পিক্‌নিক্ হবে। একটি জীপ এবং অন্য একটি গাড়িও ভাড়া করা হয়েছে। রহিম, ছোটুদা, এবং রামু আগে চলে যাবে বাসনপত্র ও রসদ নিয়ে। বরফের বাক্সও সঙ্গে নিতে বলেছে শুভেন। আজ বাবার জন্যে বয়ে-আনা চিভাস্-রিগ্যাল হুইস্কী বাবাকে খাওয়াবে ও।

ছবিকাকা ও কাকীমাও যাবেন। নগেনকাকা ও শেফালী কাকীমাও। ছবিকাকারা যে গাড়িতে আসবেন সেই গাড়ি করেই ওঁদের রাঁচী রোডের বাড়ি থেকে তুলে নিয়ে যাবেন ওঁরা। ব্যুইক্-এ করে মানুবাবুকে নিয়ে কুঁড়ি আর শুভেন যাবে।

কত মাইল, কোন্ বাই-পাস্এ কোন্ পাহাড়ী নালার পাশে পিক্‌নিক্ হবে তা মানুবাবু বলে দিয়েছেন ছোটুদাকে এবং জীপের ড্রাইভারকেও বুঝিয়ে। ওরা গিয়ে রান্না শুরু করবে। রান্না, অবশ্য বেশি কিছু নয়। মানুবাবুরই ইচ্ছেমত, বিরিয়ানী পুলাও, রটিকাবাব, বড়া কাবাব আর রইতা। সঙ্গে, ইস্‌মাইলের দোকান থেকে ফারস্টক্লাস ফিরনীও নিয়ে যাবে ছোটুদারা, অন্য আইস্-বক্স-এ করে।

উপরি আইটেম্ হিসেবে আছে বাখ্‌খরখানি রোটি। পাটনা থেকে ইস্তেমাল

করেছে নাজিম সাহেবের বড় বেটা ওয়াজ্জু মহম্মদ। মোটা কাপড়ে মুড়ে, সে রুটি সাবধানে বসিয়ে নিয়েছে রহিম, ঝুড়িতে।

রোদ পড়লে, বিকেল সাড়ে পাঁচটা নাগাদ শুভেন গাড়িটা গারাজ থেকে বের করে পোর্টিকোতে এনে দাঁড় করাল। সকালেও গাড়ি বেরিয়েছিল। তখনই জল মবিল ব্যাটারির জল সব চেক্ করে নিয়েছিল ও। টায়ার প্রেসারও। পার্কের ভিতরে জায়গামত গিয়ে পৌঁছতে প্রায় ঘণ্টাখানেক লেগে যাবে এখান থেকে।

মালির আর ঝারির জিম্মাতে রইল বাড়ি-ঘর। মালি আর ঝারিই দোতলা থেকে মানুবাবুকে এস্কর্ট করে নিয়ে এসেছিল সিঁড়ি দিয়ে। সিঁড়িতে পড়ে যাবার পর শুভেনের কড়া নির্দেশ আছে যে, মানুবাবু কখনই একা নামবেন না সিঁড়ি দিয়ে। ঘর থেকেই বেরোবেন না একা একা। ওঁর ঘরের সামনে সব সময়েই কেউ-না-কেউ বসে থেকে চৌকি দেবে। হয় রামু, নয় ঝারি, কেউই না হলে নিদেনপক্ষে মালির ছেলেটা, দামু।

শুভেন গাড়ির দরজাটা খুলে দিয়ে দাঁড়াল।

আজকে মানুবাবু কাজ-করা সাদা চিকনের পাঞ্জাবি আর ফাইন লং-ক্লথ্-এর পায়জামা পরেছেন। কাঁধে একটা হাল্কা এণ্ডির চাদর। জঙ্গলে, রাতে এই এপ্রিলেও হিম পড়বে।

শুভেন দরজা বন্ধ করে দিয়ে ড্রাইভিং সীটে এসে বসল। তারপর গেট থেকে গাড়িটা বের করে ডানদিকে মোড় নিতে গেল যেই, সেই সময়ই মানুবাবু আস্তে বললেন, ছোট! এখনও দেরী আছে সন্ধ্যা হতে। চল্, কুঁড়িমাকে তোলবার আগে আমরা দু'জন ক্যানারীর দিক থেকে একবার ঘুরে আসি। একেবারে কোর্‌রার মোড় অবধি নিয়ে যাবি কিন্তু আজকে। কত্তদিন যাই না।

যেতে আসতে প্রায় আধ ঘণ্টামত লাগবে কিন্তু বাবা, তাও যদি কোথাও না দাঁড়াও।

শুভেন বলল।

তা লাগুক।

তাহলে ছোটুদাকে বলে দিই, কাউকে একটা ফোন করে দিক। নইলে, দেরী দেখে চিন্তা করবে। বলেছিলাম, সাড়ে পাঁচটাতে তুলব ওকে।

কী ভাবলেন এক সেকেণ্ড মানুবাবু।

তারপর বললেন, তাহলে বলে দে যে, নগেনরাও যেন ছবিদের বাড়িতে এসেই অপেক্ষা করে। রাঁচী রোডে গাড়ি পাঠিয়ে দিতে বল্ ওদের জন্যে। আমরা ফিরলে, এক সঙ্গেই যাব। অতখানি পথ! কোনো গাড়ি গোলমাল করলে! এক সঙ্গেই যাওয়া ভাল দুটি গাড়িরই।

ছোটুদাকে সেইরকমই বলে, বাঁ-দিকেই মোড় নিল শুভেন।

দেখতে দেখতে সার্কিট্ হাউসের সামনে এসে পড়ে, এবার ডানদিকে ঘোরাল গাড়ি। তারপর পুলিশ সাহেবের বাড়ি পেরিয়ে আবারও বাঁ-দিকে।

সেদিন যেখানে এসে গাড়ি থামিয়েছিল, তারও একটু আগে, আরও নির্জনে ; গাড়িটা রাখল শুভেন। বাবার দিকের দরজা খুলে দিল পুরোটা। নিজের দিকেরটাও। হাওয়া চলবে, যদিও গরম বলতে যা বোঝায় ; তা এখনও পড়েনি।

অনেকক্ষণ বাঁ-দিকে চেয়ে চুপ করে বসে রইলেন মানুবাবু। তারপর সামনে কান্‌হারী পাহাড়টার দিকে তাকালেন।

শুভেন ভাবছিল, এই সীতাগড়া আর সিলাওয়াড় আর ক্যানারী পাহাড়-ঘেরা হাজারীবাগ শহরের তুলনা সত্যিই হয় না। তার শিশুকালের স্মৃতিঘেরা। কিন্তু মানুষ বেড়ে গেছে খুবই। এইটেই খারাপ লাগে।

নিজের মনেই মানুবাবু বললেন, বুঝলি, একসময় এই ক্যানারী হিল্ রোডে যে ক'জন বাঙালী বাস করতেন, তাঁদের প্রত্যেকের সঙ্গেই দেখা না করে পাহাড়ের দিকে যেতেই পারতাম না। আজ আমার সমবয়সী ত নয়ই, সমসাময়িক কেউই আর বেঁচে নেই বলতে গেলে। আমার দিনও ত ফুরিয়ে এল।

শুভেন কিছুই না বলে পাহাড়ের দিকে চেয়ে চুপ করে বসে রইল।

ও মনে মনে বলছিল, বাবা ! এমনিতেই অনেক কষ্ট আমার। সেই কষ্ট, তুমি এসব বলে আর বাড়িয়ে দিও না।

আজ বিকেলে বেরুবার আগেই ও ওর ছোট্ট ব্যাগটা প্যাক্ করেই রেখে এসেছে। একটা রিকসাওয়ালাকেও বলে এসেছে, টাকা অ্যাডভান্স্ দিয়ে যে, তাদের বাড়ির পরের "মাতৃ-স্মৃতি" অথবা হৈম-কুটিরের সামনে এসে দাঁড়িয়ে থাকবে। কাল ভোরে বাড়ির কেউ ওঠার আগেই ও বেরিয়ে পড়তে চায় ভোরের আগে। ট্যাক্সি স্টাণ্ডে গিয়ে একটা ট্যাক্সি ধরে সারিয়া হয়ে হাজারীবাগ রোড স্টেশানে পৌঁছে যাবে। পাঠানকোট-শিয়ালদা অথবা অন্য যে-কোনো গাড়ি পাবে, তাই-ই ধরে, শিয়ালদা বা হাওড়া। সেখান থেকে সোজা এয়ারপোর্ট হোটেলে। বম্বের ফ্লাইটে যাবার ইচ্ছা আছে। না পেলে, উল্টোদিকে দিল্লীই যাবে। ওর প্যান্-অ্যাম্-এর রিটার্ন টিকিটে সামান্য রি-রুটিং করতে হবে, এই-ই যা। সঙ্গে ক্রেডিট্ কার্ড আছেই। প্রবলেম্ নেই কোনো। বম্বে/দিল্লীর টিকিট ত রূপীতেই কেনা যাবে।

মনটা এমনিতেই ভারী হয়েছিল। অথচ...বাবা...

শুভেন ক'দিন ধরেই বুঝতে পারছিল যে আর দেরী করলে, চিরজীবনের

মতই এই হাজারীবাগেই আটকে থাকতে হবে ওকে। ওর যে অনেক কিছুই করার আছে। ওর উপরে একটা নতুন প্রজেক্ট অনেকখানিই নির্ভরশীল। কী করে যে, ছুটি নিয়ে ও এসেছিল, তা ওই-ই জানে।

মানুবাবু বললেন, ঐ কৃষ্ণচূড়া গাছটা দেখেছিস ছোট ? কী সুন্দর লাল ফুল ফুটেছে। ঐ দ্যাখ্ ছোট, গয়া রোডের দু'পাশে কেমন পলাশ আর শিমুলও ফুটেছে। পথে, অনেকই দেখা যাবে। এখন ত সবে শুরু। আর ক'দিন বাদেই এ ফুলের গালচের উপর পা ফেলে-ফেলেই হাঁটতে হবে। একটু চুপ করে থেকে দীর্ঘশ্বাস ফেলে বললেন, তুই ত আর থাকবি না ততদিন!

হুঁ। কিন্তু আজ আর শিমুল পলাশ দেখা হবে না।

কেন ? কেন ?

আমরা যখন যাব জঙ্গলে, তখন ত অন্ধকারই হয়ে যাবে।

তা হোক। আর সকলে ত দেখেই। তাছাড়া, শিমুল-পলাশ ত পথের দু'পাশেই কত দেখা যাবে। আমরা ত দেখিই। তুই-ই একা।

একটু চুপ করে থেকে বললেন, আচ্ছা ছোট, তুই "দ্যা রুটস্" বলে একটা বই ; কার যেন লেখা ? পড়েছিস ?

হ্যাঁ। অ্যালেক্স্ হেইলীর। খুবই নাম হয়েছিল বইটির। ছবিও ত হয়েছে।

হয়েছে ? বাঃ। হওয়া উচিত। বড় ভাল সাবজেক্ট। ঐ দ্যাখ্, কৃষ্ণচূড়াটা। শিকড়গুলো কতদূর অবধি ছড়িয়েছে দেখেছিস। ঐ দ্যাখ্...। ছোট। আমি হচ্ছি, ঐ গাছটা! আর তুই, বড়খোকা, খুকি ; তোরা হলি গিয়ে ঐ শিকড়গুলো সব। তোদের সকলের জোরেই আমি সোজা হয়ে আকাশ ছুঁয়ে দাঁড়িয়ে আছিরে। শিকড়গুলো কেউ কেটে দিক্ গোড়া থেকে, সঙ্গে সঙ্গে শুকিয়ে মরে যাব আমি, পড়ে যাব তক্ষুনি। তোরা সকলেই আমার জল, হাওয়া, রস ; তোরা আমার মাটি ; আমার সব জোর। মানুষ, যে-কোনো মানুষই তার শিকড়ের খোঁজে কোথায় না কোথায় চলে যায়...কত দূর সব দেশে! শিকড় যার নেই ; তার কিছুই নেই। না, রে ?

গলাটা একটু খাঁক্‌রে নিয়ে, পাইপ থেকে পোড়া তামাক খুঁচিয়ে বের করতে করতে শুভেন বলল, আধুনিক মানুষরা কিন্তু নোম্যাডস্ তাদের শিকড় থাকে না, বাবা। থাকতে নেইও। আজকের দিনে, নস্টাল্‌জিয়ার কোনো দামই নেই। সময় নেই পিছু-হাঁটার।

পাইপের মধ্যের নিকোটিন আর জমা থুথুর মিশ্র তীব্র গন্ধটা ভরে দিল গাড়ির ভিতরটা। গা গুলিয়ে উঠল। কতখানি যে সেই গন্ধে, আর কতখানি শুভেনের কথায়, তা বোঝা গেল না। মুখ বিকৃত করে ফেললেন মানুবাবু।

অনেকক্ষণ চুপচাপ। তিতির ডাকতে থাকল। বনমোরগও, ক্যানারী পাহাড়ের পেছনের গভীর জঙ্গল থেকে।

একটু পরে, বোধহয় মনে জোর করে নিয়ে, মানুবাবু বললেন, কেন, এ কথা বলছিস তুই ছোটো?

এখনকার মানুষরা আর গাছ নেই যে, তাদের শিকড় থাকবে, শুভেন বলল। তারা পাখি, অথবা বাদুড় হয়ে গেছে বাবা। আজ এক গাছে বাস, কাল উড়ে যায় অন্য গাছে ; আজ কোনো গুহায়, কাল কোনো কন্দরে। এই জেনারেশানের আধুনিক মানুষের কাছে বেঁচে থাকার মানে এই পৃথিবীর একটা বিশেষ কোনো জায়গা, কোনো কোণ আঁকড়ে পড়ে থাকা নয় ; নিরন্তর নতুন থেকে নতুনের খোঁজ চালানো। সেই খোঁজে ঘর ছেড়ে তার অন্য ঘরে, সেখান থেকে আবারও অন্য ঘরের দিকে এগিয়ে যাওয়া, থামা জানে না তারা। উপায়ই নেই থামার। এখন যেখানেই তারা থাকে সেখানেই তাদের বাড়ি। শিকড় ছড়িয়ে পাকাপাকিভাবে জাঁকিয়ে বসার উপায় আর নেই। কে বলতে পারে? ভবিষ্যতের মানুষ হয়ত চাঁদে থাকবে, মহাকাশের অসংখ্য অনামা সব নক্ষত্রের মধ্যে ধীরে ধীরে বানাবে তাদের বসতি, হয়ত সুমেরু বা কুমেরুতে বসবাস করবে, অথবা সমুদ্রের জলের তলায়, নয়ত মাটিরই বুকের গভীরে কোনো সুড়ঙ্গের মধ্যে। জীববিজ্ঞানে যারা প্রথম দিকের প্রাণ, বলে পরিচিত, সেই অ্যাল্গীদেরই মত, মানুষ বেঁচে থাকবে যেখানে সেখানে, সামান্যতম প্রয়োজন মিটিয়ে। তুমি যে পৃথিবীর কথা বলছ, সেই পুরোনো পৃথিবী, নতুন প্রজন্মর এই পৃথিবীর কাছে বড় বেশি পুরোনো হয়ে গেছে বাবা।

স্তম্ভিত হয়ে চেয়ে থাকলেন মানুবাবু তাঁর ছেলের মুখের দিকে। চুপ করে রইলেন অনেকক্ষণ।

তারপর বললেন, শিকড়, তাহলে ; আ ম্যাটার অফ্, বলছিস ; আ ম্যাটার অফ দ্যা পাস্ট। তোরা সব শিকড়হীন হবি?

একরকম তাই-ই বাবা! শিকড়, হয়ত লিটারাল্ মীনিং-এ নয়, কিন্তু সীম্বলিক্ মীনিং-এ নিশ্চয়ই! কোনো কিছুকে আঁকড়ে থাকা, পিছুটান, সামনে এগিয়ে যেতে দ্বিধা ; এসবই শিকড়ের সঙ্গে কম্পেয়ারেবল্।

আর ভ্যালুজ? আধুনিক মানুষদের কাছে "ভ্যালুজ" বলেও কি কোনো জিনিস নেই? পারিবারিক কর্তব্য, মূল্যবোধ, দুর্বল পূর্বপুরুষদের প্রতি সামান্য একটু মায়া-মমতা? এসবও কি পুরোপুরিই ডিসকার্ডেড্ হয়ে গেছে তোদের পৃথিবী থেকে? তাদের খুশি অখুশির একটু দাম দেওয়া? কোনো কিছুই আর নেই? তাদের দাম নেই এক ফোঁটাও? টু বী প্রিসাইজ্, তোমাদের এই মডার্ন

সায়ান্টেফিক, প্যাগ্‌ম্যাটিক্ পৃথিবীতে আমাদের মত ফসিল্‌দের আর জায়গা নেই।

কাঁধ শ্রাগ্ করে শুভেন বলল, ওয়েল্, লুক্ বাবা। তুমি সেন্টিমেন্টাল হয়ে যাচ্ছো। কিন্তু ব্যাপারটা মোর অর সো সত্যিই। আধুনিক পৃথিবীর ভ্যালুজ্‌ও অ্যাল্‌গীরই মত চলমান হয়ে গেছে। দড়াদড়ি দিয়ে বাঁধা নেই তা আর কোনো সমাজেই ; কোনো দেশে। পরিবার বলতে তোমরা যা বোঝাও তাও আর নেই। পরিবারের কনসেপ্‌টই বদলে গেছে বাবা। সবই বদলে গেছে, দ্রুত বদলে যাচ্ছে ; চারধারে ভাঙচুর আবর্ত...তোমার এই গর্তে বসে তুমি তা টেরও পাও না।

মানুবাবুর বুকটা টনটন্ করে উঠল।

ধরা গলায় বললেন, ইয়েস্ মাই সান্ ! আই সী...আই ক্যান্ ভেরী ওয়েল সী দ্যাট্।

চুপ করে রইলেন মানুবাবু দীর্ঘ সময় ঐ শিকড়-ছড়ানো কৃষ্ণচূড়া গাছটার দিকে চেয়ে। তাঁর শীর্ণ বাঁ হাতটা গাড়ির জানালার উপরে রাখা। হাতের শিরাগুলো হাতময় শিকড়েরই মত ছড়িয়ে গেছে। শিকড়হীন গাছের শিকড়। মরা গাছ। তিনি শুকনো একটা মরা গাছ।

শুভেন বলল, বাবা, একটা কথা তোমার, তোমাদের বোঝা দরকার। তা হচ্ছে, এই বদল-এর জোয়ারের ধাক্কাটা তোমাদের যতখানি ছুঁয়েছে, ভিক্টিমাইজ্ করেছে ; আমাদেরও তার চেয়ে একটুও কম করেনি কিন্তু। আই মীন, তোমাকে যতটা করেছে ; আমাকেও ঠিক ততখানিই করেছে !

মানুবাবু স্বগতোক্তির মত বললেন, ততখানিই... ?

মনে মনে বললেন, তাই-ই কি ছোট ? আমার তালেবর ছেলে ?

একটু চুপ করে থেকে শুভেন বলল, হয়ত, তোমার এত আদরের কুঁড়িকেও করেছে।

মানুবাবু চম্‌কে উঠে তাকালেন শুভেনের মুখে।

কী যেন বলতে গেলেন। ওঁর মুখে এক ধরনের সমঝোতা-মেশানো চাপা প্রসন্নতার দীপ্তি ফুটে উঠল।

আমরা, মানে আমার, মনে হয়, আমরা সকলেই একে অন্যের অসহায়তার নীরব নিরুপায় দর্শক বাবা।

শুভেন বলল।

তারপর বলল, তোমারও কি তাই-ই মনে হয় না বাবা ?

মানুবাবু খুব আস্তে আস্তে ডান হাতখানি তুলে শুভেনের কাঁধে রাখলেন। ওর

ডান গালে ডান হাতের পাতাখানি চেপে ধরলেন কিছুক্ষণ। তারপর মৃদু-মৃদু চাপড় দিতে লাগলেন তার ছোটোখোকার গালে। নিজের রোগা হয়ে যাওয়া দুর্বল মাথাটি ছেলের বলিষ্ঠ সুগঠিত চওড়া কাঁধের উপর শুইয়ে দিয়ে বিড়বিড় করে বললেন, ওয়েল্ মাই সান্,ইউ আর রাইট্,আই সী ইওর পয়েন্ট। আই কোয়াইট্ সী দ্যা পয়েন্ট ইউ হ্যাভ মেড। আমি ত এখনও বুড়ো হইনি! ডু ইউ থিংক আই রিয়েলি অ্যাম আ ফসিল? আ সেনাইল্ গুড়-ফর-নার্থিং ওল্ড হ্যাগ?

নিশ্চয়ই নও বাবা।

ধরাগলায় বলল শুভেন। শুভেনের ভীষণই কষ্ট হচ্ছিল। কিন্তু শুভেন জানে যে সে কষ্টর কথা মানুবাবু বুঝতে পারছিলেন না।

তুমি কখনই বুড়ো হবে না। তুমি এভার-ইয়াং। ইউ বিলং টু দ্যা ফিউচার জেনারেশানস্।

হঠাৎই উল্লসিত হয়ে উঠলেন মানুবাবু।

বললেন, ডু আই? ইয়া-আ-আ-আ…রিয়্যালি?

হাঃ হাঃ করে হেসে উঠলেন খুব জোরে। চম্‌কে উঠল আসন্ন সন্ধ্যের জন্যে নীরবে প্রতীক্ষা করা গাছপালা, ঝোপ-ঝাড় পাখ-পাখালি, পোকা-মাকড়।

শুভেনের গালে আগের থেকেও জোরে আদরের চড় মারতে মারতে বললেন, কথার খেলাপ যেন না হয় ছোট! আই উইল ওয়েট্। তোর পরের জেনারেশানের জন্যে, আমার ফিউচার জেনারেশানের জন্যে আমি অপেক্ষা করে থাকব। তাকে দেখে, তাকে কোলে-কাঁখে নিয়ে তার সঙ্গে খেলে বেড়িয়ে তবেই আমার ছুটি।

শুভেন হতভম্ব হয়ে গেল। কী সাংঘাতিক লোক তার বাবা!

মানুবাবু বললেন, হাঃ। হাঃ। আই বিলঙ ট্যু দ্যা ফিউচার জেনারেশান! তুই-ই বলেছিস। যে আসবে, তার মধ্যেই লীন হয়ে যাব আমি। সে এলেই আমার ছুটি। আর কোনো পিছুটান থাকবে না। সব সাধ পুরে যাবে আমার।

তার কথাটির ইন্টারপ্রিটেশান্ মানুবাবুকে এরকমভাবে করতে দেখে শুভেন সত্যিই হতবাক্ হয়ে গেল। ভিতরে ভিতরে প্রচণ্ড রাগও হল ওর। কে বলবে যে, বাবা বুড়ো হয়েছেন। এখনও সওয়াল করতে দিলে তাকে ফৌজদারী আদালতের যে-কোনো ডাকসাইটে উকিলও কুপোকাৎ হয়ে যাবেন। কী সাংঘাতিকভাবে টুইস্ট্ করলেন ওর কথাটাকে! এবং করে, শুভেনকে দিয়েও পরোক্ষে কথা আদায় করে নেবার চেষ্টায় আছেন।

শুভেন ভাবছিল, উপরের ঠোঁট নিচের দাঁতে কামড়ে, ওঃ দিস্ ক্রকেড্ জেনারেশান্। দে ওলওয়েজ ওয়ান্ট টু হ্যাভ দেয়ার ওওন্ ওয়ে। যেন তেন

প্রকারেণ ; নিজেদের মতলব এঁরা হাসিল করবেনই !

হতাশ নাবিকের মত হাত-পা ঢিলে দিয়ে স্টিয়ারিং-এর সামনে নেতিয়ে গেল শুভেন।

মানুবাবু, সিটের উপরে বসে বসেই হঠাৎ নাচতে আরম্ভ করলেন। কুঁচ্-কাঁচ্ মুচ্-মাচ্ করে আওয়াজ করতে লাগল গাড়িটার সিট। দুলতে লাগল স্প্রিং।

আ-আ-হা-হোয়াট্ আ ডে। আজ কী আনন্দ ! আহা আজি কী আনন্দ ! ইউ আর আ জলী গুড ফেলা, মাই বয় ! হু। হুঁ। হুঁ। মাই গুড্ সান্। গড্ ব্লেস্ ইউ।

বাবা !

আবার কি ? আই অ্যাম সো হ্যাপী ছোটো ! তুই যা চাস, তোকে তাই-ই দিয়ে দেব। চাঁদ চাস, চাঁদ ; জুপিটার চাস, জুপিটার ; স্যাটার্ন চাস, স্যাটার্ন !

বাবা !

আবার কী হল ?

বাবা ! তুমি আমাকে ভুল বুঝেছ।

আমি ? তোকে ? হোয়াট ? ইমপসিবল্। তোকে আমি কখনও ভুল বুঝতে পারি ছোটো ? তুই আমার বাবা না, আমি তোর বাবা ? ভুল ? তোকে ? নেভার !

ফিউচার জেনারেশান বলতে আমি...

তুই...তু তু তু...তুই...

শুভেন বুঝল, বাবা থিয়েটার করছেন।

হ্যাঁ বাবা। তুমি কী ভাবে কথাটা নিলে, জানি না।

জানো না। আই মীন্ আমি জানি না ? না, তুমি জানো না ?

মানুবাবু তুই থেকে তুমিতে চলে গেলেন। আরও সাবধান হয়ে গেল শুভেন। চুপ করে গেল। নীরবতার বর্ম পরে ফেলবে ভাবল।

মানুবাবুর মুখটা কালো করে এল। অনেকক্ষণ গুম্ মেরে রইলেন।

তারপরই বললেন, লাস্ট অফ অল কোয়েশ্চেনস্ মাই লিট্‌ল সান্। আমাকে একটা কথা সত্যি করে বলবে ? এই একটাই কথা ? খুব ভাল করে ভেবে বল।

বল ? কি কথা বাবা ?

কুঁড়ি মেয়েটাকে তোমার কেমন লাগে ?

তোমাকে ত আগেই বলেছি। এ প্রশ্ন ত তুমি করেছো আগেই।

ও তোকে যদি বিয়ে করতে রাজী থাকে, তাহলে কি তুই বিয়ে করবি ?

তুমি থেকে হঠাৎ আবার তুই-এ নেমে এলেন মানুবাবু।

ভয় পেয়ে গেল শুভেন।

আমার সৌভাগ্য বাবা। কিন্তু···বিয়ে···

মানুবাবু আত্মমগ্ন, জ্বলজ্বলে মুখে বললেন, অসুবিধেটা কোথায় ? এনিওয়ে, ওর ব্যাপারটা আমার উপরই ছেড়ে দে।

তারপরই বললেন, কাল সন্ধ্যেতেই বন্ধু-বান্ধবদের ডাকব, আচার্যকে গাড়ি পাঠিয়ে নিয়ে আসব, দুজনে বলবি : "আমার হৃদয় তোমার হোক, তোমার হৃদয় আমার হোক, আমাদের দুজনের মিলিত জীবন ঈশ্বরের হোক।" কুঁড়িরা ত ব্রাহ্ম। আহা ! "ওহে সুন্দর মম গৃহে আজি পরমোৎসব রাতি, ওহে সুন্দর··· ।" খাওয়াদাওয়া হবে। ধর, এতেও যদি তোর আপত্তি থাকে, তাহলে গান্ধর্ব মতেই বিয়ে কর। বাগানে গিয়ে। কাল পূর্ণিমা আছে। দুজনে মালা বদলা-বদলি করে নে। এমন মেয়ে, তোর মত বাঁদরের অনেক জন্ম তপস্যার ফলেই জুটেছে রে। আররে, মানু সেনের মত হনুমানের ফ্যামিলিতে ও মেয়ে এলে, স্টক্‌টাই বেটার হয়ে যাবে রে বেটা ! সব সোনার টুকরো ছেলেমেয়ে হবে। হাঃ ! আমার থার্ড জেনারেশান্। বংশের বাতি। "দ্যা গ্রীণ ভ্যালী লজ্"-এর বংশ মুছে যাবে না আর আমার মৃত্যুতে। এ রত্ন ভুলেও হাতছাড়া করিস না ছোটো। বাবা মায়ের আশীর্বাদ নইলে জীবনে কেউই সুখী হয় না।

কিছুক্ষণ চুপ করে থেকে বললেন, আমি আর ক'দিন বাঁচব ? তোর জন্যেই বলছি।

তা জানি। কিন্তু তুমি ত এতক্ষণও তোমার কথাই শুধু বলে গেলে। আমার প্রতি তোমার সব কর্তব্যের কথা। তোমার প্রতি আমার কোনো কর্তব্যই কি নেই ?

তার মানে ? তার মানেটা কি হল ?

মানে, ধরো আমি যদি কাউকে অ্যাট অল্ বিয়ে করিই এবং তাকে আমি যদি নিয়ে যাই, তাহলে তোমাকে কে দেখবে ? তুমি ত মরে যাবে। তাহলে ? তুমি যতদিন আছ, কুঁড়িকে ছাড়া তোমার এক মিনিটও চলবে না। তুমি ওতে কমপ্লিট্‌লি অ্যাডিক্টেড্ হয়ে গেছ বাবা। নিজের বাবাকে ত আমি খুন করতে পারি না। তুমিই তাহলে চল আমার সঙ্গে। কুঁড়ির সঙ্গে।

আমি যাব ? আমি কি করে থাকব রে তোর মাকে ফেলে ? মৃণালিনী, যে ঘরে, যে খাটে শেষ নিঃশ্বাস ফেলল ; সে ঘর ছেড়ে যাব কি করে ? ও যে ভয় পাবে ! এমন ভীতু ছিলো না ! তোরা কী জানিস ? রাতে শালবনে শেয়াল ডাকলে, এই সেদিনও আমাকে জড়িয়ে ধরত। সেদিন ! দশ বছর। কী সমান্য সময়। বিদ্যুৎ চম্‌কালে আরও ভয় পেত। আর ভয় পেত, কি জানিস ?

আরশুলাকে। প্রচণ্ড ভয়। হাঃ হাঃ। মাঝে মাঝে ইচ্ছে করেই আরশুলা ধরে ছেড়ে দিতাম ওর গায়ে।

বলেই, থেমে গেলেন মানুবাবু। ভীষণ বিষণ্ণ দেখালো তাঁকে। অনেকক্ষণ চুপ করে রইলেন। যেন চলে গেছেন অন্য কোথাও।

শুভেন বলল, বাবা! ওরা সকলে যে অনেকক্ষণ বসে আছেন। কখন যাবে, কখন খাওয়া-দাওয়া করবে; ফিরবেই বা কখন?

ঘোর ভেঙে উনি বললেন, হ্যাঁ। হ্যাঁ। আচ্ছা! তাহলে তুই গাড়িটা ঘোরা। যা বলছিলাম, তোর ওখানে আমার যাওয়ার কোনো প্রশ্নই ওঠে না। তুই হয়ত জানিস না ছোটো, মারহান্ ফার্ম মৃণালের বড়ই প্রিয় ছিল। সে কারণেই ওর মৃত্যুর পর আমি আর একদিনও যাইনি সেই ফার্মে। মারহান্ আমারই হাতে তৈরি, বুকের রক্ত দিয়ে। তবু, বুকের রক্তের চেয়েও দামী আরও কিছু থাকে জীবনে।

সবই লুটপাট হয়ে যেত হয়ত। গেলে যেত! কী করা যাবে? ছোটুটার জন্যেই রক্ষা পেয়েছে। আমি আর যাইনি; যাবোও না। কিন্তু একটা বয়সের পর টাকার, সৃষ্টির, আর কোনো মূল্যই থাকে না। বুঝলি, সবই কাগজ হয়ে যায়। কারেন্সী নোট, সার্টিফিকেট, কাগজের হেডলাইন সব; সব। আমি তা জেনেছি। আমি যেতে পারব না ছোটো। ঐ থার্ড জেনারেশানকেই এখানে আসতে হবে। এবং তাড়াতাড়িই আসতে হবে। আমার সময় কোথায় আর? প্রদীপ নিবে আসছে। তাড়াতাড়ি। খুব তাড়াতাড়ি কর্ ছোটো।

গাড়িটা ঘুরিয়ে বেশ জোরে চাপ দিল অ্যাক্সিলারেটরে শুভেন।

বলল, তুমি যতদিন আছ, ততদিন এখান থেকে কুঁড়িকে নিয়ে যাওয়া আউট অফ দ্যা কোশ্চেন্। আমার নিয়ে যাওয়ার কথা নয়, কারো পক্ষেই...

ওঃ। আর তুই? তুই এখানে কোনোমতেই কি থাকতে পারবি না? কারখানা খুলতিস মারহান্ ফার্মে। ক' বছর আর বাঁচব রে আমি? অন্য ছেলেমেয়েরা ত ত্যাগই করেছে আমাকে পুরোপুরিই। শেষের দিন ক'টা নাতি-কোলে, রোদ পুইয়ে, বেশ কাটত তাহলে আমার। আর কী শান্তি! থার্ড্ জেনারেশান্।

বাবা! তোমাকে ত বলেইছি।

দৃঢ় গলায় বলল শুভেন।

এ নিয়ে আর কথা বলার অবকাশ নেই কোনো। গাছে কাঁঠাল, গোঁফে তেল! তুমি দেখছি, ঠাকুমা-দিদিমাদের মত হয়ে গেলে।

তুইও হবি রে ব্যাটা। আমার বয়সে পৌঁছলে সব মাস্তান নওজোয়ানই ঠাকুমা-দিদিমা হয়ে যায়। বেশি বড় বড় কথা বলিস না। যৌবন কারোরই থাকে

না চিরদিন ; তোরা বাদুড়ই হয়ে যা আর চাঁদেই বাস কর।

কুঁড়িদের বাড়ি ওঁরা সকলে উৎকণ্ঠার সঙ্গে অপেক্ষা করছিলেন মানুবাবুদের জন্যে।

গাড়ি দেখেই সবাই দৌড়ে এলেন বাইরে।

কি হয়েছিল ? কেন দেরী হল ? ইত্যাদি নানান্ প্রশ্ন ছুঁড়তে লাগলেন প্রত্যেকে।

মানুবাবু বললেন, আগে সব গাড়িতে উঠে পড়ো। ওখানে গিয়ে উত্তর দেব। বলেই, নিজে দরজা খুলে নেমে পড়ে বললেন, আয় মা কুঁড়ি। এই গাড়িতে।

কুঁড়ি পেছনের ফাঁকা সিট দেখে উঠতে যাচ্ছিল দরজা খুলেই।

মানুবাবু বললেন, পেছনে নয়, পেছনে নয় ; সামনে।

ভিতরে ? সামনে ?

সামান্য সংকোচের সঙ্গে বলল কুঁড়ি।

ভিতরে নয়ত কি ? আমরা কি তোর ড্রাইভার আর আর্দালী যে, আমরা সামনে বসে যাব, আর তুমি মহারানীর মত একা পেছনে বসে যাবে ?

কুঁড়ি উঠে বসল ভিতরে।

মানুবাবু বললেন, একটু চেপে বোস্ মা। শুভেনের দিকে একটু সরে যা। বুড়োর হাতেপায়ে যে সাড় নেই। হাত-পা ছড়িয়ে বসতে হবে না একটু ! এতখানি পথ !

চেপে বসতে গিয়ে, শুভেনের একেবারে গা ঘেঁষেই বসতে হল কুঁড়িকে। যতখানি সোজা হয়ে পারে, বসল। শুভেনের বাম উরুর সঙ্গে ওর ডান উরু ছুঁয়ে রইল। বাঁ হাতের সঙ্গে ডান হাত। শুভেনের শক্ত-শরীরের ছোঁয়া তার বুকের মধ্যে ধুক্‌পুকানি তুলল।

কলকাতায় ট্রামে-বাসে চড়েছে অনেকই সময়। অসূর্যম্পশ্যা মেয়ে ত সে নয় ! কিন্তু যাকে ভালো লাগে ভীষণ, তার পাশে বসলে যে এমন এক বিচ্ছিরি অনুভূতি হয়, জানা ছিল না তা। ভালোলাগাতে, ভীষণই খারাপ লাগতে লাগল শরীর।

দেখতে দেখতে গয়া রোড, মানে জি· টি· রোডের বড়হিতে যাবার রাস্তায় এসে পড়ল। বড়হি থেকেই তিলাইয়া ড্যামের পথ বেরিয়ে গেছে। তারপর ঝুম্‌রি-তিলাইয়া হয়ে কোডারমা। চাঁদের আলোয় ভরে গেছে পথ। পথের দুপাশ। রিফর্মেটরির মোড়ও পেরিয়ে গেল। ডানদিকে সেন সাহেবের বাড়ি "পূর্বাচল"। জে· সেন সাহেব বাবার বিশেষ বন্ধু। অসুস্থ বলে কম আসেন আজকাল এখানে। বাবার চেয়ে অবশ্য বয়সে ছোট অনেক। তার ছেলেও

চার্টার্ড অ্যাকাউন্ট্যান্ট। মিহিরদা। খুব ভাল শিকারী। একবার আলাপ হয়েছিল শুভেনের সঙ্গে, মনে আছে। ডাক নাম গোপাল। খুব সৌখীন মানুষ। বাড়িতে একটি জাপানীজ্ গার্ডেন আছে। ছবির মত বাড়িটি।

দূর থেকে পূর্ণিমার রাতে লেকের জলকে দারুন দেখাচ্ছিল। মনে হচ্ছিল, যেন রূপো গলিয়ে ঢেলে দিয়েছে কেউ। দেখতে দেখতে ফাঁকায় চলে এল ওরা। আরও অনেকখানি গেলে বাঁয়ে পদ্মার রাজার বাড়ি পড়বে। ফরেস্ট ডিপার্টমেন্ট, পার্ক-এর গেট্-এর কাছেই একটি নতুন ট্যুরিস্ট লজ করেছেন। শুনেছে, শুভেন।

রাজডেরোয়ায় বাংলোটা অথবা কটেজগুলো দারুণ হানিমুনের জায়গা! কী বল্ কুঁড়ি! কটেজগুলো দেখে আমারই বিয়ে করতে ইচ্ছে করে! ফরেস্ট অফিসের শচীনবাবুকে বলে রিজার্ভেশনও করিয়ে দিতে পারি। কিন্তু কথা হচ্ছে, হানিমুনিং-কাপল্ পাইই বা কোথায়? হানিমুনার খুঁজে বেড়াতে হবে এখন।

বাবা কখন যে কী বলে বসেন! অত্যন্ত ভয়ে ভয়ে জোরে স্টিয়ারিং আঁকড়ে বসেছিল শুভেন। কুঁড়িও ভয়ে সিঁটিয়ে ছিল। খুব জোরে দু'হাত দিয়ে শুভেনকে জড়িয়েও ধরতে ইচ্ছে করছিল ওর। এবং এই ইচ্ছেটা হওয়াতেই ভয়টা আরও বেড়েই গেল শুধু।

দুজনে বসে আছে পাশাপাশি। যেন কাঠের পুতুল দুটি।

একটা গান গাও ত কুঁড়িমা।

মানুবাবু বললেন।

নাঃ। গাড়িতে গান হয় না। ঝাঁকায় যে বড়!

ওঃ। গাইবি না, তা বললেই ত হয়।

পরে গাইব। ওখানে গিয়ে।

জানিস কুঁড়ি। আমার না দারুণ ভাল লাগছে। এত ভাল বহু বহু বছর লাগেনি রে। আর কোনোদিন বোধহয় লাগবেও না ভবিষ্যতে। কী যে বিপদ আমার! তোরা বুঝবিও না। খোলটা গেছে নড়বড়ে হয়ে, কিন্তু ভেতরের মশলা এখনও টাট্‌কা তুবড়ির মশলার মত। অথচ আগুন লাগানোর জো টি নেই। লাগালেই ফট্ করে খোল ফেটে যাবে।

হেসে উঠল কুঁড়ি আর শুভেন দুজনেই।

আজকের এই ড্রাইভ, এই বৈশাখী পূর্ণিমা, সবই মনে থাকবে আমার। এত সুখও আমার কপালে ছিল? কিছুই শেষ হয়ে যায়নি আসলে। হয়ত আরম্ভ আর শেষ একই সঙ্গে থাকে। আমরা বুঝি না, আরম্ভ মানেই শেষ, শেষ মানেই আরম্ভ।

বড়হির পথটা ছেড়ে দিয়ে ন্যাশনাল পার্কের কাঁচা রাস্তাতে ঢুকল গাড়ি। চেক্-নাকাতে টিকিট কাটতে হল।

মিনিট দশেকের মধ্যেই কুঁড়িই পথ চিনিয়ে নিয়ে গেল জায়গাটাতে। সমান জায়গাটা। বাঁ পাশে নদী। কুল্‌কুল্ করে জল যাচ্ছে। ফুট্‌ফুট্ করছে জ্যোৎস্না। পিউ-কাঁহা আর কোকিল ডাকছে গলার শির ফুলিয়ে। দূরের ছায়া-ছায়া পাহাড়ের পায়ের কাছ থেকে একটি পাখি ডাকছে ক্রমাগত টাক্যু-টাক্যু-টাক্যু-টাক্যু-টাক্যু-টাক্যু। নদীর এপার থেকে তার দোসর সাড়া দিচ্ছে টাক্যু-টাক্যু-টাক্যু-টাক্যু-টাক্যু।

কী পাখি এটা?

অবাক হয়ে শুধোল শুভেন।

কপারস্মিথ্।

কুঁড়ি বলল।

হার্‌হাত্ ফরেস্ট বাংলোর দিকে যাবার রাস্তাটা না রে এটা?

হ্যাঁ ত!

কুঁড়ি বলল।

আহাঃ। কত্বদিন যাই না। হারহাত্ নদীর ঠিক উপরেই দুটি-ঘরের বাংলো। চওড়া বারান্দা সামনে। ঝর্ ঝর্ করে নদী বয়ে যায় পায়ের কাছে। গাড়ি নিয়ে যেতে কষ্ট হয়, জীপ হলেই ভাল। শেষবার গেছিলাম, সেন সাহেব আর চ্যাটার্জী সাহেবদের সঙ্গে। সেন সাহেবের স্ত্রী কল্যাণীও ছিলেন। কল্যাণীই বটে। অমন লক্ষ্মী মহিলা বড় একটা দেখিনি। সঙ্গে, সেন সাহেবের বড় ছেলে গোপাল আর চ্যাটার্জী সাহেবের বড় ছেলে সুব্রতও ছিল। কোন্ সুব্রত, বুঝলি?

কোন্ সুব্রত?

শুভেন শুধোল।

আরে তোর মনে নেই? সেই যে সীতাগড়ের মানুষখেকো বড়কা রয়্যাল বেঙ্গল বাঘটা মারল রে! পঁচিশ বছর হয়ে গেল বোধহয়।

তুমি তখনও জন্মাওনি।

কুঁড়িকে বলল শুভেন।

হাসল কুঁড়ি। বলল, আপনারা সব প্রি-হিস্টরিক্ লোক, তা আমি কী করব?

ভাগ্যিস ডায়নোসোরস্ বলোনি!

শুভেন বলল।

হাঃ হাঃ হাঃ করে হেসে মানুবাবু বললেন, রায়নোসোরস?

বাবা, তুমি ডেফিনিট্‌লি কানে কম শুনছ আজকাল। রায়নোসোরস নয়,

ডায়নোসোরস।

সরী! কুঁড়িমা গাড়ির ড্যাশবোর্ড থেকে পানের বাটাটা বের করতো দেখি। পান জর্দা না খেলেই আমার কানটা শুকিয়ে যায়। কম শুনতে থাকি।

ইসস্। অদ্ভুত যত কথা আপনার মাথাতে আসেও। পারেনও আপনি কাকাবাবু। হ্যাটস্ অফফ্ টু ইউ।

কীই আর পারি রে মা। এখন না-পারা নিয়েই ঘর করা। তাতেই অভ্যস্ত হয়ে গেছি।

কুঁড়ি মানুবাবুর জন্যে পান বের করতে করতে অন্য গাড়িটাও এসে গেল।

শুভেন বলল, বাবা। আজ তুমি একটু হুইস্কী খাবে ত? চিভাস-রিগ্যাল?

আলবৎ খাব। শেষের দিনে কারো কোনো ইচ্ছাই অপূর্ণ রাখব না! আজ যদি বিষ দিস তোরা, তাও খাব।

শেষের দিন মানে?

মানে, শেষ পিক্‌নিক্। শুভেন ত চলেই যাবে। আর ক'দিন বুঝলি কুঁড়ি। পারলাম না। হেরে গেলাম নিজের ছেলের কাছে।

হারবারই লোক আপনি!

কুঁড়ি বলল। হারার লোকই নন!

হাঃ হাঃ হাঃ করে হেসে জড়িয়ে ধরলেন কুঁড়িকে মানুবাবু।

তুই বেটি আমাকে যা বুঝেছিস, অমন আমার নিজের কোনো বেটা-বেটিই বুঝল না রে! তুই-ই আমার আসল বেটি!

পিক্‌নিক-এর জায়গাতে পৌঁছে শুভেন আর ছোটুদা মিলে সকলকে হুইস্কী দিল। ছবি-কাকীমা একটু জিন নিলেন, লিম্‌কা দিয়ে। শেফালী কাকীমা নিজে ত নিলেনই না, নগেনকাকাকে গলা নামিয়ে বললেন, সাবধান! ছেলেমেয়েরা আছে, বেলেল্লাপনা করবে না।

মানুবাবু কথাটা শুনতে পেলেন না।

কুঁড়িকে শুধোলেন, তোর শেফালী কাকীমা কী বলল রে?

কিছু না। আমি শুনিনি।

কুঁড়ি বলল।

নগেনকাকা বললেন, ও মানু, তুমি তোমার গার্ল-ফ্রেণ্ডকে সামলাও। এখনও চীয়ারস্ই বলিনি, এরই মধ্যে বেলেল্লাপনা-ফনা বলে ওয়ার্নিং দিচ্ছে।

মানুবাবু লাঠি হাতে শেফালী কাকীমার পাশে গিয়ে শতরঞ্জির উপর বসে পড়ে, পিঠে হাত দিয়ে বললেন, ছিঃ! প্রাচীনা নারী! উদার হও, মুক্তিতে বিশ্বাস করো, মানুষ এখন জলের তলায়, পৃথিবীর সুড়ঙ্গে, চাঁদে, শনিতে, শুক্রে, শূন্যে

বসবাস করবে। যে-মেয়েরা নিজেদের সাতষট্টি বছরেও স্বামীকে মুক্তি না দেয়, একটুও স্বাধীনতা না দেয় ; সে দেশের কোনো ভবিষ্যতই নেই।

নগেনকাকা আর ছবিকাকা হাততালি দিয়ে উঠলেন।

শুভেন বুঝল, বাবা আণ্ডার দ্যা বেস্ট হিট্ করছেন তাকে। ঐ জেনারেশানের লোকগুলো সবই একরকম। কোনোই এক্‌সেপ্‌শান্ নেই। বড় বক্র মানুষগুলো। শুধু নিজের নিজের মতলব নিয়েই আছেন। ক্লোজড-মাইণ্ডের লোক সব। এঁদের মনে, একটাও দরজা জানালা নেই। থাকলে, ও যে কারণে বিদেশে পড়ে আছে, সেই গবেষণার সুযোগ কি দেশেও এঁরা সৃষ্টি করে দিতে পারতেন না ? এই দেশ যদি তাদের কথা ভাবত, তাহলে ত দেশ ছেড়ে যাওয়ার দরকারই ছিলো না। আর কি প্রত্যাশার আছে এঁদের কাছে। মনটা একটু দ্রব হয়েছিল, বাবার এই বোকা-বোকা রসিকতায়, তা আবার কঠিন হয়ে উঠল।

শুভেন প্রসঙ্গান্তরে গিয়ে বলল, একটা গান গাও কুঁড়ি।

বাঃ। কাকীমাকে বললেন না আগে ?

কুঁড়ি বলল।

সরী ! সরী ! ভুলে গেছিলাম। কাকীমা আগে।

ইমপসিবল। আমার গলা আজ সকাল থেকেই ভীষণ খারাপ। কথাই বলতে পারছি না, বারবার নুন জলে গার্গল্ করেছি সকাল থেকে। তবুও এই অবস্থা।

মানুবাবু বললেন, শিশিরকণা, লজ্জা ব্যাপারটা নারীর ভূষণ, কিন্তু গানের বেলা নয়।

নুন জল নয়, ডিস্‌পিরিন্ ট্যাবলেট টেপিড ওয়াটারে ফেলে গার্গল্ করলে, ভাল হয়ে যেতেন এতক্ষণে।

শুভেন বলল।

সত্যিই পারব না শুভেন, বিশ্বাস করো।

তাহলে, কী আর করা যাবে ? কুঁড়িই গাও।

মানুবাবু বললেন।

কুঁড়ির সবচেয়ে বড় গুণ এই যে, গান গাইতে মোটেই সাধতে হয় না ওকে।

কুঁড়ি ধরল ;

পূর্ণচাঁদের মায়ায় আজি ভাবনা আমার পথ ভোলে/
যেন সিন্ধুপারের পাখি তারা/যায় যায় যায় চলে/
আলোছায়ার সুরে অনেক কালের সে কোন্ দূরে/
ডাকে আয় আয় আয় বলে/
যেথায় চলে গেছে আমার হারা ফাগুনরাতি/

সেথায় তারা ফিরে ফিরে খোঁজে আপন সাথি/
পূর্ণচাঁদের মায়ায়.....

স্নিগ্ধ, কচি গলার ভরপুর সুরের আলপনার আলোর উদ্ভাসে পূর্ণিমার আলোও যেন ম্লান হয়ে গেল। বনজ গন্ধের মধ্যে, ভাল হুইস্কীর খুশির মধ্যে : কুঁড়ির চিকণ পাখির মত গলার স্বরের ঘোরের মধ্যে একটা পাথরের উপরে বসে-থাকা শুভেনের মনে হল, থেকেই যাবে নাকি ? এখানে ? সকলকে সুখী করবে। নিজেকে সুখী করবে, সহজেই। বাবাকে উপহার দেবে থার্ড জেনারেশানের বীজ। সুগন্ধি পেলব একটি কুঁড়িকে ফুল করে তুলবে পুং কেশরের পরশ দিয়ে ; কালো ভ্রমরের মত গুণ্‌গুণ্ করে। কি ? করবে ?

শুভেন ভাবছিল, একটি প্রাণের বীজ কত সহজেই না রোপণ করা যায়, কী স্বল্পসময়ের হেলাফেলায় খেলায়, কিন্তু যে বীজকে প্রাণিত করা হবে সে যে এই মানবজাতির যোগ্য উত্তরসূরী হবেই তার ত কোনোই গ্যারান্টি নেই। পপুলেশান এক্সপ্লোশানের দেশ আর মানুষের দেশে তফাৎ আছে। থার্ড জেনারেশানের চিন্তাতেই সব সময় ফারস্ট্ জেনারেশানরা ভরপুর হয়ে থাকেন এই দেশে। মানুষের বাচ্চা আর কুকুর বেড়ালের বাচ্চা কি এক ? সময় আছে, বিবেচনা আছে, অনেক চিন্তা আছে ঐ একটি প্রাণবাহী সিদ্ধান্ত নেওয়ার পেছনে।

কিন্তু বাবাকে কে বোঝাবে সে কথা ! মানসিকতাতে এ দেশের প্রায় সব বাবারা যে মধ্যযুগের জমিদারই রয়ে গেছেন। এখনও। হোপলেস্ কণ্ডিশান্। এদেশ, শুভেনের জন্যে নয়। শুভেনদের জন্যে নয়।

ছবিকাকা বললেন, আমারও একটা গান গাইতে খুব ইচ্ছে করছে।

ক'টা খেয়েছ ছবি ?

মানুবাবু শুধোলেন।

মোটে দুটো।

ডোণ্ট গো টুউ ফাস্ট্। আমি আজ দশবছর পরে আমার অ্যামেরিকান ছেলের ফেয়ারওয়েলের অনারে হুইস্কি খাচ্ছি। মৃণালের মৃত্যুর পর ছুঁইনি একদিনও। আমার আদরের ছোটো ছেলে হাতে করে নিয়ে এসেছে নিজে। না খেলে দুঃখ পেত।

শুভেন ভাবল, শুধুই হুইস্কি কেন ? আম ? মা বেঁচে থাকতে ত মা যে একজন মানুষ তাইই মনে করোনি। স্ত্রী চলে যাওয়ার পর এসব যাত্রা এই দেশেই সম্ভব। কী সিলি ব্যাপার স্যাপার !

আমার একটা গান গাইতে কিন্তু খুবই ইচ্ছে করছে।

ছবিকাকা আরও বললেন।

তা, গাও না ছবি। তোমাকে ঠেকাচ্ছে কে?

কুঁড়ি বলল, কাকা! ছবিকাকার দিকে চেয়ে। ওয়ার্নিং-এর সুরে।

কুঁড়িমা তুমি মানা করছ কেন? ছবিকে? আজ যে মানা-ভাঙার দিন। মানুবাবু বললেন।

কুঁড়ি বলল, আমি মানা করব কেন? কাকার শরীরটা ত ভাল নেই।

হ্যাঁ। ভাল নেই ত কী! ফারস্ট ক্লাস আছে। সবই চক্রবর্তীর চক্রান্ত আর শালা আমার এই কপালের দোষ।

বলেই, বাঁ হাতে গ্লাস ধরে, ডান হাতে নিজের পেছনে চাপড় মারলেন।

যাঁরা ছিলেন, তাঁদের সকলেরই প্রিয় পাত্র ছবিকাকা। কেউই কিছু মনে করলেন না। শুভেনই কেবল হাসি চাপল কষ্ট করে। অসভ্যতা জানে ও এটা। কিন্তু ঠিক করল হ্যসটনে ফিরে গিয়ে বন্ধুদের মধ্যে এই জোকটা চালু করে দেবে। গম্ভীর মুখে বলবে, অ্যাজ ইল্‌লাক্ উড হ্যাভ ইট। বলেই; পেছনে চাপড়। আর মুখে; কপালের দোষ।

আহাঃ, গাইতে দাও ওকে। ও তা না হলে রিল্যাক্সড্ হবে না।

মানুবাবু বললেন, কুঁড়িকে।

ছবিকাকা বললেন, এ যে-সে গান ভেবো না। গহরজান বাঈজীর গান।

তুমি কবে দেখলে হে তাকে?

নগেনকাকা বললেন।

দেখব না কেন? আমার বয়সই বা কি কম হল? তেষট্টি। ছেলেবেলায় আমি ত গোরাবাজ পায়রা ছিলুম। হাফ প্যাণ্ট পরে গেছিলুম গান শুনতে। অন্যর পোঁ ধরে। গানের পর গহরজান কানে ধরে বের করে দিয়েছিল। বলেছিল, বাবার ঠিকানা দাও। তাঁকে চিঠি লিখব আমি। ফের যদি এমুখো হয়েছ! আহাঃ বাঁ কানটা সোনা দিয়ে বাঁধিয়ে রাখতাম গো পয়সা থাকলে। কী রূপ আর কী গলা গো মানুদা। এখনও মনে করলে গা শিউরে ওঠে।

গাও তাহলে, বাণী দিওনা।

ছবি কাকীমা রিক্ত গলায় বললেন।

আমি রূপ দেখে সই কূল হারালেম বকুলতলায় এসে
অনুভবে জানা গেছে এবার কি যৌবন রবে?
কত নারী কূল হারাবে, আজকে সরোবরে এসে।
মরা নদী শুকনো ছিল, কবে আবার জলে ভরল
আবার কি যৌবন এল এ বুড়ো বয়সে এসে?

ছবিকাকার তাল লয় সব ফারস্ট ক্লাস। গলাও ভাল। বসে বসে, কিন্তু দুলে

দুলে গাইলেন গানটি। সকলেই হাততালি দিয়ে উঠলেন।

মানুবাবু বললেন, আহাঃ ! খেম্‌টা না ? কত্তদিন পরে খেম্‌টা শুনলাম রে নগেন। ছবি, তুমি খুশী ত ?

খুশী টু দ্যা পাওয়ার ইন্‌ফিনিটি, মানুদা।

ছবিকাকা বললেন।

এই ছোটু, ছবিকে আর একটা হুইস্কি দে। হি ডিজার্ভস্ ইট্।

তারপর পনেরো মিনিট পর খাবার দিবি সকলকে। তোরাও খেয়ে নিবি সব। খেয়ে দেয়ে আমরা হার্‌হাত্‌-এর দিকে যাব। আজ কী আনন্দের দিন আমার। তোরা কেউই জানিস না।

বলেই বললেন, আমি জানি, আর আমার ছোটো বেটা জানে।

বলেই, শুভেনকে জড়িয়ে ধরে মাথায় চুমু খেলেন।

কুঁড়ির গা শিরশির করে উঠল ভয়ে, উত্তেজনায় এবং অকারণ ভালোলাগায়।

আঃ। আমাকেও আরেকটা হুইস্‌কি দে ছোটু।

ছোটুদা বলল, ছোট দেব ত ?

কি বলিস্ কি ? বড় করে দে। আমি কি ছোট সাহেব যে, ছোট খাব ? আহা ! কী সুন্দর রাত। কী আনন্দ আজ। ও কুঁড়ি, একটু আমার কাছে আয় মা। আয় আয়।

কুঁড়ি যেতেই, তার মাথার উপর দুটি হাত রাখলেন মানুবাবু। বললেন, তোরা অনেকই ছোট। জীবনের মানে তোরা এখনও বুঝিসনি। বুঝবি ; পরে বুঝবি। জীবন হচ্ছে হীরেরই মত ! বুঝলি মা। তেলে জলে ক্ষয়েই সে ঔজ্জ্বল্য পায়। জীবনে কখনও অন্য কারো বড় বড় বক্তৃতায় ভুলবি না। নিজের জীবনটা, তোর নিজেরই একার। পৃথিবীতে কোন্ বিরাট ক্রিয়াকাণ্ড হচ্ছে তাতে তোর কিছুমাত্রও যায় আসে না। একটা মোটে জীবন যে আমাদের। তাও বড্ডই তাড়াতাড়ি ফুরিয়ে যায়। পাথরের উপরে রাখা হুইস্কির গ্লাস তুলে একটি চুমুক দিয়ে বললেন, একদিন আমিও ভাবতাম যে, আমিই বুঝি এই পৃথিবীর নিয়ন্তা। ভাবতাম আই অ্যাম ওম্‌নিপোটেন্ট্। অল পাওয়ারফুল। কিন্তু আজ জানি যে, আমি, আমি, আই অ্যাম নট্ ইভিন্ আ পিন্। এই ক্রিয়াকাণ্ডতে আমার কোনোই হাত নেই। ছিলো না। নিজের জীবনটা নিয়ে স্বার্থপর, ছোট্ট চড়াইপাখির মত যারা বাঁচে তারাই সবচেয়ে বুদ্ধিমান। এই সার কথাটা বুঝলাম যখন যাওয়ার সময় হল। তোর কিছুমাত্র অবদান ছাড়াই পৃথিবী, সভ্যতা, বিজ্ঞান, সব নিজের নিজের মোমেমটামেই এগিয়ে যেতে পারে। কেউই এখানে ইন্‌ডিস্‌পেনসিবল্ নয়। কারো জন্যেই ঠেকে থাকে না কোনো কিছুই। পৃথিবী, চাঁদ, সূর্য সব

নিজের গতিতেই আবর্তিত হয় মা, চর পড়ে, চর গড়ে ; তারা খসে। নিজেকে ভুলেও বিধাতা ভাবিস না তোরা। তাঁর এই সুন্দর পৃথিবীতে ছোট্ট পাখির মত সুখ খুঁটে খাস, জীবনকে উপভোগ করিস প্রতিটি মুহূর্ত। তার নামই বেঁচে থাকা।

বাবা।

শুভেন বলল।

তুমি বোধহয় সকলকে বোর্ করছ।

শুভেনের কথায় নগেনকাকা এবং অন্যান্যরা শুভেনের দিকে চাইলেন।

মানুবাবু বললেন। আমি থামছি। সময় কম বলে, সব বুড়োরাই বেশি কথা বলি। ভাবি, সারা জীবনে ক্ষয়-ক্ষতি, সুখ-দুঃখের মধ্যে দিয়ে, নিজের জীবনকে মোমবাতির মত গলিয়ে দিয়ে যা কিছু শিখলাম, জানলাম ; তা বুঝি তোদের কাজে লাগবে। আমাদের সমস্ত জীবন দিয়ে যা কিছু শেখা তার কোনোকিছুই যে তোদের কাজে আসবে না, এটা ভুলে যাই। সরী, ছোট!

খাওয়া-দাওয়া সেরে হার্হাত্-এর বাংলোর দিকে, মানুবাবুর পীড়াপীড়িতে যাওয়াও হয়েছিল। কিন্তু ভাড়া-করা গাড়িটা জখম্ হয়ে গেল। হারহাত্-এর আগের পাথুরে জায়গাটাতে মার্বল-চেম্বার চোট খেল। মবিল চোঁয়াতেও লাগল অল্প অল্প। ছোটুদা হাত মুখ ধোওয়ার জন্যে যে সাবান এনেছিল তাইই চেম্বারের নিচে লাগিয়ে গাড়ির মুখ ফেরাতে হল। হাজারীবাগে ফিরতে ফিরতে রাত প্রায় সাড়ে এগারোটা হবে।

হার্হাত্-এর দিক থেকে ফেরার সময় একদল নীলগাই-এর সঙ্গে দেখা হল। নীল চাঁদের আলোয় নেচে নেচে যাচ্ছে। মানুবাবু বললেন, এ দিকটাতে নীলগাই বেশিই আছে। নাজিম মিঞা এদের বলেন, বুলু—বুল্।

শুভেন হাসল। খারাপ পথে গীয়ার চেঞ্জ করতে করতে।

পথের বাঁ-পাশে একদল স্পটেড-ডীয়ার পেছনের পায়ে ভর দিয়ে গাছের জটলার মধ্যে দাঁড়িয়ে কচি-পাতা খাচ্ছিল। কুঁড়ি হঠাৎ বলে উঠল, দেখুন! দেখুন! কাকাবাবু! একটা হরিণ গাছে উঠছে।

মানুবাবু আজকাল এমনিতেই চোখে কম দেখেন। তারপর রাতের বেলা হেডলাইটের আলোয় গাছের জটলার মধ্যে ঠাহর করতে পারলেন না কিছুই।

বললেন, বলিস কি মা? হরিণ গাছে উঠছে?

শুভেন হেসে উঠে, ব্রেক্ করল।

ভাল করে দেখে বলল, সত্যি কিন্তু, ওরকমই মনে হচ্ছে।

তাই না? বলুন? কী করে এমন হয়?

কুঁড়ি বলল। অবাক-হওয়া গলায়।

অপ্‌টিক্যাল-ইল্যুশান্। রাতের বেলা আলোতে এমনই ভুল-ভাল্ দেখে চোখ অনেকসময়ই।

তাইই।

কুঁড়ি বলল।

ভারী ভাল লাগছিল কুঁড়ির, শুভেনের গায়ের কাছে ঘন হয়ে বসে। গাড়ির জানলা দিয়ে হালকা, হিম-হিম আমেজ আসছে। মহুয়া আর করৌঞ্জ-এর গন্ধে ম-ম করছে চাঁদভাসি বনের রাত। নীল আকাশে ঘননীল আর সবুজ তারারা চাঁদোয়ার মত স্থির হয়ে আছে উপরে। হাজারীবাগের দিকে জোরে ছুটে চলেছে বুইক্ গাড়ি। আগে ব্যুইক্, পরে অ্যাম্বাসাডর, সব শেষে জিপ। কুঁড়ির মনে হচ্ছে রাজডেরোয়া থেকে হাজারীবাগ যদি আরও অনেক দূরের পথ হত, বেশ হত তাহলে। ঠিক এইরকম অনুভূতি এর আগে কখনই হয়নি ওর।

ভেবে, অবাক হল কুঁড়ি। লজ্জাও পেল।

॥ ৮ ॥

রাত গভীর। এলোমেলো হাওয়া বইছে বাইরে। চাঁদের বনে ঝড় উঠেছে। লক্ষ্মী পেঁচা ডাকছে আমগাছের ছড়ানো ডালে বসে।

অনেক বছর পরে আজ হুইস্কি খেলেন মানুবাবু। শরীরে একটু অস্বস্তিও বোধ করছিলেন, অথচ ডাঃ প্রসাদ বলেন, এক-দেড় পেগ হুইস্কি নাকি হার্টকে স্টিমিউলেটই করে, ব্লাড সার্কুলেশান বাড়িয়ে দেয়।

শরীরের কারণে আর কিছুই খাওয়ার প্রয়োজন বোধ করেন না মানুবাবু। শরীর নিয়ে ভাবনার দিন তাঁর চলে গেছে। খাদ্য-পানীয় অনেকই হয়েছে। খেদ নেই কোনো। এখন শুধুই মন। মনের অবসন্নতাই একমাত্র বিবেচনার। ভয়ের এবং চিন্তারও।

খাট ছেড়ে নেমে এসে জানালার পাশের বড় ইজিচেয়ারটাতে বসলেন উনি। এই ইজিচেয়ারটিতে দুটি পাই-ই তুলে দেওয়া যায় ; হাতল লম্বা করে। পুরোনো দিনের সব ফরেস্ট আর পি-ডাব্লু-ডির বাংলোতে থাকত এরকম ইজিচেয়ার। কোনো কোনোদিন মৃণালিনী এসে এই চেয়ারটির হাতলে বসতেন, মানুবাবুর গা ঘেঁষে। গুণগুণ করে কোনো গান গাইতেন। ঢালু উপত্যকার শালবন থেকে

শালফুলের গন্ধ ভেসে আসত। পিউ-কাঁহা ডাকত বুকের মধ্যে চমক তুলে।

মৃণালের কথা মনে পড়ে। তাঁর ঝগড়া করার একমাত্র মানুষটি চলে গেছে। ছেলে, মেয়ে, পুত্রবধূ কেউই আপন নয়। মৃণাল যতদিন ছিলেন, দাম্পত্য সম্পর্কর স্বরূপ তখন বোঝেন নি উনি!

রাত এখন পৌনে দুটো। আজ রাতের মধ্যেই কিছু একটা সমাধান তাঁকে ভেবে বের করতেই হবে। শুভেনের মতি গতি ভাল নয়। ও কাল কী পরশু কী তার পর দিন হয়ত হঠাৎই চলে যাবে হাজারীবাগ ছেড়ে। যাবে হয়ত লুকিয়েই। তাঁকে না বলেই। আফটার অল্ শুভেন ত তাঁরই ছেলে। একমাত্র শুভেনই হুবহু তাঁর স্বভাবটা পেয়েছে, ছেমেমেয়েদের মধ্যে। চেহারাও। বড়খোকাটা হাম্‌বাগ্। নিজেকে বেশি বুদ্ধিমান মনে করেছে চিরদিনই। তাইই সুসান্-এর ক্রীতদাস হয়ে রয়েছে এখন। পুরুষমানুষ নয় সে আদৌ।খুকিও অন্যরকম। ম্যাটেরিয়ালিস্টিক্। মৃণালের সূক্ষ্ম ব্যাপার-স্যাপার, শান্ত লক্ষ্মীশ্রী কিছুমাত্রও পেলনা মেয়েটা। ভেবেছিলেন যে, পাবে। যতটুকুও বা ভালত্ব ছিল, তাও গেছে নষ্ট হয়ে বরুনের সঙ্গে এত বছর থেকে। টাকা ছাড়া অন্য কিছুই বোঝে না সে।

লাভ কী হল ? তিরাশি বছর বাঁচলেন মানুবাবু। এত কাজ করলেন, প্রথম জীবনে অধ্যাপনা। এত বড় চাকরি। তারপর এতবড় ব্যবসা। ছেলে মেয়ে নাতিপুতিও তাঁর আছে। মৃণাল যদিও নেই। এবং সব থেকেও তাঁর কুঁড়ি এবং ছোটু ছাড়া আর কেউই নেই। ছোটকে আর কি ভাবে বলতে পারতেন থাকবার জন্যে ? না থাকলেও, কুঁড়িকে বিয়ে করার জন্যে ? আফটার অল তিনি নিজেকে তাঁর নিজের ছেলের হিতের জন্যেও বা আর কত ছোট করতে পারেন এই বয়সে ? আর কত হাস্যকর ? কুঁড়ির মধ্যে অবশ্যই তিনি তাঁর পরিবারের এক অমোঘ পরিণতি উপলব্ধি করেন। কুঁড়ি, ফুল হয়ে উঠলে মানুবাবুর বংশ রক্ষা পাবে, থেকে যাবে দ্যা গ্রীণ ভ্যালী লজ, মৃণাল, আর তাঁর অনেক সাধ এবং স্বপ্ন দিয়ে বানানো এই চমৎকার বাড়ি। রক্ষা পাবে মারহান্-এর ফার্মটি।

এখনও অনেকই আছে। হেসে খেলে চলে যাবে ওদের দুজনের। কোম্পানির শেয়ার এবং ফিক্সড্ ডিপোজিট্‌ও কম নেই।

ছোটখোকা কী ভাবে কে জানে ? জীবনের শেষে এসেই মানুষ জীবনের মানে বোঝে। যখন বোঝে, মানুবাবুর নিজেরই মত ; তখন সে জীবন নিয়ে করার আর কিছুমাত্রও বাকি থাকে না। এখন আপশোষ যে হয় না, তা নয়। জীবনকে কী ভাবে উপভোগ করা উচিত ছিল, দাম্পত্যসম্পর্কর মূল তাৎপর্য কি, পুত্র-কন্যাদের তাৎপর্যই বা কি, তাদের কোন্ ভাবে মানুষ করা উচিত ছিল, 'মানুষ' হওয়া বলতে ঠিক কি বোঝায় ? এসবই আজ মানুবাবু বোঝেন কিন্তু

শুভেনদের সেই সময় বা ধৈর্য বা মানসিকতাও নেই যে, এই জীবনব্যাপী অভিজ্ঞতা থেকে কিছুমাত্র উপকৃত হয় তারা।

মানুষ, প্রত্যেক মানুষকেই বোধহয় তার নিজের জীবনের ভুল দিয়েই ভুল ভাঙাতে হয়। মিথ্যাকে মাড়িয়ে এসেই সত্যতে পৌঁছতে হয়। তাইই বোধহয় নিজের পূর্বপুরুষের অভিজ্ঞতা উত্তরসূরীদের কোনো কাজেই লাগে না। এমনই বোধহয় ঘটে আসছে যুগের পরে যুগ, শতাব্দীর পর শতাব্দী।

মানুবাবু উঠে, বালিশের তলা থেকে চাবির গোছাটা বার করে আস্তে আস্তে গোদরেজের আলমারিটার দিকে এগিয়ে গেলেন। খাটের মাথার কাছের টেবল-লাইটটা জ্বলছে। যতসম্ভব কম শব্দ করে আলমারিটা খুলে, ডানদিকের লকার থেকে রিভলবারটা বের করলেন। ওয়েবলী এণ্ড স্কট-এর রিভলবার। থ্রি টু। গুলির বেল্টটা থেকে দুটি গুলিও বের করলেন। পেতলের ক্যাপের ওপর ফাঙ্গাস পড়ে গেছে। ফুটবে কি না কে জানে? শেষবার এই রিভলবারে হাত দিয়েছিলেন খুকির বিয়ের পর ওর গয়নাগাঁটি সব নিয়ে যখন মেয়ে জামাইকে হাজারীবাগ রোড স্টেশনে পৌঁছতে যান, তখন। ছটি ঘরেই সেই সকালে চক্চকে গুলি পুরে শোল্ডার-স্ট্র্যাপে করে ঝুলিয়ে, কোটের নিচে, বাঁ বগলের তলায় করে নিয়ে গেছিলেন। অনেক বছর হয়ে গেছে।

লকার এবং আলমারি আবার সাবধানে বন্ধ করে রিভলবারের চেম্বারে একটি গুলি দিয়ে আর পরের ঘরে আরও একটি দিয়ে হাতে করে এসে ইজিচেয়ারে বসলেন।

ফুটবে ত গুলি? এতদিনের পুরোনো। দুটি গুলি করার সময় কি পাবেন? টু বী সিওর অফ হিজ ডেথ? বোধহয় পাবেন না। বাঁ দিকে জুলপির উপরে নল ঠেকিয়ে ট্রিগার টেনে দেবেন। এখন নয়। ঠিক যখন পুবের আকাশ লাল হয়ে উঠবে। পাখিদের কলকাকলিতে ভরে যাবে সমস্ত উপত্যকা তখন......।

এই জীবন যদি বিধাতার দান হয়, তবে এই জীবন নিভিয়ে দেওয়ার স্বাধীনতাই বা তাঁর দান বলে গণ্য কেন হবে না? যাওয়ার সময় চোরের মত চুপিচুপিও যেতে চান না মানুবাবু অন্ধকারে। তাঁর বংশধর শুভেন, তাঁর মনোনীত পুত্রবধূ কুঁড়ির কল্যাণেই ত তিনি যাবেন। ভীরু নন তিনি। স্বার্থপরও নন। তাছাড়া এই তিরাশি বছরের জীবনকেও তিনি কম ভালবাসেন না। তাঁর মেধাবী কিন্তু ছেলেমেমানুষ, অবুঝ ছেলে যা বুঝল না তার হঠকারিতায়, তার পশ্চিমী শিক্ষার ঔদ্ধত্যে; সেই কথাটাই তাকে তিনি তাঁর নিজের জীবনের বিনিময়েই শিখিয়ে যাবেন। জীবন দিয়েও যদি কুঁড়িকে আর শুভেনকে সুখী করে যেতে পারেন তাহলেই তাঁর সুখ। তাঁর মৃত্যু থেকে ওদের জীবন রস পাক,

শিকড় ছড়িয়ে দিক কান্হারির নিচের সেই কৃষ্ণচূড়াটার মত।

কী করে বোঝাবেন উনি! বিয়েই যদি করবি, তবে কুঁড়ির মত মেয়েকে না কেন? বিয়ে যদি করতেই হয়, তবে এক্ষুণি না কেন? চৌত্রিশটা বছর চলে গেল পায়ে দাঁড়াতেই? এখনও না কি সময় হয়নি। এখনও নাকি শুভেনের নিজের কাছে নিজেকে যোগ্য বলে প্রমাণিত করা হয়নি। অনেকই নাকি জরুরী কাজ পড়ে আছে। শুভেন নইলে নাকি এই পৃথিবী, ইউনাইটেড স্টেটস্, হ্যুস্টনের সব ক্রিয়াকাণ্ড থেমে যাবে।

ইডিয়ট। ড্যাম ফুল। জীবন মানে কি শুধুই পায়ে দাঁড়ানো? প্রতিষ্ঠা? নাম? যশ? অর্থ? জীবন মানে কি অবকাশ নয়? ভালোবাসা নয়? কুঁড়ির মত একজন মেয়ের শরীর মনের একছত্রাধিপতি হওয়া নয়?

বোঝেন না। মানুবাবু কিছুই বোঝেন না। কাজ তাঁদের জেনারেশানের মানুষরাও কিছু কম করেননি। তিনিও তাঁর নিজের জীবনেও গর্বিত হবার মত অনেক কিছুই করেছেন। কিন্তু কাজ জীবনের চেয়েও বড় হবে, জীবনকেই আড়াল করে গ্রাস করে ফেলবে এমন কথা তাঁরা কখনই ভাবতে পারেননি। দিস ইজ নাথিং বাট পুটিং দ্যা কার্ট বিফোর দ্যা হর্স। এ ছোকরারা সবকিছুই ওভারডু করে ফেলছে। এমন ভাব, যেন মানুষের জাতে ওরাই প্রথম জেনারেশান্। যেন স্বয়ম্ভূ!

যাক্‌গে যাক। বুঝলো যখন নাইই, মানুবাবু তাঁর ছোটকে আউটস্মার্ট করে চাল দেবেন। আউট-উইট্। দেখিয়ে দেবেন তাকে যে, কাজ ব্যাপারটা তিনিও কম বোঝেন না। কুঁড়িমার সঙ্গে শুভেনের বিয়ে দেওয়াটা মানুবাবুর জীবনের শেষ কাজ। এবং সেই শেষ কাজ য়াতে সুষ্ঠুভাবে সম্পন্ন হয় তা এন্‌সিওর করার জন্যে ছেলে-বৌকে তাঁর জীবনটাই দিয়ে যাবেন যৌতুক হিসেবে। দুদিনের এক ছোক্‌রার কাছে হেরে যাওয়ার পাত্র তিনি নন।

ড্রয়িংরুমের গ্রাণ্ড-ফাদার ক্লক্-এ ঢং ঢং করে দুটো বাজল। মালির কুকুরগুলো ঘেউ-ঘেউ করে উঠল। কোন্ ঘরের বাথরুমের দরজা বন্ধ করার আওয়াজ হল যেন। ছোটুটার খুব নাক ডাকে। অথচ রোগা-সোগা চেহারা। শুয়োরের ঘোঁৎ-ঘোঁৎ এর মত শোনাচ্ছে ছোটুর নাক ডাকার আওয়াজ এই নিস্তব্ধ রাতে। ছোটুকেও উনি বঞ্চিত করেননি। তাঁর উইল অনেকদিনই করা আছে। ছোটুর এবং রহিমের বাকি জীবনের সংস্থান করে বাকি সব সম্পত্তিই তিনি দিয়ে গেছেন কুঁড়িকে। তার কোনো ছেলেমেয়েই তাঁর আর্থিক, হার্দিক, এবং স্থাবর অস্থাবর সম্পত্তি পাওয়ার যোগ্যতা দেখায়নি। হয়ত, তাদের তাঁর মত সামান্য মানুষের সম্পত্তিতে প্রয়োজনও নেই কোনো।

এসব ত বাহ্য। তাঁর অন্তরের সম্পদেও কারো প্রয়োজন যে হলো না তাদের একটুও, এইটে ভেবেই বুকটা ভেঙে যায়। তাঁর মত কঠিন হৃদয়ের চাপা-স্বভাবের মানুষেরও হৃদয় গুঁড়ো গুঁড়ো হয়ে যায়।

ভোরের আগে চান করবেন একবার। উঠে, গীজারটা চালিয়ে দিয়ে এলেন। পাটভাঙা ধুতি-পাঞ্জাবি বের করলেন চেস্ট্ অফ ড্রয়ার থেকে। যথাসম্ভব কম শব্দ করে। আফটার অল্ ছোটখোকা আর কুঁড়িমায়ের মিলনের পথ যখন পাকা করেই বেঁধে দিয়ে যাচ্ছেন তখন এমন শুভদিনে ভাল পোশাক না পরলে বরের বাবা আর কনের শ্বশুরমশাইকে কি মানায়?

ইজিচেয়ারটাতে ফিরে এসে বসে, বাইরের জ্যোৎস্নাপ্লাবিত উপত্যকার দিকে চেয়ে উদাস হয়ে গেলেন মানুবাবু। গ্র্যাণ্ড-ফাদার ক্লকটার টিক্ টিক্ শব্দে সময় মাপার প্রক্রিয়াটা বুকের মধ্যে অনুভব করতে লাগলেন উনি।

সময় ফুরিয়ে আসছে তাঁর।

॥ ৯ ॥

পাশ ফিরে শুল কুঁড়ি। তার দুটি হাত জড়ো করে দু হাঁটুর মধ্যে রেখে বিড়বিড় করে কী যেন বলে উঠল।

মুঙ্গলি শুয়ে ছিল বারান্দাটাতে। ও চোখ মেলে একবার কুঁড়িকে দেখে, আবার চোখ বুঁজে ফেলল। মনে মনে বলল, দিদিটা অমন করেই। ঘুমের মধ্যে উঠে বসে, বিড়বিড় করে। কখনও কখনও আবার খাটের উপর হাঁটুগেড়ে বসে আঙুল গুণে গুণে কী সব অংক করেই আবার উল্টে শুয়ে পড়ে। পাগলীই হচ্ছে একটা।

চাঁদটা এখন পশ্চিমে সরছে। ভোর হলে পুবে সূর্য উঠবে, চাঁদ ডুববে পশ্চিমে। বারান্দার জাফ্রির কাজ, ছায়ার আলপনা হয়ে ফুটে উঠেছে ঝিনুকমেশানো সাদা মোজাইকের চওড়া বারান্দাতে। বাড়ির কম্পাউণ্ডের ভিতরে যে মহুয়াগাছটা আছে, তাতে খুব ফল এসেছে এবার। গাছটা তিনশো টাকায় কিনতে চেয়েছিলেন পাশের বাড়ির রামরিচ সিং। কুঁড়ি বলেছে, বিক্রি করব না চাচা। আপনি সকাল আটটা থেকে বিকেল পাঁচটা অবধি গাছতলায় যত ফল পড়বে এমনিই নিয়ে যাবেন। কিন্তু অন্য সময়কার ফল থাকবে, যেমন থাকে।

এই সময়টাতে শেষরাতের দিকে একটা এলোমেলো হাওয়া দেয়। দমক

দমক হাওয়ার ঝলক্ ঝলক্ গন্ধ আসে মহুয়ার। ভারী ভাল লাগে। তারপর ভোরের আগে হাওয়াটা স্তিমিত হয়ে আসে। পাখি ডাকতে থাকে অন্ধকারের মধ্যে গাছ-পালার ডালে ডালে নড়েচড়ে বসতে বসতে। ঠিক এই সময়টাই স্বপ্ন দেখার সময়। শেষ রাতে ; ভোরের আগে। এই সময়ের স্বপ্ন সত্যি হয়। অনেকেই বলে।

ভাল ঘুম হয়নি কুঁড়ির। শরীরের মধ্যে একটা কষ্ট বোধ করেছে শোওয়ার পর থেকেই, এমন কষ্টর কথা ও আগে কখনও জানেনি। অথচ ঠিকই জানে যে, সেটা কষ্ট নয়। একধরনের গভীর আনন্দ। কিন্তু বড় বিচ্ছিরি আনন্দ। বুক ধড়ফড় করে, মুখ শুকিয়ে ওঠে, ভাল লাগে না একেবারেই।

আজ রাতে বড়ই বিপন্ন বোধ করেছে কুঁড়ি বারবার। আধো-ঘুমে, আধো-জাগায় ও ওর জীবনে এইই একবার অসহায় বোধ করেছে। বার বার বলেছে, শুভনেদা, আপনি কী করবেন কিছু কি ভেবেছেন? আপনার ভাবাভাবির উপর আমার গোটা জীবনটাই নির্ভর করছে। আপনাকে ছাড়া আমার বাঁচতে খুবই কষ্ট হবে। মানুষ কেউই মরে যায় না কারো জন্যে। তবে কখনও কখনও বাঁচতেও বড় কষ্ট হয় ; আপনার বাবা, কাকাবাবু যেমন বড় কষ্টের মধ্যে বেঁচে আছেন। কোনো অভাব না থাকা সত্ত্বেও প্রচণ্ড শূন্যতার মধ্যেই তাঁর বাসা। আপনার ভালোবাসাই বাসা হোক আমার।

মুঙ্গলি চমকে উঠল, কুঁড়িকে দেখে। ফ্যান চালিয়েছে কুঁড়ি। কখন চালাল কে জানে? যখন শেষ রাতে লোকে চাদর চাপা দেয় গায়ে। ভাল ঠেকল না মুঙ্গলির। ও উঠে বারান্দার আলো জ্বেলে, ঘরে গেল। মধ্যের দরজাটা খোলাই থাকে।

কী হল তোমার, দিদি? পাখা চালালে যে!

বলেই, ছোট আলোটা জ্বালল ও।

এ কী! একেবারে ঘেমে গেছ যে! কী হল কি তোমার?

জানি না। কী যে হল আমার মুঙ্গলি!

বিড়বিড় করে বলল কুঁড়ি।

জেগেই আছে ও এখনও। মুঙ্গলি দেখল।

কুঁড়ি বলল, ফ্রিজ থেকে এক বোতল ঠাণ্ডা জল নিয়ে আসবি মুঙ্গলি? খুব সাবধানে যাবি। শব্দ হলে, কাকীমা উঠে পড়বেন।

যাচ্ছি! পাখাটা বন্ধ করে দিয়ে যাই? ঠাণ্ডা ধরে নেবে যে!

না, না। আন না তুই! গরম লাগছে আমার। বড় গরম।

ঘর ছেড়ে চলে যেতে যেতে মুঙ্গলি মনে মনে বলল, ঐ "গ্রীণ ভেলি

লোজ্"এর ডাগর সন্দর বাবুটাই তোমার গরম। ভদ্রলোকদের ব্যাপার-স্যাপার বোঝাই ভার। ওদের নিজেদের সমাজ হলে কবে শালবনে নিয়ে গিয়ে ঝরা শালপাতার বিছানাতে অথবা এমন চাঁদনী রাতের পাহাড়ী নালার বালিতে শুইয়ে ফেলে মরদ সব গরমকে ঠাণ্ডা করে দিত। এরা ফিসফিস ঘুষঘুষ করেই গেল। বাজনার চেয়ে খাজনাই বেশি এদের। রকমই বোঝে না মোটে। গরম লেগেছে ত ঠাণ্ডা হওয়ার বন্দোবস্ত করলেই ত হয়। রাতের বেলা অন্যদের খাটিয়ে মারা কেন রে বাপ্পা? ভোরের আগে ভাল করে আর এক পক্কড় ঘুমিয়ে না নিতে পারলে কাল সারাদিনের ধকল সামলানোই্ মুশকিল হবে। বাবুর আবার ছিটও বেড়েছে। এই বাড়ির সকলেই ছিটেল্। কম আর বেশি।

॥ ১০ ॥

ড্রয়িংরুমের গ্রান্ড-ফাদার ক্লক-এ দুটো বাজতেই ঘুম ভেঙে গেছিল শুভেনের। উঠে, বাথরুমে গেল একবার। বাথরুমের আলো নেভাতেই ফুটফুটে আলোয় বাগানটাকে কেমন রহস্যময় দেখালো। হৈম কুটিরের' দিক থেকে একটা কোকিল ডাকছে সমানে।

ঘরের আলো না জ্বেলে, চেয়ারটা ঘুরিয়ে নিয়ে জানালার তাকে পা দুটি তুলে দিয়ে পাইপটা ধরালো ও।

গোছ-গাছ ত সব করাই আছে। একটু পর চান করে নিয়ে জামাকাপড় পরে নেবে। গীজারটার সুইচ্ অন্ করেই দিয়েছিল, যখন গেছিল বাথরুমে। মালির কাছ থেকে চাবি চাওয়াই আছে। খুব ভোরে জগিং করতে যায় বলে রোজই চাবিটা মালি দিয়ে যায় রাতে গেট বন্ধ করে। প্যান্-অ্যাম্-এর ছোট্ট ব্যাগটা নিয়ে বেরিয়ে যাবে ও অন্ধকার থাকতে থাকতেই রিকসাওয়ালা বলেছে হৈম-কুটিরের সামনে রাতে রিক্সা লাগিয়ে রিক্সাতেই ঘুমিয়ে থাকবে। তাইই একটু আগে গেলেও কোনোই অসুবিধা নেই। বাবা উঠে পড়লে, বা ছোটুদাও উঠে পড়লে ঝামেলা হবে খুবই।

বাবার জন্যে কষ্ট যে হয় না, তা নয়। সেই কষ্টর গভীরতার স্বরূপ শুভেনের মত একজন নিরুপায় সন্তানই জানে, যে কষ্ট দেওয়া এবং হয়ত পাওয়ার কথাও এর আগের প্রজন্মর সন্তানরা ভাবতে পর্যন্ত পারত না।

কুঁড়ির জন্যেও কষ্ট হয় বৈকি! কুঁড়ির মত মেয়ে সত্যিই ও দেখেনি বিদেশে।

দেশি মেয়ে, দেশি ভালবাসা, দেশি অপত্যস্নেহ, এই দেশি পূর্ণিমার মতই স্নিগ্ধ ; উজ্জ্বল। শুভেনের মত একজন ভারতীয় মানুষের হৃদয়ের এই শূন্যতা বিদেশের কোনো প্রাপ্তিই কখনই পূর্ণ করতে পারে না। জানে, শুভেন। বোকা সে নয়। কিন্তু এই অস্থির অনিশ্চয়তার আধুনিক জীবনে কপোত-কপোতীর মত দিন যে কাটাবে তার উপায়ও তো নেই। শুভেন যে বেদুইন। আক্ষরিক অর্থে হয়ত নয়, কিন্তু সত্যিই। এই ভাঙচুরের যুগে বিশ্বাস, প্রেম, শ্রদ্ধা, শান্তি কিছুই আর বেঁচে নেই। আবিষ্কার আর উদ্ভাবনের বন্যার মুখে সেই উত্তেজনার জোয়ারে, সব কিছুই যে ভেসে গেছে খড়কুটোর মত। বিজ্ঞান, তার উৎসাহ এবং হয়ত তার গরিমার অন্ধত্বর কারণেও মানবিক সব মূল্যবোধকে ধীরে ধীরে হারিয়ে দিচ্ছে।

কুঁড়িকে বিয়ে নিশ্চয়ই করত শুভেন। হয়ত করবেও। কিন্তু এই মুহূর্তে ভবিষ্যৎ বলে কোনো স্থৈর্য ওর নিজের জীবনে নেই। দেশে যে ওর থাকার কোনো উপায় নেই। মুহুর্মুহু উত্তেজনার কত বড় এক উদ্ভাসিত জগৎ অপেক্ষা করে আছে ওর জন্যে। সেই জগতের মানুষদের কোনো জাত নেই, সে জগতের ভৌগোলিক সীমারেখা নেই ; সে জগৎ বিজ্ঞানের জগৎ। তার ভাষা কম্প্যুটারের। কত কী করার আছে শুভেনের। সে যে কতবড় এক প্রাপ্তির, আনন্দের চৌকাঠে পা দিয়ে দাঁড়িয়ে আছে তা কী করে বোঝাবে বাবাকে বা কুঁড়িকে ?

তা ছাড়া, জবাবদিহি করার বয়স অথবা স্বভাব এ দুয়ের কোনোটাই তার আর নেই।

উইলী ডিকিনসন্ বলেছিলেন, এক মাস ছুটি নিয়ে আসার আগে শুভেনকে ; শুভেন, তুমি যেভাবে এগোচ্ছ তোমার কাজে, তাতে আজ থেকে পাঁচ বছরের মধ্যে তোমার নাম নোবেল প্রাইজের জন্যে রেকমেণ্ডেড হলেও আমি আশ্চর্য হব না। কীপ ইট আপ্ মাই বয়! কীপ্ ইট আপ। দ্যা ওয়াইড, আন্‌নোন, বিওয়াইলডারিং সেলেস্টিয়াল ওয়ার্লড ইজ ইয়োরস্ ; ফর টেকিং। শুভেন যে আর শুধুমাত্র মানুবাবুর একারই ছেলে নেই। পৃথিবীর অসংখ্য গুণীজ্ঞানী মানুষের সন্তান-স্নেহে সে আপ্লুত হয়ে রয়েছে।

আজ রাতে এত চাঁদের আলো থাকা সত্ত্বেও তারারা কী উজ্জ্বল হয়ে রয়েছে আকাশময়। ইউক্যালিপটাস্ গাছেদের ছিপ্‌ছিপে পাতাদের গায়ে চাঁদ পড়ে চক্‌চক্ করছে। কুঁড়ির লাগানো অমলতাস গাছের বাসন্তীরঙা ফুলগুলি সব রূপোঝুরি হয়ে গেছে।

মা একটি গান প্রায়ই গাইতেন, পিয়ানো বাজিয়ে, শুভেনের ছেলেবেলায়। খুব প্রিয় গান ছিল মায়ের। পরশু মাঝরাতে ঘুম ভেঙে যাওয়ায় ওর হঠাৎই মনে

হয়েছিল যেন মায়ের সেই গানখানিই শুনতে পাচ্ছে ও। সমস্ত "গ্রীন-ভ্যালী লজ্‌" যেন গম্‌গম্‌ করছে কটেজ-পিয়ানোর আওয়াজে। মাকে, সত্যিই খুব মিস্‌স্‌ করে শুভেন। অবশ্য মাত্র দুবারই এসেছে মায়ের মৃত্যুর পর হাজারীবাগে।

মানুবাবু শুভেনকে কোনোদিনও ঠিক বোঝেননি। শুভেনও বোঝেনি পুরোপুরি তার বাবাকে। তারা বোধ হয় দুই মেরুর লোক। কাল বিকেলে এ থার্ড জেনারেশান আর ফিউচার জেনারেশানের ব্যাপারটাকে ট্যুইসট্‌ করে সিলি সেন্টিমেন্টালিটির পরাকাষ্ঠা করেছিলেন বাবা। অ্যাট এনি রেট্‌, ইট ইজ ভেরী ভেরী মীন অফ হিম।

ঐ জেনারেশানের সকলেই কি এই রকমই ? তাই-ই বাবা মৃত্যুপথযাত্রী হলেও মেরুমিলনের কোনো সম্ভাবনাই সে দেখে না। প্রত্যেক মানুষই যে একজন ইণ্ডিভিজুয়াল, সে ছেলেই হোক, কী মেয়েই হোক ; আঠারো বছরের আগে থেকেই এ কথাটা ও-সব দেশে সকলেই মেনে নেয়। সবাই-ই সবাইকে রেসপেক্ট করে। তা না, এ কী প্রাগৈতিহাসিক মানসিকতা ! নিজের মতামত, ইচ্ছা-অনিচ্ছা, সবই জোর করে অন্যর উপরে চাপিয়ে দেওয়ার বাজে চেষ্টা ! আন্‌থিংকেব্‌ল ! আনফেয়ারও। এই আধুনিক পৃথিবীতে এরকম সপী সেন্টিমেন্টালিটি নিয়ে মাথা ঘামালে চলে না।

সেই মাঝ-রাতে মনে পড়া মায়ের গানের কথাগুলি মনে এল শুভেনের।

মা গাইতেন : আজ তারায় তারায় দীপ্তশিখায় অগ্নিজ্বলে/নিদ্রাবিহীন গগন তলে/ওই আলোক-মাতাল স্বর্গসভার মহাঙ্গন/হোথায় ছিল কোন যুগে মোর নিমন্ত্রণ/আমার লাগল না মন লাগল না,...

তারপরের কথাগুলি যেন কী ছিল ?

মনে করতে পারল না শুভেন। কিন্তু শেষ কলিটি বোধ হয় এই রকম কিছু ছিল, "তাই এইখানেতেই দিন কাটে এই খেলার ছলে/শ্যামল মাটির ধরাতলে।

তারায় তারায় দীপ্ত, নিদ্রাবিহীন গগনতলের প্রকৃত তাৎপর্য জানার পর আজকের আধুনিক মানুষের আর "খেলার ছলে শ্যামল মাটির ধরাতলে" সুখে দিন কাটাবার কোনো স্পৃহাই নেই। সাংসারিক, পারিবারিক, দেশজ, ভাষাসজ্জা তো সমস্ত কিছু আনন্দকেই সরিয়ে দিয়ে এই মহাবিশ্বর, মহাকাশের নক্ষত্রলোকের তুরীয় আনন্দে শুভেনের মত অনেক যুবক এবং বৃদ্ধও এই মুহূর্তে মেতে রয়েছেন। সেই আনন্দর তীব্রতার কাছে তার নিজের জন্মদাতা বাবার ঝর-ঝর-ধারে ঝরে-পড়া নির্ভেজাল, দ্রব অপত্য স্নেহ, অপাপবিদ্ধা কুঁড়ির অস্ফুট, কিন্তু তীব্র, পুরোপুরি ভারতীয়, সুগন্ধি ফুলের গন্ধর মত দ্বিধাহীন ভালবাসা, এ

সবও সব নয়। এর চেয়েও বড় কিছু আছে শুভেনের জীবনে।

তবু, কী করে বোঝাবে শুভেন যে, কত কষ্ট তার এই সব দুর্মূল্য বোধ পায়ে মাড়িয়ে অবহেলায় চলে যেতে! বাবার কথা, কুঁড়ির কথা এসব ভাবার সময় ও পাবে, আজ থেকে তিন কী পাঁচ বছর পরে। আশা করবে, বাবা বেঁচে থাকবেন ততদিন, আশা করবে কুঁড়ি তখনও শুধুমাত্র শুভেনেরই পুং-কেশরেরর ছোঁয়ায় ফুল হয়ে ফুটবে বলে অপেক্ষা করে থাকবে।

দুরাশা জেনেও, করবে আশা। পাঁচ বছর তো কম সময় নয়!

চেয়ার ছেড়ে দাঁড়িয়ে উঠে, জানালার সামনে এসে, আকাশে চোখ মেলে চাইল ও। বৈশাখের উত্তর আকাশের অনেকখানি জুড়ে সপ্তর্ষিমণ্ডল ছড়িয়ে আছে। মরীচি, বশিষ্ঠ, অঙ্গিরা, অত্রি। তাদের দক্ষিণে পুলস্ত্য। পশ্চিমে পুলহ।

তারাদের এই সব ভারতীয় নাম মায়ের কাছেই ওর শেখা, ছেলেবেলায়। এখনও মনে আছে দেখে খুশি হল।

পুলহর উত্তরে ক্রতু। বশিষ্ঠর খুবই কাছে, প্রায় গায়েরই কাছে লেগে আছে; যেমন করে কুঁড়ি বসেছিল শুভেনের গা-ঘেঁষে কাল রাতে গাড়িতে, একটি ছোট্ট নরম তারা। তার নাম অরুন্ধতী। বশিষ্ঠের স্ত্রী তিনি।

খালি চোখে মোটে সাত হাজার তারাকেই তো দেখা যায়। তাও, একসঙ্গে নয় সবাইকে। একই সঙ্গে দেখা যায় বড় জোর দু থেকে আড়াই হাজার তারা। কত অগণ্য তারারা, কত লক্ষ কোটি মাইল দূরে থেকে দ্যুতি ছড়াচ্ছে। তাদের সেই আলো পৃথিবীতে এসে পৌঁছতেই লেগে যাচ্ছে কত আলোকবর্ষ। আলোর গতি, সেকেণ্ডেই এক লক্ষ ছিয়াশি হাজার মাইল। সেই সেকেণ্ডের হিসেব ধরেই আলোকবর্ষ। এই অসীম রহস্যের মধ্যে মন একবার কেন্দ্রীভূত হলে, এই ছোট্ট পৃথিবীর ছোট্ট ভারতবর্ষের, ছোট্ট হাজারীবাগের ছোট্ট "গ্রীন-ভ্যালী লজ"-এর কোনো ভূমিকাই থাকে না। অথচ এই রকমই ছোট্ট পরিসরে ঘেরা প্রত্যেকটি মানুষের জীবন। সেই ছোট ঘরে থাকা ছোট্ট মানুষই দিগ্বিজয়ে বেরিয়েছে একদিন, ঘরের সব উষ্ণতার লোভ ছেড়ে, সব প্রাপ্তি ধুলোয় লুটিয়ে দিয়ে। সব মানুষই নয়। সামান্য সংখ্যক মানুষেরা। দিগ্বিজয়ী মানুষদের বাবা-মা বা প্রেমিকার কথা ভাবলে চলেনি কখনও। সে সব সাধারণদের জন্যে। যারা সুখী মানুষ, অল্প সুখেই যারা সুখী!

এই অগণিত তারাদের মধ্যে, শুভেন ভাবছিল জীবনের পথপ্রদর্শকের মতই বিরাজ করছে ধ্রুবতারা। ওরিজিনাল। তার কোনো প্রোটোটাইপ নেই মহাকাশে।

পুলহ আর ক্রতুর থেকে আরও উত্তরে দৃষ্টি বাড়ালেই এই পোল্‌স্টার। স্থির

হয়ে আছে সে মানুষের দৃষ্টিতে। তাই-ই সে ধ্রুব। তাই-ই মানুষ বলে এসেছে, "ধ্রুব সত্য।" বলেছে, "তোমারেই করিয়াছি জীবনের ধ্রুবতারা"। যুগযুগান্ত ধরে সমুদ্রের নাবিককে, মরুভূমির পথিককে এবং গভীর দুর্গম অরণ্যের অরণ্যচারীকে পথ দেখিয়ে এসেছে এই তারাই। পথ-ভোলা পথিকের এই-ই ছিল শেষ অবলম্বন। কিন্তু এই শেষ রাতের পথ-ভোলা, দ্বিধাগ্রস্ত শুভেনের পথনির্দেশ করা এই তারারও অসাধ্য।

জর্জ লেমেইতার ও গ্যামোর, গোল্ড এবং বণ্ডি, চন্দ্রশেখর, হয়েল এবং নারলিকার, সোভিয়েত বিজ্ঞানী লেভ্ ল্যান্দাউ, আমেরিকান বিজ্ঞানী ওপেল্হাইমার এবং আরও কত অসংখ্য মৃত ও জীবিত বিজ্ঞানীর দান ও আশীর্বাদ নিয়ে পথ চলেছে শুভেন।

পিথাগোরাস-এর থেকে শুরু করে অ্যারিস্টটল, টলেমি, কোপার্নিকাস, কেপ্লার এবং টাইকো, ব্রুনো, গ্যালিলিও এবং নিউটন। প্রাচীন ভারতের আর্যভট্ট, ব্রহ্মগুপ্ত আর ভাস্করাচার্য, কত মেধাদীপ্ত আশ্চর্য সব বিজ্ঞানী যে পথে আগে চিহ্ন রেখে গেছেন, সেই পথেই শুভেনের চলা।

যদি কখনও জগদীশচন্দ্র বসু বা চন্দ্রশেখর বা নারলিকারের মতই খ্যাতি পায় শুভেন, সেদিনও কি বাবা এবং কুঁড়ি ক্ষমা করবে না তাকে?

খ্যাতিটাই বড় কথা নয়, মানে, খ্যাতি বা যশের জন্যে ওর আকাঙ্ক্ষা নেই; বড় কথা, এই একটামাত্র মানবজীবন নিয়ে করবার মত কিছু করে যেতে চায় শুভেন। একটা দাগ রেখে যেতে চায় এই বিপুল, আধুনিক দ্রুতগতি বিশ্বে, কিছুদিন পরে তরুণতর উজ্জ্বলতর কোনো বিজ্ঞানী পৃথিবীর যে-কোনো প্রান্ত থেকে এসে তার নব-আবিষ্কারে, শুভেনের রেখে-যাওয়া দাগ মুছে দেবে জেনেও।

হেরে-যাওয়া মাত্রই দুঃখের নয়।

এ কথাটা, বাবা বা কুঁড়ি কি বুঝবে না?

দিল্লি বা কলকাতা পৌঁছেই দুজনকেই চিঠি লিখবে শুভেন। এখানে ঠাণ্ডা মাথায় বসে চিঠি লেখার মত মানসিক অবস্থাও নেই। কী লিখবে, সেই দুই চিঠিতে তা ভাবতে বসেই এত কথার অবতারণা। সে যে বিজ্ঞানী! সাহিত্যিক নয়; উকিল নয়। তার যুক্তি, সাধারণ সামাজিক মানুষের কাছে আদৌ কি বুদ্ধিগ্রাহ্য এবং মনোমত হবে? ওঁরা কি বুঝবেন, কী বলতে চায় শুভেন? বুঝবেন কি যে, শুভেনের কষ্টটাও ওদের কারো কষ্টর চেয়ে কিছুমাত্রও কম নয়?

আজকের রাতটা সত্যিই খুব সুন্দর। শুভেন নিভে-যাওয়া পাইপটা ধরাতে ধরাতে ভাবছিল। কত সুন্দর সুন্দর সব ঘটনা ঘটে গেছে আজ সন্ধ্যে থেকে।

সে তো আসলে জানেই যে, শুভেন কৃষ্ণচূড়ার শিকড়। বেচারি বাবা। মুখে যাই-ই বলুক না কেন, শিকড় মাত্রই জানে শিকড়ের কথা। শিকড় যখন নিজেই ছিন্ন হতে চায় মহীরূহ থেকে তখন তার নীরব আর্তি কি মহীরূহের নিজের কাছেও অশ্রুত থাকে ?

কে জানে ?

যে প্রেম, সে পেয়েছে কুঁড়ির কাছ থেকে, তেমন প্রেমের কথা জ্যাকিদের মত কোনো আমেরিকান মেয়ে হয়ত ভাবতে পর্যন্ত পারে না। সেই সমর্পিত-প্রাণ, অনাবিল প্রেম ফিরিয়ে দেওয়া বা মুলতুবী রাখার যন্ত্রণাও যে কত গভীর তাও কি বুঝবে না কুঁড়ি ?

আর তো বেশি দেরি নেই। তৈরি হয়ে নিতে হবে এবার শুভেনকে। অন্ধকার ফিকে হতে আরম্ভ হবে চারটে থেকেই। শিকড় ছিন্ন করতে হবে, অন্ধকার থাকতে থাকতেই। যত দ্বিধার কাজ, অন্যায় কাজ সব যে করতে হয় অন্ধকারেই।

তুমি কি করছ ? কুঁড়ি ? ঘুমাচ্ছো কি অঘোরে ? সুইট ড্রিমস। সুইটি পাঈ ! আমার সোনামণি !

আর বাবা ? আমার বাবা। আমার একমাত্র জীবিত পিতৃপুরুষ !

শুভেন বলল, মনে মনে। ও বাবা !

বাবা ! তুমি কি জেগে আছো ?
